TODOS OS NOSSOS ONTENS

CRISTIN TERRILL

TODOS OS NOSSOS ONTENS

Tradução:
Bárbara Menezes de Azevedo Belamoglie

Novo Conceito

Esta é uma obra de ficção. Nomes, personagens, lugares e acontecimentos descritos são produto da imaginação do autor. Qualquer semelhança com nomes, datas e acontecimentos reais é mera coincidência.

1ª Impressão — 2015
Impressão e Acabamento Intergraf 240915

Produção editorial:
Equipe Novo Conceito

Dados Internacionais de Catalogação na Publicação (CIP)
(Câmara Brasileira do Livro, SP, Brasil)

Terrill, Cristin
Todos os nossos ontens / Cristin Terrill ; tradução Bárbara Menezes de Azevedo Belamoglie. -- Ribeirão Preto, SP : Novo Conceito Editora, 2015.

Título original: All our yesterdays.
ISBN 978-85-8163-798-3

1. Ficção norte-americana I. Título.

15-07560 CDD-813

Índices para catálogo sistemático:
1. Ficção : Literatura norte-americana 813

Novo Conceito
Rua Dr. Hugo Fortes, 1885
Parque Industrial Lagoinha
14095-260 – Ribeirão Preto – SP
www.grupoeditorialnovoconceito.com.br

Para minha mãe.
E para minha Marina.

Amanhã e amanhã e amanhã
Arrastam-se nesse passo trivial dia a dia
Até a última sílaba do tempo registrado;
E todos os nossos ontens iluminaram para os tolos
O caminho até o pó da morte.

William Shakespeare, *Macbeth*

UM

Em

Encaro o ralo no centro do chão de concreto. Foi a primeira coisa que vi quando me trancaram nesta cela, e mal desviei o olhar desde então.

No começo, eu estava simplesmente obstinada, arrastando os pés com os finos chinelos de prisão que me deram, de forma que eles fossem forçados a me puxar pelo corredor pelos dois braços. Porém, quando vi o ralo, comecei a gritar. Ele cresceu à minha vista até dominar a pequena cela de blocos de concreto, e eu chutei os homens que me seguravam, tentando arrancar meus braços das mãos de ferro deles. Eu só conseguia conjurar os cenários mais repulsivos como motivo de eles precisarem de um ralo no chão.

Quaisquer que fossem os horrores que eu imaginei, eles não aconteceram — pelo menos, ainda não —, mas o ralo ainda domina minha atenção. É como uma estrela guia para mim, puxando meu foco de volta para ela de novo e de novo. Mesmo agora, estou deitada de lado em minha caminha estreita contra a parede e encarando a coisa como se ainda houvesse algo a aprender com ela. Quatorze centímetros de diâmetro, 32 buraquinhos e um amassado do tamanho de uma moeda de cinco centavos um pouco fora do centro.

— O que você está fazendo? — A voz conhecida está fraca através da ventilação do aquecedor.

— Um bolo.

Ele ri, e o som me faz sorrir. Estou um pouco surpresa por meus músculos ainda se lembrarem de como fazer o movimento.

— Você está encarando aquele ralo de novo?

Não digo nada.

— Em, por favor — ele diz. — Você só vai se enlouquecer.

Mas tenho outra ideia na cabeça.

Hoje, enfim, vou descobrir todos os segredos do ralo.

Ouço os passos de um guarda se aproximando algum tempo depois. É difícil definir o tempo aqui, sem relógios ou janelas ou qualquer atividade para quebrar o longo fluxo de segundos. Tudo o que tenho para marcar o tempo são minhas conversas com o menino na cela ao lado e o aumento e a diminuição da minha fome.

Meu estômago resmunga com o som das botas contra o cimento. O som é como um sino para um dos cães de Pavlov. Deve ser hora do almoço.

As pesadas portas de metal de correr são abertas e revelam Kessler, o guarda com o rosto que parece a lenta combustão de um incêndio controlado. A maioria dos guardas é indiferente a mim, mas ele me odeia de verdade. Ressente-se de ser obrigado a me servir, eu acho, trazendo minhas refeições e peças limpas das roupas azuis simples que me dão para usar. Isso me faz sorrir. Ah, se ele soubesse com o que eu estava acostumada antes de o mundo desmoronar ao nosso redor como uma casa comida de dentro para fora pela podridão.

Kessler estende a bandeja do almoço para mim, e eu me mexo com rapidez para tomá-la das mãos dele. Quando não sou veloz o bastante, ele a deixa cair com barulho no chão, fazendo pedaços de comida voarem para todas as direções. A falta de dignidade de brigar por qualquer coisa que Kessler me ofereça queima dentro de mim, mas, pela primeira vez, estou ansiosa pela refeição. Embora não pela comida marrom e molenga na bandeja, é claro.

Pelos talheres que vêm com ela.

Kessler se vira para mim com um sorriso cortante e zombeteiro e fecha a porta da cela de novo. Assim que ele se vai, pego a colher e o garfo da bandeja e começo a examiná-los. Não há faca; nunca há. A carne mole não precisa ser cortada, e eles provavelmente têm medo de eu encenar uma tentativa de fuga audaciosa com o utensílio de plástico sem fio, brandindo-o para os homens com metralhadoras do lado de fora da cela.

Coloco a bandeja de lado e me sento com as pernas cruzadas perto do ralo. Tento o garfo primeiro, apertando os dentes em um dos parafusos que seguram a grade no lugar. Como eu suspeitava, são muito grossos para caberem no sulco e, assim, eu jogo o garfo de lado. Ele desliza pelo concreto e para próximo à bandeja.

Minha única esperança é a colher. Aperto a curva dela contra o mesmo prego e, desta vez, a borda fica presa. Prendo a respiração, como se qualquer mudança na pressão do ar da cela pudesse desfazer as coisas, e aperto a colher para baixo, tentando usá-la para afrouxar o parafuso. Ela escorrega. Tento meia dúzia de vezes, mas não adianta; a colher continua escorregando para fora do parafuso, de forma que estou apertando e virando nada além de ar. A curva da colher é muito acentuada para caber na ranhura reta da cabeça do prego, e eu quase lanço a colher contra a parede, frustrada.

Paro com a mão erguida. Respiro. *Pense.*

O cabo da colher é grosso demais para caber no sulco e a base é muito larga, mas... Toco no concreto áspero do chão da cela, que é granulado e está frio contra a minha palma. Pode funcionar.

Quando Kessler volta para pegar a bandeja, estou esperando por ele. Meu estômago está vazio e doendo, mas eu não toquei na comida. Preciso da bandeja de lavagem completa e intacta. Kessler desliza a porta para abri-la e, assim que o espaço torna-se grande o bastante, eu arremesso a bandeja por ele.

— Isso é nojento! — grito. — Não somos animais!

Kessler se abaixa e a bandeja voa contra a parede atrás dele, fazendo barulho. Ele estremece e solta um palavrão quando pingos de comida marrom e verde salpicam o seu rosto e o uniforme. Eu contenho um sorriso maldoso por meio segundo antes de Kessler levantar a mão e bater com força no meu rosto. Caio no chão, com lágrimas ardentes subindo para os meus olhos com o golpe.

— Vadia louca — ele diz ao me fechar lá dentro.

Só posso esperar que fique tão bravo por ter de limpar a sujeira que não repare na falta da colher.

Espero o quanto posso só para garantir. Uma hora, talvez duas? Depois, puxo a colher de onde eu a escondera sob a espuma fina do colchão. Quebro a cabeça dela, o que deixa uma ponta afiada, e a meço com os dedos, comparando-a com o sulco no parafuso.

Corro até a parede e coloco o rosto perto da ventilação do aquecimento.

— Ei, você está aí?

Ouço o guincho torturado de molas enferrujadas conforme Finn rola para fora da cama.

— Estou saindo. Você teve sorte de me encontrar aqui.

Aperto os dedos contra as paletas frias da ventilação. Às vezes, é difícil acreditar que apenas 30 cm de concreto nos separam. Ele parece estar tão longe.

Será que ele às vezes toca no seu lado da parede e pensa em mim?

— Você pode cantar? — digo.

— Cantar?

— Por favor?

— Hum, certo.

Confuso, mas disposto. Finn nunca diz não.

— Algum pedido?

— A escolha é sua.

Ele começa a cantar algo que parece de igreja. Um hino, talvez. Eu não soube até depois de tudo ter começado — depois de estarmos na estrada, tudo de nossas antigas vidas deixado para trás como o escapamento puxado pelo caminhão que nos tirava escondidos da cidade —, mas Finn ia à igreja toda semana com a mãe. Ele até gostava. Fiquei chocada com isso na época, embora não possa me lembrar do porquê agora. Talvez porque a religião nunca fez parte da minha vida, ou porque a ideia de oração e almoços e jantares comunitários na igreja e sermões parecesse tão distante do Finn que eu conhecia então.

O Finn que eu *pensava* conhecer então.

A voz dele é boa, um tenor forte com uma textura como algodão frio contra a pele. Você nunca adivinharia só de olhar para ele. Ou, não sei, talvez adivinhasse. Não ponho os olhos em Finn há meses. Talvez ele não tenha a aparência de que me lembro.

Com a voz de Finn reverberando contra as paredes de blocos de concreto até preencher cada rachadura e fenda, pressiono a ponta afiada da colher quebrada contra o concreto. Eu a arrasto para a frente e para trás sobre a superfície áspera, lixando o plástico lentamente. Mexo cada vez mais rápido, o arranhão da colher contra o chão misturando-se com a voz de Finn em meus ouvidos.

Apesar do frio na cela, o suor pinga na minha testa com o esforço. Eu paro e verifico a largura da colher contra o parafuso. Não está fina o bastante ainda, mas está perto. Volto a lixá-la, apertando-a com tanta força que minha mão começa a doer. Vai funcionar; tenho certeza

Finn para de cantar, mas eu mal reparo, de tão concentrada na minha tarefa.

— Em, o que você está fazendo?

— Vai funcionar —sussurro para mim mesma.

— O quê?

Verifico a colher de novo e, desta vez, a ponta lixada se encaixa com perfeição no sulco do parafuso. Eu a aperto dentro dele e sinto a temperatura do meu sangue aumentar. Uma vozinha fraca no fundo da minha mente me pergunta por que me importo tanto com esse ralo idiota, mas eu mal a escuto por cima das batidas na minha cabeça, como um tocador de tambor guiando soldados para a guerra. Começo a girar a colher, mas o parafuso não se mexe, preso no lugar por anos de sujeira e ferrugem e Deus sabe o que mais. Giro com mais força, tentando fazê-lo se mover, até o plástico ranger e ameaçar se partir.

— Vamos, que droga!

Eu seguro a colher bem na base, o mais perto do parafuso que meus dedos conseguem chegar, e viro. Com um guinchinho, o parafuso começa a se mexer. Eu rio, pequenas bufadas de ar que parecem estranhas, mas maravilhosas, nos meus lábios. Quando o parafuso cede, eu ataco o seguinte e o seguinte, arranhando-os com as unhas até elas sangrarem quando a colher não trabalha rápido o bastante e, por fim, arrancando a grade quando apenas algumas voltas do último parafuso a prendem.

Ela se desprende na minha mão, de repente nada além de uma peça fina de metal, e eu a deixo cair com um baque.

— Em, o que está acontecendo?

Finn parece ansioso agora, mas não tenho tempo para me importar. O ralo está aberto e exposto, enfim. Coloco a mão dentro dele, a parte racional do meu cérebro me dizendo que não vou encontrar nada ali além de um cano frio, mas algo mais profundo e instintivo dentro de mim sussurra sobre... o quê? Propósito? Destino? Outra dessas coisas importantes em que parei de acreditar há anos?

Esse algo não me surpreende quando meus dedos se fecham em volta de um objeto escondido no cano. Meu corpo fica tenso quando uma sensação selvagem e alegre estoura dentro de mim, como se meus músculos soubessem que devem conter a explosão. Eu puxo o objeto para fora, tirando-o para a luz, e o encaro.

É um saco plástico para comida, antigo e salpicado por anos de marcas de água com minerais e mofo. Um objeto tão mundano — que traz à tona lembranças dos sanduíches de manteiga de amendoim que eu costumava achar enfiados na minha bolsa da academia — parece absurdamente fora de lugar na minha pequenina cela de prisão. Dentro, uma única folha de papel, branca com linhas azuis, como as que eu usava na escola, com uma borda cheia de pontas, indicando que foi arrancada de um caderno.

Abro o saco com os dedos tremendo, sentindo um súbito medo. Eu sabia que havia alguma coisa importante no ralo desde o momento em que coloquei os olhos nele. Não é natural. Nada nisso pode ser bom.

Tiro a folha e dou a primeira boa olhada nela. A cela se torna um vácuo em volta de mim. Tento inspirar e percebo que não consigo, como se todo o ar tivesse sumido.

A página está quase toda coberta de palavras escritas. Algumas linhas estão em tinta, outras, a lápis; as linhas de cima estão tão desbotadas pelo tempo que são difíceis de ler, e as de baixo parecem quase novas. Cada frase, exceto a última, está riscada com linhas finas e cuidadosas.

Há um nome no topo da folha, escrito com letras maiúsculas bem conhecidas, e a linha do final da página é grossa e escura, as palavras entalhadas como se a pessoa que as escreveu tivesse apertado muito a caneta contra o papel.

Essa pessoa era eu.

Nunca vi esse papel antes na vida, mas a letra é com certeza minha: meu *e* cursivo quando todas as outras letras são de forma, meu *k* inclinado e meu *a* magro demais. Alguma parte primitiva minha a reconhece, como um telefone tocando em outro aposento.

Começo a tremer. Neste momento e lugar, uma carta que não me lembro de ter escrito significa algo muito específico.

Porém, é a última linha que me faz correr desajeitada para o vaso sanitário no canto da cela.

Você tem de matá-lo.

DOIS

Em

Fico arfando até meu estômago se entender com o fato de não haver nada dentro de mim para vomitar e, depois, apoio a testa contra a parede fria e limpo a boca com a manga.

Você tem de matá-lo.

Quando fecho os olhos, ainda posso ver as palavras. Estão queimadas dentro de mim, mas não posso aceitá-las. Tem de haver outro jeito. Não sou tão dura.

Ainda não.

Longe, no corredor, ouço o barulho metálico de uma porta. Alguém está se aproximando. Levanto-me de repente e me jogo para o ralo. Não sei o que o doutor fará se descobrir que eu o arrombei, e se ele vir o papel...

A ideia faz gelo correr pelas minhas veias. Ele vai me matar com certeza.

Com as mãos desajeitadas pela pressa, quebro a colher em vários pedaços e os jogo pelo ralo. Agora consigo ouvir um par de botas pesadas contra o cimento. Bato a grade de volta no ralo e recoloco os parafusos da melhor maneira que posso com as pontas dos dedos e as unhas. Pego o saco plástico e o pedaço de papel e me atiro no colchão. Jogo os dois debaixo dele assim que o rosto de Kessler aparece na pequena janela da porta da minha cela.

— Cadê a colher? — ele diz.

Ótimo. Kessler não é tão idiota quanto eu esperava.

— Não sei do que você está falando — digo, inclinando a cabeça para trás, despreocupada.

Eu me forço a tomar fôlegos normais e regulares, embora meus pulmões estejam queimando com o intenso esforço.

Kessler vira-se para a direita, conversando com alguém que eu não consigo ver. Alguém que não está usando botas militares e, por isso, não ouvi se aproximar. Os dedos dos meus pés se enrolam dentro dos chinelos.

Kessler vira-se de novo para mim.

— Sabemos que você está com ela. Entregue-a.

Bem, não era mais uma opção. Eu teria de desenterrar os pedaços do ralo e, depois, eles vasculhariam a cela toda para encontrar o que eu estava escondendo. Se encontrarem aquele pedaço de papel com uma longa lista de ameaças com a minha letra, estou morta.

Além disso, nunca darei a esses homens nada do que eles querem, não importa quão pequeno seja.

Dobro os braços atrás da cabeça.

— Vão se ferrar.

— É só uma colher de plástico, menina. — É a voz do doutor, abafada pela porta. — O que você vai fazer com ela, cavar um túnel para sair daqui?

Levanto-me de repente ao ouvir aquela voz.

— Vai para o inferno!

— Em? — É Finn, pela ventilação do aquecimento. — O que está acontecendo?

— Última chance.

Eu cuspo na janela da cela. Minha pele está elétrica de fúria. A qualquer segundo, a porta será deslizada e aberta, o doutor vai entrar e algum novo horror vai começar. Tudo por causa de uma colher de plástico. Minhas pernas tremem com a necessidade de correr, mas não há para onde ir.

Além disso, eu consigo aguentar.

— Abra — o doutor diz.

Ouço o barulho de chave na fechadura, o ronco de uma porta deslizando, mas a minha não se mexe. A compreensão chega um momento depois do que deveria.

— Não!

Eu me jogo na porta trancada, meus punhos dando batidas ocas contra o metal.

— Deixe-o em paz! Finn!

Do outro lado da parede, Finn grita de dor. Ouço o chiado fraco da arma de choque militar especial que o doutor prefere usar para não sujar suas belas mãos. Ela tem uma porção de configurações, algumas das quais podem deixar uma pessoa inconsciente ou parar instantaneamente um coração. Já experimentei a primeira e vi a segunda, e a ideia daquele aparelho sendo usado em Finn me deixa louca. Grito o nome dele e me jogo na porta de repetidas vezes.

O doutor aparece na janelinha na porta da minha cela, e eu dou um salto para trás como se tivesse medo de que ele coloque a mão através do vidro e agarre meu pescoço. Não que ele precise fazer isso. Só de ver o rosto dele, sinto como se estivesse me esganando até a morte.

— Você pode fazer isso parar a qualquer momento — ele diz.

Parece o mesmo de sempre. Duvido que eu fosse me reconhecer em um espelho, mas o tempo o deixou intocado. A voz dele se suaviza, tornando-se algo parecido com gentileza.

— Só me dê a colher.

Eu o encaro com olhos embaçados e em chamas. Finn está gemendo de dor agora, e não há nada que eu possa fazer, porque aquele papel acabaria com nós dois. Engulo em seco e sinto gosto de bile.

— Não estou com ela. O Kessler deve ter perdido.

O doutor parece triste e, meu Deus, eu o odeio por isso. Depois, ele inclina a cabeça e Kessler faz algo que leva Finn a gritar.

Minha voz está rouca e as laterais dos meus punhos estão em carne viva por bater nas paredes quando Finn silencia. Os passos pesados de Kessler e os leves do doutor passam pela minha cela e, depois, o som vai sumindo. A culpa me enche como chumbo e deixa meus movimentos lentos e cansativos conforme puxo o travesseiro e o fino cobertor de algodão da cama e me enrolo no chão frio perto da ventilação.

— Finn? — suspiro. — Está aí?

Silêncio. Ele me odeia tanto quanto eu me odeio agora?

— Finn?

— Acabei de chegar em casa. Saí para comprar pizza.

Eu desato a chorar.

— Ei — a voz dele está suave e rouca. — Ei, tudo bem.

— Cale a boca! — eu grito. — Não tente me consolar! Acabei de fazer com que você fosse *torturado*!

— Xiu, Em, estou bem.

— Não está!

— Eu *estou*. Eu só...

— O quê?

Ele suspira.

— Eu só queria poder ver você.

Eu corro para perto da parede, até estar apertada contra ela, e abro os dedos contra os blocos de concreto como se fosse ele que eu estivesse tocando. É bobo, e fico feliz por ele não poder ver, mas faz com que eu me sinta um pouco melhor.

— Eu também.

— Lembra o tempo em que você me odiava?

Eu rio-fungo-soluço.

— Bem, você era insuportável.

— Acho que *incorrigível* é uma palavra melhor.

Encosto a testa contra a parede e me deixo imaginar por um momento que é o ombro dele, quente e firme, ao meu lado.

— Você é tão convencido.

— Ei, eu acabei de ser torturado por você. Controle o ego.

— Finn...

— Xiu — ele diz baixinho. — Agora, diga para mim como você estava errada naquela época e como eu sou maravilhoso.

Ele é maravilhoso. E não merece isso.

Nem eu.

— Eu vou matá-lo — falo baixinho.

— É, eu sei.

— Não, estou falando sério. Nós vamos sair daqui — digo —, e eu vou matá-lo.

Explico tudo — o ralo, o papel e a mensagem no final — em um sussurro pelas pás da ventilação. O silêncio de Finn é espesso e sólido como a parede entre nós. Tento imaginar a figura dele. Cabelos loiros bagunçados provavelmente precisando demais de um corte, formando cachos em volta das orelhas e da nuca. Olhos azuis arregalados e sem foco por causa do choque. Ou são verdes? Não, com certeza azuis. Azuis como a água profunda e limpa. Boquiaberto, mas, não importa o quanto eu tente, não consigo me lembrar de como a boca dele é. Lábios finos ou cheios, rosa ou pálidos?

Eu nem tenho mais certeza de como é a *minha* aparência.

— Nós vamos conseguir? — ele enfim pergunta.

Nós vamos conseguir matá-lo é o que ele quer dizer, mas talvez não consiga pronunciar as palavras.

— Não tenho certeza se temos outra escolha.

— Mas, primeiro — ele diz —, temos de fugir daqui. Voltar. Acha que é possível?

— A julgar pelo bilhete, já fizemos isso 14 vezes.

— Como?

— Não sei. Mas tenho certeza de que eu teria me contado se eu precisasse saber.

Ele ri.

— Não consigo acreditar na insanidade dessa frase.

— Não consegue?

Tenho inveja do dom de Finn em encontrar humor em todas as situações. Mas nada nesta situação é engraçado para mim.

— Em...

— Não me diga que não temos de fazer isso.

Devo ter tido uma razão muitíssimo boa para escrever aquela frase, e a criaturinha perturbada dentro de mim, aquela formada por toda minha raiva e amargura, não se arrepende.

— Não me diga que há outro jeito.

— Na verdade, eu ia perguntar o que você está vestindo.

Mordo o lábio para interromper o sorriso. Certo, *isso* foi meio engraçado.

— Meu Deus, sinto saudades de você — eu digo e, no mesmo instante, desejo retirar as palavras.

Viro o rosto para longe da ventilação, com um medo irracional de que ele me veja corar.

— Eu sei — ele fala, a voz suave.

Eu o imagino apertando a mão no outro lado da parede.

— Mas estou bem aqui.

Dias se passam. Finn e eu gastamos o tempo que separa as três refeições conversando sobre o que eu descobrira.

— Para que dia temos de ir? — ele enfim pergunta.

Nós dois temos evitado o assunto. É doloroso, e já temos muita dor.

— Tenho pensado sobre isso — digo. — Precisamos estar lá no dia 4 de janeiro. Quatro anos atrás.

Silêncio.

— *Sério*?

Entendo a hesitação dele. Também não é uma época que eu queira reviver.

— Não podemos fazer isso antes de ele ter descoberto a fórmula — eu afirmo. — O paradoxo seria tão enorme que não temos como prever o que aconteceria. Tem de ser depois.

— Certo — ele concorda —, mas por que no dia quatro?

— Porque ele nunca vai pensar em nos procurar lá — explico. — Lembra quando eu peguei os documentos?

— É claro que sim. Foi naquele dia.

— Mas o doutor não sabe disso — digo. — Ele acha que eu os encontrei por acaso algum tempo depois. Sabe por quê?

— Por quê?

— Porque ele *não se lembra* de ter descoberto a fórmula naquele dia. Ele acha que a escreveu três dias depois, no dia sete.

— Então, se vamos para o dia quatro — Finn diz —, teremos pelo menos três dias antes de ele estar esperando por nós.

— Exato. — Eu suspiro. — Além disso, ele estará fraco por causa do que acabou de acontecer. Se demorarmos mais, ele estará muito poderoso. Muito protegido.

Finn concordou. Ele sabe tão bem quanto eu que nenhum outro momento nos dará uma chance tão boa. Nós repassamos tudo, definindo com antecedência cada detalhe que podemos. No final, eu memorizei cada palavra riscada do bilhete e acho que sei a cadeia de eventos que o trouxe até as minhas mãos. Não me lembro dos acontecimentos que me fizeram escrever aquelas linhas, mas aquelas versões passadas de mim mesma, cópias de mim que não existem mais, deixaram-me pistas suficientes para descobrir.

Sem mais nada para discutir e sem o ralo para me deixar obcecada, não há nada a fazer além de encarar o teto. A comida ruim, a dor, até as visitas do doutor, eu posso suportar. Mas esse tédio? Essa espera para *algo* acontecer? Tenho certeza de que vai me enlouquecer.

— Finn, você está acordado? — eu digo, rolando para ficar de lado.

Nenhuma resposta. A capacidade dele de dormir em qualquer circunstância me admira. Ele deve passar 16 horas por dia dormindo só para afastar o tédio.

— Você é um chato — eu sussurro.

Encaro a porta por um tempo para dar um intervalo ao teto. De alguma forma, um dia desses, eu *devo* sair desta cela. Pelo menos, já saí antes, cada versão anterior minha que escapou e contribuiu para o bilhete sob meu colchão. Como eu faço isso? Queria poder me lembrar dos eventos que aquelas outras Ems vivenciaram, porque escapar parece impossível. Eu passo cada opção em minha cabeça pela centésima vez. Poderia dominar o guarda que traz as refeições, ou agarrar o doutor quando ele vier para uma das suas visitas à meia-noite e usá-lo como refém. Isso me tiraria da cela e, talvez, tiraria Finn da cela dele. Porém, mesmo se pudéssemos fazer isso — e, vamos encarar, é uma grande dúvida —, ainda há uma gigantesca unidade do governo para além da minha cela na qual só dei uma olhada, meses atrás, no dia em que me arrastaram para cá. Está cheia de soldados armados entre mim e Cassandra, mesmo se eu soubesse aonde ir, o que definitivamente não sei. Todo plano que crio leva a um beco sem saída ou a uma bala na cabeça.

Como todo o resto, contemplar minha fuga e/ou morte acaba ficando entediante. Tão entediante que fico quase aliviada quando a porta é aberta, revelando o doutor e o homem que Finn e eu apelidamos de "o diretor", o mestre das marionetes que puxa as cordinhas do doutor.

Quase.

Finjo bocejar, porque sei que isso o irrita, mas meu coração está disparado.

— Já está na hora de novo?

O diretor inclina a cabeça, e um soldado avança para me puxar, colocar-me em pé e me sentar na cadeira dobrável de metal que trouxeram com eles. Ele prende minhas mãos nos suportes da cadeira com o mesmo tipo de lacres de plástico que nosso jardineiro costumava usar nas roseiras.

— Os pés dela também — o diretor diz.

Estou satisfeita por ver que ele se lembra do que aconteceu da última vez.

Depois de a adolescente indefesa cercada pelos homens com metralhadoras estar adequadamente contida, o interrogatório começa. Eu costumava contar quantas vezes o doutor e o diretor me visitavam para um dos nossos papinhos — achando que cada vez poderia ser a última, que a paciência deles poderia se desgastar e eles finalmente me matariam —, mas perdi a conta por volta dos vinte e poucos. Isso foi semanas atrás.

— Onde estão os documentos? — o diretor diz.

— Você nem vai me perguntar como foi o meu dia primeiro? Sua mãe não lhe deu bons modos?

O diretor me dá um tapa no rosto. Diferente do doutor, ele não se importa de sujar as mãos. Minha visão embaça. Os filmes não me prepararam para isso, para o quanto levar um tapa realmente machuca e, de alguma forma, ainda é sempre um choque.

— Não tenho tempo para os seus joguinhos hoje — o diretor diz. — Precisamos saber onde os documentos estão. Para quem você os deu? China? Índia?

— Vidas dependem disso — o doutor fala em voz baixa do canto da cela, como se ele se importasse.

Eu jogo um beijo para o diretor o melhor que posso sem usar as mãos. Sei muito bem que, no momento em que eu contar a eles onde os documentos estão, vou perder minha última chance de barganha. O fato de eu ter essa informação não foi a única coisa que manteve Finn e eu vivos por tanto tempo. Mesmo quando eu gostaria de desistir e aceitar minha morte de uma vez, saber que também tenho a vida de Finn nas mãos me faz ficar em silêncio. Não importa o que eles façam.

E eles fazem o pior que podem.

Tenho certeza de que meus gritos acordam Finn do seu cochilo, mas, pelo menos, eu não abro mão de nós.

TRÊS

Em

Outro dia passa. Só estou meio acordada, encarando o teto, tentando enxergar as rachaduras que sei que estão lá na fraca luz azulada vinda do corredor. Passo os dedos pelos meus machucados sem prestar atenção. Pela sensação quando os aperto com os dedos, acho que devem estar daquele vermelho-arroxeado que se parece com a roupa de cama do nosso antigo quarto de hóspedes. Minha mãe sempre gostou daquela cor. Suspeito que tivesse algo a ver com a afinidade dela por um bom cabernet.

Ouço botas no corredor e franzo as sobrancelhas. Não estou com fome; já está na hora do café da manhã? Mas, não, as luzes ainda estão apagadas.

Minha porta é aberta devagar, e o guarda atrás dela é um que só foi destinado a nós há pouco tempo. Eu gosto dele. Ainda há o brilho de um mínimo de decência humana nos seus olhos e, diferente de Kessler, ele sempre me entrega as refeições e até diz obrigado às vezes quando eu devolvo a bandeja. Não tenho certeza do nome dele. Connor? Cooper?

— Quando você era pequena — ele diz, parado na entrada —, tinha um amigo imaginário chamado Miles. Ele era um canguru roxo.

Eu me levanto de repente.

— O quê?

— Vamos. Nós temos de ir.

— O que você quer dizer?

— Vou tirar você daqui.

Minha boca fica seca, e minha língua de repente parece grande demais para ela. Era isso que eu estava esperando. A forma de sair. Nunca contei a ninguém sobre Miles, em toda a minha vida.

Exceto, aparentemente, para esse guarda.

— E quanto ao Finn? — pergunto.

— Ele também. Depressa.

Fico em pé de um salto e minhas pernas estão surpreendentemente fortes abaixo de mim. Coloco a mão sob o colchão e tiro o pedaço de papel no saco plástico, enfiando-o no bolso. O guarda — Connor? — já se foi, a caminho de libertar Finn. Ando na direção da porta da minha cela devagar. Está escancarada. Toco a moldura dela com as pontas dos dedos, examinando o lugar onde as paredes que têm sido meus limites há tanto tempo acabam e viram nada. Dou um passo hesitante para atravessar e, por um segundo idiota, acho que posso chorar.

Ouço o chacoalhar de uma chave em uma fechadura e me viro, vendo Connor se esforçar para abrir a cela de Finn. Ah, meu Deus. O entendimento cai sobre mim como aquela onda maldita na Ilha Kiawah que tirou o ar dos meus pulmões: estou prestes a ver Finn.

Connor enfim consegue abrir a fechadura e empurra a porta, e tudo perde velocidade até o silêncio entre cada batimento do coração em meus ouvidos ficar longo e ensurdecedor. Se eu reagi à nossa repentina liberdade como um animal que se esquecera do mundo fora das suas barras, Finn sai voando da cela como um pássaro de uma gaiola. Mal tenho tempo de olhá-lo antes de ele se chocar comigo em um emaranhado de braços e pernas, abraçando-me com tanta força que mal posso respirar e não me importo.

— Ah, meu Deus — ele diz repetidas vezes. — Ah, meu Deus.

— Deixe-me olhar para você.

Eu me afasto e coloco as mãos nas bochechas dele, examinando seu rosto. Olhos azuis, é claro. E como pude esquecer essa boca? Lábios finos e pálidos com um canto torto sempre sugerindo um sorriso de gozação. Meu Deus, como nunca notei antes o quanto ele é bonito?

— Você precisa cortar o cabelo.

Ele esfrega a lateral do polegar na maçã do meu rosto.

— Você está linda.

Eu tive medo por anos. Fugindo, isolada de todos que amo e, depois, trancada nessa cela, torturada e interrogada com a ameaça de morte sempre pairando sobre meu ombro. Mas juro que nunca tive tanto medo quanto no momento em que Finn se inclina para a frente para me beijar pela primeiríssima vez.

Ele encosta os lábios nos meus com tanta delicadeza que acho que deve ter medo de que seja um sonho que se dissolverá na melhor parte. As mãos dele apertam mais as minhas costas, puxando-me para perto, e, por um segundo, todo o meu receio some.

— Desculpe — Connor diz —, mas temos de ir andando.

Finn me lança um olhar tímido enquanto nos desenroscamos, e Connor puxa a arma conforme começa a seguir pelo corredor. Pego a mão de Finn e entrelaço nossos dedos. Agora que ele está ao meu lado, não quero perdê-lo de novo, nem por um segundo.

Connor nos guia, e nós o seguimos de perto. Minha cabeça está em movimento constante, absorvendo tudo ao nosso redor. É meu primeiro vislumbre do lugar desde que nos trancaram ali há sei lá quantos meses, e eu não estava em condições, naquele momento, de reparar no cenário. Há mais três celas perto da minha e da de Finn, reforçadas como as nossas com paredes de blocos de concreto e portas de metal, mas estão vazias. O resto do corredor parece ser usado para armazenamento, e é tão banal que estou chocada e até um pouco ofendida. Parece que o doutor empacotou Finn e eu com o resto do lixo velho, como uma caixa de roupas de inverno guardadas durante o verão e depois esquecidas.

— Onde estão todos? — eu sussurro depois de passarmos pela porta trancada que separa nosso corredor do resto da instalação. Até agora, não vimos um único soldado.

— Está no meio da noite, turno reduzido — Connor diz por cima do ombro. — E eu coloquei uma droga no bule de café da sala de intervalo.

— Sabe — eu digo —, estou começando a gostar de você.

— Não decida isso até chegarmos a Cassandra.

Nós nos esgueiramos até o coração da unidade, que agora eu vejo ser enorme. Connor precisa ter cuidado para evitar que suas botas façam barulho contra o chão de concreto, enquanto Finn e eu caminhamos em silêncio com nossos finos chinelos de prisioneiros. Minha respiração fica mais difícil a cada passo, o centro do meu peito queimando com o esforço. Não percebi o quanto viver em uma cela com apenas quatro passos de comprimento estava prejudicando meu corpo até este momento. Olho para Finn para ver se está começando a suar e tremer como eu, mas ele não parece estar afetado. Provavelmente tem feito exercícios na cela, esse cretininho vaidoso.

Agora estou desejando ter pensado nisso.

— Você está bem? — ele pergunta.

Eu estava diminuindo o ritmo, e ele agora está me puxando para a frente pelo ponto onde nossas mãos ainda estão presas uma na outra. Faço que sim com a cabeça, respiro fundo e me forço a apertar o passo.

Estou tão concentrada em colocar um pé na frente do outro que não ouço a porta se abrir na outra ponta do corredor nem vejo o homem de cabelos escuros que passa por ela. Mas Connor vê. O braço dele bate em meu peito, jogando Finn e eu para o recuo de outra porta, e eu só tenho um vislumbre do homem conforme recuo, saindo de vista.

É o doutor. Eu me grudo contra a porta e tento controlar minha respiração irregular.

Connor anda em direção a ele, o terror me corta como uma faca. De repente, tenho certeza de que isso foi alguma armação do doutor, outro truque para nos enfraquecer. Connor vai nos entregar de volta para ele agora, e nunca deixaremos nossas celas de novo. Sou tomada pelo desejo louco de correr.

Talvez sentindo o que estou pensando, Finn aperta minha mão, segurando-me no lugar.

— Connor, o que você está fazendo nesta parte do prédio? — ouvimos, do nosso esconderijo precário, o doutor perguntar. Tudo o que ele precisa fazer é dar alguns passos na nossa direção e o recuo na parede não vai mais conseguir nos esconder. — Não devia estar vigiando os prisioneiros?

— Sim, senhor. Abrams está cobrindo para mim. O sargento me mandou procurá-lo.

O doutor suspira, irritado.

— Nem estou no horário de trabalho; só vim terminar uma papelada. Do que ele precisa?

— Não tenho certeza, senhor. Tudo o que ele disse foi que precisava vê-lo na central de comando.

Passos se aproximam de nós. Não as botas de sola pesada de Connor, mas o que eu apostaria a minha vida ser um fino couro italiano. Eu me aperto com tanta força contra a porta atrás de mim que terei novos machucados para acrescentar à minha coleção, se sobreviver a esta noite.

— Preciso ir ao meu escritório primeiro — o doutor diz —, e depois...

— Ele disse que era urgente, senhor.

Os passos param.

— Tire a mão de mim, soldado.

Ah, meu Deus. Eu fecho minha mão livre em um punho. Se o doutor vier nesta direção, pelo menos posso machucá-lo um pouco antes de ele me matar.

— Desculpe, senhor — Connor diz, com a voz trêmula. — Só quis dizer que o sargento precisa muito do senhor, e não há tempo...

O silêncio se alonga e, com os olhos fechados, quase posso ver a expressão de avaliação no rosto do doutor enquanto ele olha para Connor. Aos meus ouvidos, Connor parece absurdamente culpado, e o doutor teria de ser surdo para não perceber que algo está errado. Só posso esperar que sua falta de atenção com as pessoas e sua própria noção de invencibilidade prevaleçam.

— Certo — o doutor enfim diz. — Vou para o centro de comando, e você, volte para aqueles prisioneiros. Da próxima vez, lembre-se de se pôr no seu lugar.

— Sim, senhor.

O passo mais leve do doutor se afasta de nós, e eu solto a respiração que estava segurando.

— Temos de ir agora — Connor diz quando volta para nós. — Ele vai saber que aconteceu alguma coisa quando chegar ao centro de comando e ninguém estiver lá. Mas fica do outro lado do prédio, e Cassandra está perto.

Corremos pelos corredores, Connor três ou quatro metros à frente para procurar outros soldados e Finn praticamente me arrastando consigo. Quando paramos, eu me curvo, apoiando as mãos nos joelhos enquanto me esforço para recuperar o fôlego. Finn esfrega minhas costas em círculos pequenos e tranquilizadores, mas a atenção de Connor está concentrada por inteiro à nossa frente. Ele está com a arma recolhida contra o peito, posicionado em uma virada do corredor. Leva um dedo até os lábios.

— A sala de controle fica logo virando aqui — ele sussurra. — Vai ter vigias... Não posso fazer nada quanto a isso... Então, vocês dois, fiquem para trás.

Finn fica tenso ao meu lado.

— O que você vai fazer?

— Isso importa? Depois de vocês voltarem, nada disso vai ter acontecido, certo?

Eu engulo outra golfada de ar.

— Essa é a ideia.

— Não se mexam.

Connor enfia a arma de volta no coldre e vira o corredor correndo. Nós o ouvimos gritar, seguido pelo som de punhos batendo em vidro. A sala de controle. Finn coloca o braço em volta dos meus ombros, e eu me enfio junto ao corpo dele. Meu Deus, ele está quente.

Faz tanto tempo que eu tinha esquecido como uma outra pessoa pode ser quente.

— Incêndio na Ala A! — Connor grita. — Precisamos de todas as unidades. Vamos!

Há uma pausa e, depois, o assobio quase imperceptível de uma porta de abrindo.

— Não teve alarme — um soldado diz —, nem chamado pelo rádio.

— Não podemos sair do nosso posto — um segundo acrescenta.

O estouro repentino de dois tiros reverberando nas paredes duras é ensurdecedor. Eu cubro a boca com as mãos.

— Vamos! — Connor grita.

Finn começa a correr, então eu corro também, virando pelo corredor e me aproximando da sala de controle, que é cercada do chão ao teto por vidro à prova de balas. Os dois soldados estão caídos na entrada, uma poça de sangue escuro embaixo deles, espalhando-se a cada segundo. Eu nunca poderia ter imaginado tanto sangue. Os filmes também não me prepararam para a visão de dois homens cujas cabeças foram estouradas.

Connor está em pé dentro da sala de controle, do outro lado dos corpos desmoronados dos guardas. O rosto e o uniforme dele estão salpicados de sangue, e eu estremeço quando ele estende uma das mãos para mim. É a mão direita, a que ele usou para atirar, e os espirros deixaram uma sombra de pontinhos vermelhos na pele. Eu me forço a aceitá-la, e ele me ajuda a pular por cima dos corpos dos homens mortos. Finn pula depois de mim, mas seu pé desce na borda da poça crescente de sangue e escorrega, fazendo-o se esparramar no chão. Eu o ajudo a levantar, e ele chuta e se livra dos chinelos ensopados.

— Peço a Deus que vocês saibam como essa coisa funciona — Connor diz, encarando as fileiras e mais fileiras de maquinário e luzes piscantes no console. Acima deles, há uma janela de observação que dá para uma segunda câmara, menor, acessível apenas por uma porta no canto da sala de controle. A salinha é uma visão chamativa, sinistramente despida de cor e textura, uma caixa lisa e vazia em tons de cinza.

— Tenho uma ideia — digo. — Alguém costumava alugar meus ouvidos falando disso. Finn, você pode...

— Pode deixar — ele diz, já escorregando para a cadeira em frente ao principal terminal de computador. — Se eu sei alguma coisa sobre o nosso doutor, o sistema foi projetado para ser simples de usar.

Finn começa a bater no teclado, uma leve ruga de concentração cruzando sua testa. Sei que ele vai ficar irritadiço e estressado se for interrompido, então me viro para Connor.

— Obrigada por fazer isso.

Ele limpa as costas das mãos nas calças.

— Sem problema.

— Por que está nos ajudando? —pergunto. — Digo, como eu convenci você? Vou precisar saber.

Ele encolhe os ombros.

— Eu não passava de um segurança, e você me deu a chance de ser herói. Além disso, algumas das coisas que eu vi...

— Está ruim lá fora?

— Muito ruim.

Connor parece assustado, e isso me aterroriza. Esse é um homem que, com toda a calma, drogou seus colegas bem armados e simplesmente atirou na cabeça de dois homens sem piscar, mas o que quer que esteja acontecendo no mundo lá fora o faz apertar os lábios e ficar tenso. Quando Finn e eu fomos capturados, drones americanos estavam atacando a China, Israel estava em um impasse nuclear com a Síria e um bom pedaço de Houston tinha acabado de ser varrido do mapa. Era difícil imaginar que as coisas pudessem piorar.

Mas acho que pioraram.

— Você acha mesmo que pode mudar tudo isso? — Connor pergunta, e posso ver agora o desespero escondido no fundo dos seus olhos.

Passo os dedos pelos cantos do saco plástico no meu bolso.

— Acho que não vamos parar até conseguir isso.

— Ah, pegue — ele diz, colocando a mão no próprio bolso. — Quase esqueci. Você vai precisar disso.

Ele pega a carteira e tira do espaço para fotografias a pequena foto de uma mulher com cabelos cor de mel e um sorriso alegre cheio de dentes. Ele a entrega para mim.

— O que é isso?

Ele abre um sorriso largo.

— Essa é a verdadeira forma como você me convenceu a ajudar.

Eu sorrio.

— Oh. Ela é bonita.

— E ela disse sim a um fracassado como eu, dá para acreditar?

Coloco a foto no meu bolso junto com o bilhete no saco plástico.

— Dá, sim.

— Certo, entendi — Finn diz, batendo nas últimas teclas. — Tudo está basicamente automatizado, então só preciso colocar a data e, depois, Connor pode ligar o colisor quando estivermos dentro.

— Espere — Connor diz. — Se você colocar uma data, ele não vai seguir os dois direto? Ou aparecer dez minutos antes de vocês e atirar assim que vocês surgirem?

— Já pensamos nisso — eu digo.

— Conheço um código que vai esconder a data real que usarmos e mostrar outra coisa — Finn diz. — Você tem *certeza* quanto ao dia quatro de janeiro, Em? Última chance.

— Tenho certeza.

— Certo — Finn diz. — Vou fazer parecer que fomos para o dia sete. É quando o doutor vai nos esperar, e deve nos dar bastante tempo para cuidar das coisas antes de ele voltar atrás de nós.

— Como eu ligo o colisor? — Connor pergunta.

— Depois de entrarmos na câmara — Finn aponta para o botão VOLTAR —, aperte isto. A programação automática fará o restante.

O acelerador leva cerca de dois minutos para deixar as partículas na velocidade certa para a colisão e, depois isso, devemos desaparecer.

— Parece bem fácil — Connor comenta.

Eu contenho a vontade histérica de rir.

— Acho que não resta nada a dizer, a não ser, sabe, boa sorte.

Finn aperta a mão de Connor, e ele e eu andamos para o lado mais distante da sala de controle, onde a porta para a câmara interna está. Quando Finn a abre, uma sirene de estourar os tímpanos explode pelo prédio. Minhas mãos voam para as orelhas e curvo meu corpo, fugindo do som ensurdecedor, e Finn solta um palavrão.

— Entrem! — Connor berra por cima do estrondo. — Antes que eles desçam aqui! Vou segurá-los!

Connor bate a porta da câmara interna atrás de nós. Puxo Finn comigo até o meio da sala, para nós dois ficarmos em cima do grande círculo preto que marca o centro de Cassandra, o colisor de partículas subatômicas com quilômetros de comprimento que foi construído bem fundo no subsolo deste prédio. Connor faz uma barricada na porta da câmara, tombando o que parece um rack preto de servidor de backup em frente a ela. A sirene é tão alta que nem ouço a batida do servidor atingindo a porta. Connor corre de volta para o computador e o choro da sirene ganha a companhia de outro som, um ronco tão baixo que acho que poderia estar imaginando-o até as vibrações subirem do colisor milhares de metros abaixo de mim e chegarem aos meus pés. A energia fica zumbindo em volta de Finn e de mim, erguendo os cabelos da minha nuca e causando arrepios pelos meus braços.

É apenas o começo, eu sei. Nunca fiz essa viagem que aquelas 14 versões passadas de mim fizeram, mas a ouvi ser explicada vezes suficientes para saber o que vem depois. Quando as partículas que estão rodopiando abaixo dos meus pés pelos quilômetros de canos, grandes o bastante para darem passagem a um caminhão, enfim baterem umas nas outras quase na velocidade da luz, a explosão será tão poderosa que partirá o próprio tempo.

De repente, fico com muito medo. Não da explosão, que desafia minha compreensão, mas do que terei de fazer quando ela acabar. Do motivo de tudo isto.

Você tem de matá-lo.

Ou Finn sente meu medo ou ele também está assustado, porque põe as mãos nas minhas bochechas, fazendo-me olhá-lo nos olhos.

— Vai ficar tudo bem — ele diz, e as palavras mal podem ser ouvidas naquele barulho.

Porém, tudo fica quieto depois, pelo menos para mim. De alguma forma, encontro silêncio nos olhos azul-escuros de Finn. Meu Deus, como eu sobrevivi tanto tempo naquela cela sem conseguir ver esses olhos?

Uma compreensão repentina me atinge. Algo tão óbvio, não consigo acreditar que não pensei nisso até agora. Meu coração se parte e espalha uma tristeza quente como o fogo pelo meu corpo.

— Finn — eu digo, e conto para ele a coisa terrível que enfim entendi, tarde demais para fazer algo a respeito.

Ele olha nos meus olhos e me diz por que não preciso me preocupar. Eu memorizo as palavras e me agarro a elas.

Por cima do ombro dele, tenho um vislumbre de movimento, e o mundo e seus barulhos estão de volta. Os soldados chegaram. Enquanto não estávamos olhando, Connor tirou os corpos dos mortos da porta e fechou a sala de controle, mas a porta é uma barreira insignificante para eles. Eu observo horrorizada quando os soldados a abrem com um golpe. Connor atira na massa de corpos que lota a entrada, derrubando soldado após soldado, mas eles têm mais gente e mais armas. Logo Connor é dominado. Escondo o rosto contra o peito de Finn depois de uma saraivada de tiros jogar Connor para trás e ele cair no chão.

Mas não posso desviar o olhar por muito tempo. Soldados estão jorrando para dentro da sala de controle. A maioria vai direto para o rack de servidor jogado contra a porta da câmara interna. Se eles a abrirem, Cassandra vai desligar automaticamente, deixando-nos encalhados aqui.

Mas a visão que realmente me enche de medo é o doutor entrando na sala depois dos soldados. Nossos olhos se encontram através do vidro de 10 centímetros da janela de observação da câmara, e a fúria no seu rosto me faz tremer até a medula. Acho que ele deve saber o que eu planejo fazer. Mesmo se escaparmos, sei que aquele olhar vai me assombrar através do tempo.

O doutor vai para o terminal de computador. O ruído embaixo dos nossos pés é como um terremoto agora, mas, com o doutor no teclado e os soldados na porta, temos apenas segundos. Aperto a mão de Finn na minha com tanta força que sinto seus ossos esfregarem uns nos outros. Eles vão desligar Cassandra e, finalmente, nos matar de um jeito demorado e criativo.

Porém, chegaram tarde demais.

Conforme os soldados empurram e abrem a porta, o mundo explode, e meu corpo se dissolve em uma agonia de fogo.

QUATRO

Marina

QUATRO ANOS ANTES

Eu descasco o esmalte rosa da unha do meu polegar distraidamente, enquanto olho para a entrada da casa ao lado, e Tamsin bate na minha mão.

— Pare com isso! — Ela examina a unha e suspira. — Vou ter de refazer essa.

— Estava desigual de qualquer forma — digo. — Vou sobreviver.

Sophie, que está esparramada na minha cama, não tira os olhos do telefone quando diz:

— Pelo menos ela não rói mais as unhas.

— É, né? Que nojo.

É claro que eu ainda roo às vezes, mas tenho o cuidado de não fazer isso perto das minhas amigas. Ainda não consigo me acostumar com a sensação do esmalte, é como se minhas unhas estivessem sufocando. Mas Tam diz que está se concentrando na minha cor perfeita, algo para acompanhar o roxo "Sophie Sofisticada" e o vermelho vivo "Tam-ta Beleza".

— Marina... — Tamsin diz enquanto aplica uma camada nos dedos da minha mão direita. — Marina... Seu nome não rima com nada.

Sophie levanta a cabeça de repente:

— Aqua Marina!

— Bem, dã, mas estou pintando as unhas dela de *rosa,* gênio. Combina mais com cabelos castanhos.

Estou ouvindo sem muita atenção, meus olhos vagando para a janela e a casa ao lado. Tamsin levanta o olhar e me flagra.

— Ele não apareceu desde que você verificou, há dez segundos — ela diz, lançando-me um sorriso malicioso.

Penso em me fingir de boba, mas acabo apenas revirando os olhos.

— Cale a boca.

Não há por que fingir que não estou esperando James chegar em casa. Recebi apenas uma mensagem de texto dele nas três semanas em que ficou fora, para me avisar que voltaria hoje de Connecticut. Normalmente, nós estaríamos trocando ligações e mensagens o tempo todo em que ele ficou longe, mas isso seria muito estranho por causa do que aconteceu antes de ele partir.

— Ele *com certeza* vai convidar você para sair — Sophie diz, cruzando o quarto até meu armário, onde começa a procurar entre as minhas roupas. — Não acredito que você vai ser a namorada do James Shaw!

— Não sei... — digo.

Eu sou apaixonada por James há tanto tempo que nem lembro mais, mas nunca tive nenhuma esperança de ele sentir o mesmo. Considerando quem ele é e quem eu sou, é quase impossível.

— Ah, por favor.

Tamsin sopra minhas unhas recém-pintadas de rosa.

— Ele quase beijou você e, para o James, isso é, tipo, praticamente uma proposta de casamento. Ele *nunca* beijou uma menina antes.

Eu duvido, mas mesmo a ideia de James beijar outra menina faz meu estômago doer.

— Mas ele nem falou comigo desde então! Não quer dizer que ele se arrepende?

— Não, ele só surtou quando percebeu que está loucamente apaixonado por você — Tamsin diz. — Mas agora que ele teve tempo para o seu grande cérebro entender isso...

— Aposto que não é a única coisa grande nele — Sophie fala, balançando as sobrancelhas.

Tamsin solta um gemido e diz:

— Nojenta!

Porém, Sophie apenas ri e puxa minha nova malha de casimira, verificando seu reflexo no espelho.

— Estou falando sério! — ela diz. — Você sabe que vai ter de dar o primeiro passo com ele, certo?

— Com certeza — Tamsin concorda. — Mas vá com calma.

— Como eu faço isso? — pergunto. Fico trêmula e suada só de pensar nisso. — Nem *todas* nós passamos por tantos garotos para achar tão fácil.

— Com aquele garoto? — Sophie diz. — Com certeza *deve* ser fácil.

Sophie solta gemidos obscenos e beija as costas da mão, e Tamsin e eu rimos. Isso é o melhor em Sophie; ela nunca tem medo de parecer boba. Talvez porque ela meio que é. Enquanto isso, Tamsin, com seu sotaque britânico chique e visual de estrela de Bollywood, instantaneamente torna tudo o que ela faz ou diz muito legal, e, assim, sou apenas eu, na verdade, que estou sempre com medo de fazer papel de boba. Não suporto voltar a ser a babaca sem amigos que eu era antes.

Ouço uma batida na porta do meu quarto, e Sophie leva as mãos à boca.

— Seus pais estão em casa? — ela sussurra.

Faço um aceno com a mão.

— É só a Luz. Entre!

Luz, que é nossa faxineira desde quando eu era pequena, enfia a cabeça pela porta.

— Estou indo para casa, *mi querida* — ela diz. — Você fica bem até sua mãe chegar?

Tamsin ri, e eu fico dura.

— Tenho 16 anos, Luz — digo. — Acho que dou conta.

Vejo um olhar desconcertado passar pelo rosto dela e, por um instante, sinto-me mal. Luz é uma das poucas pessoas no mundo que me amam de verdade, mas eu queria que ela não me tratasse como uma criancinha. É constrangedor.

— Tem empanadas na geladeira se vocês quiserem um lanche, meninas — ela diz.

— Certo — falo, sabendo que não há chance de comermos empanadas.

Ela parece prestes a dizer mais alguma coisa — como *durma bem* ou *você come muito pouco* ou *eu te amo* — e, assim, eu me adianto:

— *Tchau*, Luz.

— Boa noite, *mi querida*.

Quando ela vai embora, Tamsin começa a fazer as próprias unhas e Sophie experimenta alguns vestidos que eu comprei na nossa última ida ao shopping. Todos eles ficam largos no corpo perfeito dela. Decido não comer nada além de salada pela semana seguinte antes de as aulas começarem.

Olho para a casa dos Shaw de novo. Uma equipe veio tirar a neve da entrada e da calçada esta manhã em preparação para a volta do congressista. A qualquer segundo, um elegante carro preto de aluguel vai chegar. Vai acontecer quando eu contar até cinco.

Vou riscando os números na minha mente, eliminando-os. Três, quatro... cinco.

Nada.

Estendo a mão para o meu telefone e disparo uma mensagem para nossa amiga Olivia, que está na Suíça com os pais durante o feriado. Ela me convidou para ir com eles, mas decidi não ir só para estar em casa quando James voltasse. Sou tão idiota. Onde quer que ele esteja, James não está agitado de ansiedade para *me* ver de novo, repassando na cabeça o momento três semanas antes quando sua boca ficou a dois centímetros da minha antes de se afastar. Sou popular e razoavelmente inteligente e muito independente; não preciso ficar obcecada por um menino assim, como uma *menininha* patética.

Tamsin e Sophie ficam em casa até minha mãe chegar da reunião de planejamento para o evento de caridade da orquestra e bater a porta da frente depois de entrar. O som ecoa pela escada acima e, de repente, o ar fica tenso e espesso, como se mamãe tivesse trazido uma tempestade consigo. Não demora muito para minhas amigas decidirem dar o fora. Eu só queria poder ir com elas.

— Manda uma mensagem para mim depois, combinado? — Tam diz da porta da frente. — Quero saber o que aconteceu.

— Você vai ser a primeira a saber.

Sophie me dá um beijo na bochecha.

— Vá pegá-lo, tigresa!

— Ai, meu Deus, você é tão boboca — eu digo, embora meu estômago se aperte.

Eu a empurro para fora e aceno enquanto elas entram no Cabriolet de Tam. Ela não deveria dirigir sem um adulto, já que não tem idade suficiente para ter carteira de motorista ainda, mas sempre sai escondida da garagem com ele quando seus pais não estão em casa. Fecho a porta com muito cuidado depois de elas saírem, tentando não fazer barulho, e vou depressa para a escada.

— Marina? — mamãe chama do seu estúdio nos fundos da casa.

Eu solto um gemido e paro no quarto degrau. Quase.

— Sim?

— Não grite pela casa; venha aqui!

Eu reviro os olhos, irada, e quase não evito gritar de volta que foi *ela* quem começou a gritaria. Vou batendo os pés até o estúdio, onde mamãe faz pinturas que ninguém quer comprar e que, inevitavelmente, vão acabar penduradas em um dos nossos quartos de hóspedes. Acho que ela chegou mesmo a sonhar em ser uma grande artista um dia, no entanto, o mais perto que ela chega disso agora é organizar arrecadações para a Galeria Nacional.

— O que foi? — eu falo.

— Olhe como fala — ela diz, misturando alguns vermelhos na sua paleta. — Você falou com seu pai hoje?

Seria de se imaginar que nesta era de e-mails e telefones celulares eles não fossem precisar *me* usar como meio de comunicação, mas, nos últimos tempos, só parecem falar comigo como forma de passar mensagens um para o outro.

— Não.

— Pode ligar para ele, por favor, e perguntar se ele planeja vir para casa para o jantar?

— Por que você não pode ligar?

Ela me olha com frieza por cima da tela.

— Estou trabalhando aqui, Marina.

Como se as pinturas fossem tão importantes para ela. Ela passa horas planejando festas para um museu ou hospital, ou no salão fazendo luzes no cabelo, mas, no segundo em que chega em casa, tem de se trancar no estúdio.

Acho que ela simplesmente não suporta ficar perto de mim.

— Está bem.

Eu me viro para sair.

— Não mande mensagem de texto! — ela grita para mim. — Você sabe que ele nunca responde!

Eu digito o número do escritório do papai enquanto subo a escada de volta para o meu quarto. Ele sempre demora muito para atender e, assim, coloco o telefone no viva-voz e o apoio na minha cômoda enquanto visto o pijama. A mamãe odeia quando eu janto de pijama. Este foi presente da Luz, e minha pele suspira de alívio quando tiro os jeans *skinny* sufocantes que Tamsin insistiu que eu comprasse e coloco a roupa de *fleece* barata e macia. Sinto uma breve pontada ao me lembrar do rosto de Luz quando fui grosseira com ela. Deixando de lado seu gosto duvidoso para pijamas, eu amo de verdade aquela mulher. Ela é uma das poucas pessoas que não transformam em um segredo completo o fato de se importar comigo, mesmo que isso signifique que ela me constranja para caramba sempre que tem a oportunidade.

Depois de cerca de 14 toques, papai enfim atende o telefone.

— O que foi, querida?

— A mamãe quer saber se você vem jantar em casa.

— Acho que não.

Consigo ouvi-lo digitando ao fundo.

— A lira foi direto para o inferno hoje. A Itália vai precisar de alguém para livrá-la dessa, mas a Alemanha não está entrando no jogo. Graças a Deus, o euro nunca foi para a frente; o continente todo estaria ferrado.

Ele não está falando comigo de verdade, o que não é problema, porque também não estou ouvindo de verdade.

— Certo, vou falar para ela.

— Nós vamos sair cedo amanhã — ele diz —, então, talvez eu não veja você. Falei com a Luz e ela vai ficar aí enquanto não estivermos...

— Pai! Nós conversamos sobre isso!

Meus pais partem para Vail por algumas semanas depois do Natal todo ano. Pensei que talvez deixassem passar este ano, já que estão brigando tanto, mas decidiram que seria uma boa oportunidade para eles "recuperarem a conexão". Nojento. Eu ando até a janela e olho para a entrada da casa dos Shaw.

— Não sou mais uma criancinha. Posso ficar sozinha.

— Desculpe, querida, mas eu simplesmente não fico tranquilo com isso. A Luz vai...

Paro de ouvir quando luzes de faróis varrem o quintal e um carro escuro para na entrada da casa dos Shaw. O *girl-power*-urrú que convoquei mais cedo evapora com a onda de adrenalina. *James chegou.*

— Certo, pai — eu falo, cortando alguma explicação sobre roubos pós-Natal e festas de colegiais. — Preciso ir, tchau.

Desço as escadas correndo e enfio os pés descalços em minhas botas de neve, que Luz limpou e deixou ao lado da porta. Pego meu casaco no armário e o coloco com dificuldade, de repente desajeitada.

— Vou até o vizinho! — grito para mamãe antes de fechar a porta.

Desço com cuidado os degraus congelados da frente e, depois, corro pelo quintal, atravessando a neve pelos calcanhares, escorregando na grama molhada embaixo dos meus pés, até a porta dos Shaw. Aperto a campainha duas vezes, como sempre fiz, e enfio a mão nos bolsos enquanto espero.

A porta é aberta e ali está James, todo alto, moreno e maravilhoso. Ainda é meio um choque vê-lo assim. Alguns anos atrás, ele era apenas o magrelo das ciências com orelhas grandes demais que estava mais interessado em resolver equações matemáticas do que em ir a festas e fazer amizade com o resto dos colegas. Embora ele fosse um Shaw, eu costumava ser a única que se sentava com ele durante o almoço.

Depois, praticamente da noite para o dia, James cresceu, ficou proporcional às orelhas e se tornou *gostoso*. Todos queriam a atenção dele, porque, aparentemente, as pessoas podem ignorar sua nerdice extrema depois que seu perfil é publicado pela *Vanity Fair*. Para minha sorte, ele continua tão esquisito e antissocial quanto sempre foi.

A menina que eu era algumas semanas antes teria se jogado nos braços dele assim que ele abriu a porta, mas, de repente, não sei o que fazer comigo mesma. Encaro os lábios que estiveram tão perto dos meus e sinto como se tivesse virado uma daquelas bonecas de casca de espiga de milho que fazíamos no ensino fundamental, quebradiça e frágil ao toque. Tudo está diferente agora.

James me puxa em um abraço e bagunça meu cabelo.

— Ei, menina.

Certo, não tão diferente. Talvez o quase beijo nunca tenha acontecido. Talvez eu o tenha imaginado.

Sou tão *idiota*.

James se afasta e abre um sorriso largo para mim.

— Pijama legal.

Eu dou um soco no braço dele e forço um sorriso.

— Cale a boca. Foi presente de Natal da Luz.

— O que são, renas dançarinas? — Ele se inclina para examinar a estampa extravagante mais de perto. — Gostei delas.

— Vai me convidar para entrar ou não? Estou congelando aqui fora.

Ela dá um passo para o lado e me faz entrar com um aceno da mão.

— É você, Marina? — o irmão de James, Nate, chama do andar de cima.

— Bem-vindo de volta, congressista!

Sigo James pelo foyer até a cozinha nos fundos da casa. Depois de chegarmos lá, James tira um pote de sorvete de chocolate com pedaços de chocolate do congelador, e eu sorrio. Ele é uma formiguinha.

— Não está meio frio para isso? — digo.

— Nunca.

Ele me entrega uma colher e coloca o pote no balcão entre nós.

— Então, como estão as coisas, Marchetti?

Você saberia se tivesse conversado comigo nas últimas três semanas.

Eu contorno a ilha da cozinha até parar ao lado dele.

— Fique parado. Quero olhar para você.

Ele abre um sorriso largo e se endireita, jogando os ombros para trás. É uns bons 20 centímetros mais alto do que eu, com pernas e braços longos que fizeram dele o melhor nadador da Sidwell durante os 15 minutos em que esteve lá. Seus cabelos escuros estão um pouco mais longos do que eu me lembro, mas perfeitamente arrumados como sempre, e os olhos castanho-claros ficam tão brilhantes quando ele sorri para mim que eu juro que meus joelhos fraquejam.

— Sim — eu falo, virando-me para enterrar minha colher no sorvete cada vez mais mole. — Continua feio.

Ele ri.

— Obrigado.

— Você também não parece mais inteligente. Tem certeza de que aquela escola chique está ajudando em alguma coisa?

James fica corado — *corado* de verdade, o que não acontece realmente com quase ninguém —, porque ele não apenas é um gênio, mas é um gênio humilde. Não gosta que as pessoas apontem quão especial ele é, que se formou no ensino médio três anos antes e, agora, antes mesmo de completar 18 anos, já está trabalhando no seu doutorado na Johns Hopkins.

— Na verdade — ele diz —, tem algo que eu preciso falar para você.

Sou aquela boneca vazia de casca de espiga de milho de novo, o sopro mais suave me faz farfalhar e rachar. Talvez Tamsin estivesse certa, no final das contas. Ele só está tentando fingir que a situação é a mesma de sempre porque está nervoso — James não é exatamente um modelo de pessoa bem-ajustada socialmente —, mas quer me dizer como se sente de verdade. Só preciso ajudá-lo a fazer isso, dar o primeiro passo.

— É? — eu falo. — Eu também.

Ele parece aliviado.

— Você primeiro.

— Certo — digo.

Depois, minha mente fica em branco.

Eu devia ter treinado isso. Devia ter pedido a Tamsin e Sophie para me ensinarem exatamente o que dizer. Gasto segundos preciosos repassando o que aconteceu na minha cabeça. Era a noite do baile de inverno da escola, e James iria para Connecticut no dia seguinte. O baile foi um desastre. Meu salto quebrou dez minutos depois de chegarmos, Sophie bebeu muito ponche com álcool e passou metade da noite vomitando, e Tamsin terminou com Asher de um jeito dramático antes mesmo de a primeira dança lenta ter acabado. Depois disso, meu acompanhante — Will Denby, com quem eu não queria ter ido, para começo de conversa, mas é claro que James estava ocupado demais com os estudos para me levar — ficou, tipo, *fisicamente incapacitado* de não dar em cima dela, e eu acabei sentada sozinha a uma mesa no canto do salão, observando os dois dançarem. Fugi para o estacionamento descalça, segurando meus sapatos quebrados em uma mão e o celular na outra.

Eu sabia que ele estava no meio de um grande projeto para o Dr. Feinberg, mas liguei para James mesmo assim.

— Desculpe — falei, quando ele atendeu ao telefone. — Sei que você está trabalhando...

— O que foi? — ele sussurrou. Devia estar na biblioteca. — Você está bem?

— Estou bem — menti, a voz engasgada entregando-me.

— Vamos lá, Marina.

— Bem...

Respirei fundo e a história jorrou de mim.

— A Sophie está passando mal e a Tam está dançando com o meu acompanhante e tudo está horrível! Além disso, eu quebrei o meu sapato

— Fique aí. Eu estou indo buscar você.

Não senti mais o cascalho contra meus pés. Estava flutuando.

— James, não precisa...

— Vinte minutos.

Ele apareceu em um táxi 15 minutos depois com um tubo de cola potente na mão. Consertou meu sapato enquanto o táxi nos levou para o The Diner em Adams Morgan, onde James me persuadiu até eu dividir uma pilha de panquecas com gotas de chocolate com ele. Depois de uma hora e mais calorias do que eu gostaria de pensar, a sensação tensa e enjoativa no meu estômago tinha se dissolvido, e eu me senti feliz. Apenas feliz.

Depois, James me abraçou quando nos despedimos na calçada em frente às nossas casas e parou com o rosto a poucos centímetros do meu, encarando meus lábios. O ar entre nós de repente estava elétrico, e eu podia sentir o calor irradiando do corpo dele. Mas ele se afastou e o momento passou. Nós nos despedimos e foi a última vez que o vi.

Não *podia* ter sido só impressão minha, podia?

— James... — eu falo, rouca.

— Sim?

— Eu...

Ai, meu Deus. Ai, meu Deus. Ai, meu Deus.

— Você sentiu minha falta?

Eu podia me dar um *tapa*.

Ele vira para mim o sorriso mais estonteante.

— É claro.

— Então, por que não ligou? — digo, em uma voz mais ou menos parecida com a que um cachorrinho usaria se pudesse falar.

— Por isso mesmo.

Ele se aproxima de mim, pegando minha manga entre os dedos e esfregando o polegar sobre uma das renas com chapéu de Papai Noel. Não consigo respirar.

— Por causa da coisa sobre a qual eu preciso falar com você...

O soar da campainha interrompe o momento. Eu levo um susto, e James larga minha manga.

— Deve ser o Abbott — ele fala. — Mandei uma mensagem para ele quando pousamos.

Tento sorrir e sinto meus lábios se esticarem desconfortavelmente apertados pelos meus dentes.

— Ótimo.

James vai até a porta da frente com passos rápidos, muito ansioso para ver o seu *outro* melhor amigo, aquele para quem ele *mandou uma mensagem*. Eu fico na cozinha, saboreando devagar uma colher cheia de sorvete porque sou nojenta. Posso ouvir baixinho os dois meninos se cumprimentando no foyer, sem dúvida dando um daqueles estranhos abraços de garotos ou algum tipo de cumprimento de punhos quase másculo. Eu soube, no momento em que os peguei acertando umas cestas e falando sobre computadores quando James foi até a Sidwell para me encontrar depois do treino de tênis no ano passado, que ele seria um problema, e não estava errada.

Eu o odeio.

— Ei, Marina! — ele diz quando segue James de volta para a cozinha. — Pijaminha fofo.

Eu reviro os olhos e não falo nada. Nem olho para ele.

— Sinto muito — ele diz. — Não quis interromper a festa.

Por acidente, eu olho para ele, e seus olhos estão brilhando com um triunfo zombeteiro. Ah, sim, sente muito mesmo. O menino novo que costumava almoçar no canto da mesa do time de basquete, mas não tinha amigos de verdade, é o único que conseguiu abrir caminho até James; ele sabe *exatamente* o que está fazendo. James passa para ele uma colher quando Nate aparece vindo do andar de cima.

— Oi, Marina — ele cumprimenta. — Sr. Abbott.

— Ei, congressista.

— Vocês sabem que eu odeio quando me chamam assim — ele fala, pegando uma garrafa de água na geladeira.

Nate tem quase o dobro da idade de James e o criou desde os 12 anos, mas não é como um *pai* nem nada. Ele corre sem camisa pelo bairro no verão, é a única pessoa que consegue ganhar dos meninos no Call of Duty e ainda às vezes me ajuda a entrar escondida em filmes para maiores.

— Preciso correr até o escritório e ficar lá algumas horas. Trabalho de espionagem ultrassecreto.

Nate faz parte do Comitê de Inteligência da Câmara dos Representantes e gosta de fingir que isso faz dele o James Bond.

— Então, papelada? — digo.

— Exato, espertinha. — Ele deixa um beijo no topo da minha cabeça. — Não queimem a casa enquanto eu estiver fora, certo?

O amigo idiota de James faz uma saudação.

— Sim, senhor!

— Muito engraçado.

— É melhor eu ir também — eu falo, aproveitando a saída de Nate como uma oportunidade para me mandar. A ideia de James me perguntar o que eu ia contar para ele com seu amigo sentado bem ali me faz querer vomitar. — A mamãe vai pirar.

— Deixe-me pegar minha maleta e eu a acompanho — Nate diz.

— Ei — Abbott chama —, não me deixe expulsar você.

— Bem que você queria.

— Podemos conversar mais tarde? — James pergunta, pegando minha mão. — Preciso trabalhar um pouco antes, mas, depois...

Meu peito incha, porque sou patética.

— Claro.

Nate aparece ao meu lado, maleta na mão e casaco já vestido.

— Pronta?

— Bons sonhos, Marina! — o idiota diz. — Durma bem, cuidado com os monstros!

Dou um soco no ombro dele ao sair. Com força.

— Cale a boca, Finn.

— Então, como foi em Connecticut? — pergunto a Nate enquanto ele me acompanha para fora da casa.

Ele encolhe os ombros e balança as chaves do carro em volta do dedo indicador.

— Bem. Mas é bom estar em casa. James sentiu muito a sua falta.

Eu me animo.

— É?

— Pode apostar.

Ele bagunça meu cabelo também, o que ou é uma coisa dos Shaw ou uma coisa tipo Marina-ainda-tem-doze-anos.

— Eu também.

— Obrigada. Não trabalhe demais, combinado?

Talvez seja um truque de luz quando saímos das sombras e passamos para o brilho do poste de rua, mas a expressão de Nate parece mudar, ficar mais dura. Ele sorri para mim, mas parece diferente do normal.

— Veremos.

— Você está bem? — pergunto, reparando pela primeira vez que há manchas escuras sob os olhos dele e a pele parece estranhamente tesa, como se os músculos por baixo estivessem rígidos de tensão. — Está com uma aparência meio ruim.

— Ugh. — Nate segura a barriga como se eu tivesse dado um soco nele. — Isso é que é me bater onde dói.

Eu abro um sorriso largo.

— Você sabe o que eu quero dizer. Está tudo bem? Não estamos prestes a ser invadidos pelo Canadá, estamos?

— Não, nada tão aterrorizante assim — ele diz, destrancando o carro e jogando a maleta no banco do passageiro. — Só ando ocupado com uma investigação, engoliu todas as minhas férias. Mas não é nada para você se preocupar.

— Ah. Está bem.

— Você... — Nate passa a mão pela testa. — Sinto muito, Marina, é algo estranho de pedir.

— O que é?

— Você poderia... ficar de olho no James para mim?

Eu franzo as sobrancelhas.

— O que você quer dizer?

— Estou preocupado que ele esteja trabalhando demais.

Eu rio.

— Ele sempre trabalha demais!

— É — Nate diz —, mas isto parece diferente. Você pode só me avisar se ele falar algo estranho, ou começar a agir diferente? Diferente para o padrão dele, quero dizer.

Um frio sobe pela minha espinha e eu aperto mais o casaco. Está mais frio aqui fora do que eu tinha percebido.

— É claro, eu acho.

— Obrigado, Marina — Nate agradece. — Você é uma boa amiga. Agora, entre antes que você congele.

Eu sorrio e volto pela grama.

— Boa noite, congressista!

— Nate! — ele grita para mim, e espera ao lado do carro até eu estar segura dentro da minha casa.

Um toque baixinho me arranca das profundezas do sono. Consigo abrir um olho embaçado e estendo a mão para o meu celular, que está brilhando em azul na escuridão do quarto. JAMES, diz a tela.

— Ugh. — Eu aperto o botão para atender. — Por que você está me ligando, seu lunático?

— Eu não acordei você, acordei? — ele pergunta.

— É claro que não. São só... — Olho para o relógio. — Duas e meia da manhã.

— Ah. Desculpe. Não percebi que era tão tarde. Comecei a trabalhar depois de o Finn sair e acho que perdi a noção do tempo.

Saio da cama e enrolo uma manta nos ombros. Com o telefone ainda apertado à minha orelha, eu me acomodo no assento da janela, do outro lado do quarto em relação à cama. James se senta na janela oposta, cercado por uma montanha de livros abertos e papéis, o brilho dourado da luminária da escrivaninha fazendo uma auréola em volta dele.

— Você se lembra de quando nós costumávamos usar duas latas de sopa com um fio entre nossos quartos? — ele pergunta.

O som da voz dele pelo telefone tem um atraso de uma fração de segundo em relação ao movimento dos lábios e, assim, ele parece um dos filminhos a que assistíamos no ensino fundamental: não bem sincronizado.

Eu sorrio.

— Logo substituídas por walkie-talkies, se me lembro direito. A mamãe disse que ter latas penduradas nas janelas nos fazia parecer mendigos.

— Sim, mas elas eram mais divertidas.

— Foi para isso que você me acordou?

— Eu me esqueço de como você é mal-humorada quando está com sono. — Ele sorri. — Na verdade, tinha algo que eu queria perguntar antes de você sair correndo mais cedo...

— Eu não *saí correndo...*

— O Nate está falando de uma arrecadação de fundos do DNC no hotel Mandarin Oriental amanhã — James continua, ignorando-me —, e precisam de alguns corpos para ocupar cadeiras vazias. Provavelmente vai ser chato, mas ele já colocou seu nome na lista e você já foi investigada e, assim, está com vontade de comer um jantar grátis enquanto o vice-presidente dá um discurso amanhã à noite?

James está me convidando para sair? Um mês atrás, a ideia não teria passado pela minha cabeça, mas, agora...

— Vou poder ir bem arrumada? — pergunto.

— Black tie. E você achou que nunca teria uma desculpa para usar o seu vestido do baile de inverno de novo.

Um jantar chique em um salão de baile de Washington com James de smoking. É, acho que posso lidar com isso. Minha cabeça cria no mesmo instante uma fantasia elaborada: o rosto de James quando me vê com o vestido, a maneira como nossas mãos vão roçar uma na outra e se demorar ali enquanto nós dois tentamos alcançar o prato da manteiga, a dança improvisada para a qual ele vai me tirar sob um poste de rua. Ele vai se inclinar para a frente e dizer o que estava com vontade de me contar, que esperou semanas para contar: que está apaixonado por mim e não pode viver sem mim.

— O Finn vai também.

O sonho estilhaça aos meus pés, e eu faço uma careta. Finn Abbott estraga *tudo*.

James vê minha expressão e ri.

— Você deveria dar uma chance a ele. Acho que gostaria de verdade dele. Ele gosta de *você*.

— Ooh, você é tão ruim em reconhecer um mentiroso. É quase fofo.

— *De qualquer forma...*

— Não entendo por que você é amigo dele. Ele é um imbecil.

— Não, não é. Ele é incrível com computadores, sabe, até constrói os dele.

— Certo, então ele é um grande nerd como você. Ele ainda é um imbecil.

— Ele é engraçado — James diz — e me trata como uma pessoa normal. Você poderia pelo menos tentar ser legal com ele por uma noite?

Eu suspiro.

— Se a arrecadação de fundos vai ser chata, você tem de me deixar me divertir de alguma forma.

Ele sorri, e eu juro que o quarto fica um pouco mais claro.

— É justo. Então, você topa?

Pode não ser exatamente o conto de fadas pelo qual eu esperava, mas ainda é James de smoking. Mesmo com Finn lá.

— Com certeza.

— Ótimo! É melhor você dormir um pouco, então. Está tarde.

— Ah, está mesmo?

— Rá, rá.

Ele começa a se levantar, mas, então, para.

— Ah, espere. O que é que você queria me dizer mais cedo?

Eu não me sinto completa sem você ao meu lado.

Engulo em seco. Não consigo fazer isso, não agora.

— Nada. Eu conto depois.

— É — ele diz. — Eu também. É provavelmente melhor quando você não estiver meio dormindo.

— É — eu sussurro.

— Boa noite, Marina.

Ele desliga o telefone e se afasta, e um momento depois a luz do seu quarto é apagada. Encosto o rosto na janela e solto a respiração, embaçando o painel de vidro, e desenho um coração com a ponta de um dedo.

— *O que* você fez? — Tamsin diz quando eu abro a porta.

— Nada! — falo. — Eu não podia dizer nem fazer *nada*! Ele disse que precisava me falar uma coisa e eu disse que eu também, mas, depois, não consegui. Então, só fingi que estava tudo normal e, depois, Finn Abbott chegou...

Tamsin faz uma careta.

— ... e eu fui embora! Preciso da sua ajuda.

Ela enlaça meu braço no dela.

— Você é quase um caso perdido, Marina, mas, se alguém pode salvar sua vida amorosa patética, sou eu.

Ela me leva para o andar de cima e me senta na minha cama enquanto fica mexendo no meu armário, nas minhas bijuterias e na minha maquiagem — cuja maior parte ela me ajudou a escolher —, e reúne suas ferramentas. Sophie chega vinte minutos depois com uma sacola de sapatos e uma mala de rodinhas cheia de cosméticos e produtos para o cabelo. Elas começam a discutir sobre o mérito de brilho ou sem brilho e me mandam tomar um banho.

Quando eu surjo usando roupão, as duas estão prontas para mim. Sophie me senta na cadeira da escrivaninha, onde uma coleção de produtos está alinhada, esperando-me.

— Vamos cuidar disso — ela diz. — Você vai ficar *gostosa*.

Tamsin começa a minha maquiagem e Sophie, meu cabelo, e eu só fecho os olhos e deixo acontecer. Elas são boas nesse tipo de coisa, e eu não sou, é óbvio. Não *parecer* idiota esta noite é o primeiro passo para não *ser* idiota.

Agora, só preciso descobrir como agir.

— Nós estávamos conversando enquanto você estava no banho — Tamsin diz — e decidimos que ele definitivamente só está tímido, e você tem de assumir o controle.

— Ahã — Sophie fala, desfazendo um nó no meu cabelo.

— Mas como eu *faço* isso? — pergunto.

— Você tem de abraçar sua sensualidade interna. — Tamsin levanta meu queixo e eu abro os olhos. — Você é a melhor amiga de *James Shaw*. Você mora na melhor parte da cidade, seu pai praticamente controla o Banco Mundial e, desde que virou nossa amiga, é uma das meninas mais populares da Sidwell. Você é da realeza de Washington, Marina, e tem de agir como tal. Esse menino vai ter sorte de ter você.

Acho que ela está certa. Eu trilhei um caminho longo. James costumava ser meu único amigo de verdade na Sidwell, até o gênio imbecil se formar quando ainda tinha 13 anos e me deixar para trás. Mas, então, Tamsin e Sophie me colocaram debaixo das asas delas e, agora, todos se viram para olhar quando eu entro em algum lugar.

— Certo — eu digo. — É. É. Eu consigo.

— É claro que consegue — Tam diz. — Só seja confiante.

— Só arranque as roupas dele! — Sophie diz. — Ele é um *menino*. Não vai conseguir resistir.

— Ah, meu Deus, Soph — Tamsin diz. — Você é muito vadia.

Sophie abre um sorriso largo.

— Eu sei.

Tamsin e eu rimos, e Sophie acrescenta:

— Mas não estou errada, estou?

— Não, não está.

Tamsin faz um gesto para eu abrir a boca e começa a passar o batom.

— Você com certeza deveria dormir com ele. Acorda, vocês vão para uma festa chique que provavelmente tem open bar e seus pais *não estão na cidade*. É perfeito. Além disso, você já tem 16 anos. Demore muito mais e vai começar a ficar constrangedor.

— E ter James Shaw como seu primeiro, ai, meu Deus.

As palavras de Tamsin colocam gelo nas minhas veias. *Começar a ficar constrangedor*. Eu relembro meus 13 anos, parada na entrada do refeitório, sem nenhum lugarzinho aonde ir, vendo cada mesa como uma mina terrestre em potencial. Comi em um cubículo de banheiro trancado pelas primeiras duas semanas de aula só para evitar aquilo, assim como James certa vez me disse que ele fez durante um semestre inteiro, escondido no banheiro de pernas cruzadas sobre o vaso sanitário sempre que a situação do lado de fora da porta era demais para ele. Nunca mais posso ser essa garota.

Além disso, eu amo o James. Ele é doce e famoso e bonito. Por que eu *não deveria* dormir com ele?

— Com certeza — falo, e, embora as palavras soem fracas aos meus ouvidos, elas não parecem notar.

Pela meia hora seguinte, eu sofro com Tam e Sophie me puxando e cutucando e picando, e durante o tempo todo elas soltam conselhos sexuais que fazem meu estômago dar um nó de nervoso. Não sou uma inocente *completa*, mas Tam ainda assim reclama que minha pele está muito corada para ela conseguir fazer a maquiagem direito.

A campainha toca quando elas estão dando os toques finais. James tem tanto medo de se atrasar para as coisas que costuma programar alguns despertadores para si mesmo e acaba chegando 15 minutos antes. Mesmo daqui de cima, ouço Luz gritar de alegria ao abrir a porta e a torrente abafada de palavras disparadas em espanhol que se passa entre eles.

— Certo, tudo pronto! — Tamsin diz. — Pronta para ver?

Sophie cobre meus olhos conforme elas me posicionam em frente ao espelho de corpo inteiro no canto e, depois, descobre-os com um "tcha-ram!".

Eu me olho demoradamente. Meu vestido é maravilhoso, isso eu sei. Arrisquei a fúria de papai ao comprá-lo, usando o cartão de crédito dele e esperando que ele não notasse que era o dobro do orçamento que me dera. Ele notou, mas valeu a pena. O vestido é azul-escuro e brilhante, como o céu vinte minutos depois do pôr do sol, com 10 mil estrelas.

O resto de mim é mais problemático, mesmo depois da utilização das habilidades consideráveis de Tamsin e Sophie. Eu sorrio para mim mesma no espelho da maneira que imagino que vou sorrir quando vir James, para ver o que ele verá. E o que ele verá é: um vestido incrível em uma menina com um caroço no nariz, uma espinha gigante no queixo que nenhuma quantidade de corretivo foi capaz de corrigir, bochechas gordas e uma falta total de seios para fazer justiça ao seu vestido matador. (Além de um cabelo com ondas suaves e um olho esfumaçado perfeito, cortesia das suas amigas.)

Eu contenho um suspiro pelo bem delas. Roupas e maquiagem certas enganam a maioria das pessoas, mas, pelo menos uma vez, seria bom ser bonita de verdade.

— Está ótimo, meninas! — digo e espero que elas não ouçam o tom de falsidade na minha voz. — Vocês fizeram um trabalho fantástico.

Sophie me entrega a bolsa clutch de cristais que ela roubou do armário da minha mãe, e nós três vamos para o andar de baixo.

James está sentado ao balcão da cozinha, parecendo uma estrela de cinema perdida no seu smoking preto personalizado, comendo uma empanada do prato cheio que Luz colocou em frente a ele. Ele se vira quando nós entramos, e o açúcar se agarra aos cantos dos seus lábios enquanto ele me encara. Ou, é mais provável, encara a espinha gigante no meu rosto. Eu lambo os lábios, nervosa, e sinto o gosto de cera com um leve toque de baunilha do gloss de Sophie.

— Oh, *mi hija*! — Luz diz. — Você está linda.

James se levanta, e eu quase posso sentir Sophie e Tamsin segurarem o fôlego enquanto esperam atrás de mim.

— Pronta para ir? — ele diz.

Meu coração despenca, como se eu estivesse esperando que minha beleza o deixasse tão pasmo que ele cairia de joelhos e declararia amor eterno a mim bem aqui na cozinha. Porque eu sou uma idiota.

— Pode apostar que ela está pronta — Sophie diz, cutucando-me nas costas conforme ela dá um passo à frente. Seu talento para fazer mesmo a afirmação mais mundana parecer sensual não tem comparação. — Oi, James.

— Ahn, oi... pra você — James fala, corando e olhando para qualquer lugar, menos para Sophie.

Os cachos loiros perfeitos e os lábios carnudos dela intimidam muitos caras, mas em James dão um medo gigantesco. Mesmo que ele nunca consiga se lembrar do nome dela.

— Como foi em Connecticut? — Tamsin pergunta, dando a volta em mim para se juntar a Sophie perto de James. — Nós sentimos a sua falta aqui.

James franze as sobrancelhas.

— B-bem. Trabalhei muito. Você sabe.

— É? No que você está trabalhando?

— Eu, ahn... É meio difícil de explicar...

Tam e Sophie olham para James como se o gaguejar dele fosse a coisa mais fascinante que já ouviram. Enquanto isso, acho que me esqueceram por completo aqui atrás.

James olha para o seu relógio e, depois, para mim.

— Desculpem, mas temos de ir, Marina.

— Certo — eu falo, embora saiba que ainda é cedo.

É meu dever, como melhor amiga de James, salvá-lo de sua própria falta de jeito, mas, para ser sincera, também é porque odeio vê-lo conversar com Sophie e Tamsin. Talvez eu só tenha ciúmes porque, no fundo, sinto que James é *meu*, mas há algo quase predatório na maneira como elas agem perto dele. Às vezes, eu até me pergunto se é de mim que elas gostam mesmo ou se é só da minha proximidade com ele.

Tamsin e Sophie me seguem até o hall de entrada para se despedirem. Elas estão cheias de risinhos e duplos sentidos, mas meu sorriso parece colado no rosto.

— Ligue para mim mais tarde! — Tamsin sussurra quando me dá um beijo na bochecha e, depois, elas saem.

— Quer comer alguma coisa antes de ir? — Luz grita da cozinha.

— Vão servir um jantar na arrecadação de fundos.

Eu tiro do armário do hall meu casaco longo e o cachecol de casimira branca impecável que só uso em ocasiões especiais. Em algum lugar atrás de mim, sinto James se aproximar, sua presença alterando o peso do ar.

— Mas você pode ter fome antes disso! — Luz diz. — Coma um lanche, pelo menos. Uma maçã. Você come pouco.

— Eu como bastante — digo.

Se fosse por ela, eu seria grande *e* gorda. Mas pego a maçã que Luz se apressa em levar para mim no corredor de qualquer forma, só para alegrá-la.

James, do mesmo jeito, pega uma laranja que ela dá para ele e a enfia no bolso, o que parece ridículo, e, depois, abre meu casaco para mim. A mão dele roça em meu cabelo enquanto ele ajuda a acomodar o tecido sobre meus ombros, mandando um arrepio pelos meus braços. Ouço a voz de Sophie na minha cabeça, explicando exatamente a melhor maneira de separar um menino de suas roupas.

Enrolo o cachecol em volta do pescoço e, por um breve momento, penso em me estrangular com ele. Só para me tirar logo dessa agonia.

CINCO

Em

A consciência volta para mim antes do meu corpo. Eu entraria em pânico se tivesse um coração para bater ou sangue para correr ou cérebro para processar, mas não sinto nada. Não há sensação nem pensamento, apenas uma vasta e infinita expansão de nada.

Funcionou? Ou isso é morte?

Devagar, começo a sentir coisas de novo. Primeiro, é o peso incrível da minha cabeça, que é como um bloco de madeira sem pontas me empurrando para baixo, mas não me importo, porque é um grande alívio ter cabeça de novo. Depois, há o arranhar de uma superfície áspera contra minha bochecha e um formigamento dolorido nos braços e pernas, que me lembra que *tenho* braços e pernas.

Finn é meu primeiro pensamento coerente. Tento me mexer, estender a mão para ele, mas estou congelada.

O formigamento se intensifica até virar dor, forte e aguda e esfaqueando minha pele, que se solidifica. Tento gritar, mas só ouço um gemido baixo que mal percebo que deve estar vindo de mim.

Consigo abrir as pálpebras devagar, revelando vislumbres de um mundo embaçado e muito iluminado. Eu puxo fôlegos ofegantes e roucos por pulmões que parecem novinhos.

Em algum lugar, Finn diz meu nome.

Uma agitação quente passa pelo meu corpo, convulsionando meus músculos em ondas de espasmos. Eu me esforço para me apoiar em um cotovelo enquanto vomito o parco conteúdo do meu estômago, e parece que meu corpo está tentando se virar do avesso. As mãos de Finn de repente estão em mim, tirando o cabelo da minha bochecha grudenta, e eu me inclino, grata, para a pele fria dele.

O feitiço passa, e eu consigo abrir os olhos. Finn sentado ao meu lado, praticamente com o corpo dobrado ao meio, obviamente tão exausto e dolorido quanto eu.

— Você está bem? — ele pergunta.

Faço que sim com a cabeça e arrasto minha manga pela testa suada.

— Acho que sim. Foi horrível.

— É, prefiro um carro voador a isto em qualquer situação.

Ele espia ao redor de nós, os olhos varrendo cada centímetro do depósito vazio como se fosse um planeta estranho e alienígena. Segundos antes, nós estávamos em uma salinha cercados por soldados, mas, agora, estamos em algum tipo de espaço de armazenamento, os corredores labirínticos que ficam em cima do colisor de partículas substituídos por fileira após fileira de lixo não identificado.

— Conseguimos mesmo — ele diz. — Não acredito nisso.

Não sinto a mesma admiração. Viagem no tempo não é uma maravilha; é uma abominação.

Finn coloca uma mecha de cabelo atrás da minha orelha, como se fosse algo natural, algo que ele fez todo dia por anos.

— Você acha que consegue levantar?

Meu corpo parece oco e sem substância, como se, por acidente, eu tivesse deixado um pouco dele quatro anos no futuro.

— Não sei. Você vai conseguir me pegar se eu cair?

— Duvido — ele responde —, mas deixo você cair em cima de mim. Vai ser um pouso bonito e esmagador.

Eu sorrio.

— Meu herói.

Nós dois começamos a jornada para ficar em pé, causando um ao outro tanto bem quanto mal ao longo do caminho. Quando ele cambaleia, quase me derruba, e vice-versa, mas não me passa pela cabeça que eu deveria soltá-lo até passarmos de engatinhar para andar agachados e com passos trêmulos.

Nós nos levantamos e temos dificuldade para deixar o corpo ereto, mas, depois de ficarmos estáveis, Finn sorri e me abraça. Ele está tão satisfeito por ter conquistado um feito tão pequeno que não posso deixar de rir. Ele ri também e, em pouco tempo, nós dois estamos histéricos, agarrando um ao outro e ofegando. Não sei se é a desorientação que ainda permanece por causa da viagem ou apenas a alegria de enfim estarmos livres, mas não me sinto tão feliz há meses. Anos.

Porém, de alguma forma, em meio à nossa risada, eu ainda assim ouço o clique.

— Parados!

Finn fica rígido em meus braços, e eu levanto as mãos para o céu como a boa prisioneira que sou. O soldado que veio escondido até nós enquanto ríamos dá um passo mais para perto, a arma apontada para a minha cabeça.

— O que vocês estão fazendo aqui? — ele pergunta.

Um tremor leve passa das mãos do homem até a arma, fazendo-a oscilar diante dele.

Eu aperto os olhos para ele, olhos ainda marejados e embaçados, e, depois, reconheço seu rosto.

— Connor?

Ele leva um tempo para ser convencido, mas, depois de eu entregar a fotografia dele e de sua futura esposa — Laura, eu descubro, garçonete na lanchonete que ele frequenta, que já recusou duas vezes o pedido dele de um encontro —, Mike Connor começa a mudar de ideia.

Não que eu fosse culpá-lo se ele atirasse em nós bem ali.

Como pedi, Connor nos leva para um canto distante do prédio. Em quatro anos, esta será uma instalação secreta do governo, abrigando o maior colisor de partículas do mundo, mas, agora, conforme Connor explica para nós enquanto andamos, é apenas um depósito militar guardando centenas de veículos antigos, armas e munições pequenas esperando descarte e outras coisas aleatórias. Connor é um oficial de pouca importância encarregado do turno da noite.

Não consigo parar de dar umas olhadas nele enquanto caminhamos. Apenas momentos antes, eu estava vendo uma versão mais velha dele morrer, uma com cabelo grisalho nas têmporas e rugas finas marcadas nos cantos dos olhos. Apenas quatro anos separam os dois Connors, mas este parece uma década mais novo e mais suave. O futuro envelheceu Connor antes do tempo tanto quanto Finn e eu. Esse Connor jovem me parece um tipo de aparição, um fantasma vivo.

Ele já está morto, a menos que Finn e eu o salvemos.

— Não entendo isto — Connor diz enquanto andamos. — Digo, acredito em vocês, porque os vi aparecerem do nada e vocês têm aquela foto, mas parece que minha cabeça está prestes a explodir aqui.

— Na verdade, é bem simples — digo. — Você conhece a teoria da relatividade de Einstein?

Connor só fica me olhando.

— Vamos supor que eu não conheça.

— É, eu não conhecia também, até... bem. — Eu sacudo a cabeça para apagar aquela linha de pensamento. — Basicamente, espaço e tempo são, na verdade, a mesma coisa, tipo uma película gigante estendida pelo universo chamada espaço-tempo. Objetos densos deformam o tecido do espaço-tempo, da forma como um trampolim afunda quando alguém sobe nele. Se você tiver algo pesado o bastante, tipo, absurdamente pesado, pode abrir um buraco no tecido.

— Certo, eu entendo isso.

— Bem, no futuro, o governo desenvolve um enorme colisor de partículas chamado Cassandra. Quando ele faz as partículas subatômicas certas chocarem-se sob as condições adequadas, as partículas se hipercondensam no impacto e ficam pesadas o bastante para abrir um buraquinho no espaço-tempo. Nós viemos através desse buraquinho.

— Por quê?

— Porque o futuro precisa ser mudado. Precisamos destruir Cassandra antes que seja construído, ou ele vai acabar com o mundo. Não é para as pessoas viajarem no tempo.

— Mas... — Connor aperta os dedos nas têmporas. — Se vocês destruírem a máquina antes de ser construída...

— Então, ela nunca vai ter existido para que a gente volte no tempo e a destrua? — Finn diz.

— Isso.

Faço que sim com a cabeça.

— É um paradoxo. Mas a questão do tempo é que, na verdade, ele não é linear como pensamos. Uma pessoa que eu conheci tinha uma teoria sobre o tempo, de que ele tem um tipo de consciência. Ele limpa as coisas e evita ser rasgado por paradoxos congelando certos eventos e evitando que eles mudem. As ações, como nós fazermos algo para impedir que Cassandra seja construído, permanecem, enquanto a passividade, como nós nunca voltarmos para evitar a máquina porque não poderíamos fazer a viagem, não permanece. Quando nós... fizermos o que temos de fazer para destruir Cassandra, isso deve virar um evento congelado, a salvo dos paradoxos.

— Como vocês vão voltar para o seu tempo? — Connor pergunta.

Finn olha para mim antes de responder.

— Não vamos.

— Oh.

A expressão de Connor se fecha.

— Certo. Bem, aqui estamos.

Chegamos ao canto dos fundos do depósito. Em frente a nós, há um pequeno ralo no chão de concreto. Quatorze centímetros de diâmetro, 32 buracos, mas nenhuma marca do tamanho de uma moeda de cinco centavos ainda, e sem paredes de blocos de cimento envolvendo-o.

— Para que é isso? — questiono. — Eu me perguntava isso todo dia naquela cela.

Connor encolhe os ombros.

— Eles estão por toda parte. Caso os sprinklers sejam acionados e haja uma inundação.

Uma resposta tão inofensiva. Lembro-me de todas as coisas horríveis que eu tinha pensado como função para o ralo, que gastei horas encarando, imaginando meu sangue indo embora, descendo em espiral por ele.

— Você precisa aprender tudo o que pode sobre este prédio — eu digo —, todas as suas peculiaridades. É por isso que vão manter você aqui em vez de mandarem para outro lugar quando assumirem o prédio. Você é leal e trabalha duro, e isso vai fazer com que seja promovido. Um dia, você vai ouvir dizer que eu roubei uma colher, e nesse momento você saberá que estamos prontos para você nos libertar.

— Jesus, não acredito que você está mesmo me dizendo essas coisas — ele fala. — Parece impossível.

— Eu queria que fosse.

— Como eu soube que tinha de libertar vocês da primeira vez? — ele pergunta. — Vocês não estavam aqui para me contar antes que acontecesse.

— Não sei — respondo. — Acho que aquelas versões de você e de mim devem ter aprendido a confiar uma na outra de alguma forma.

Connor inclina a cabeça para trás, como se estivesse tentando enxergar para além deste prédio e até o horizonte.

— O futuro é mesmo tão ruim?

Finn avança e toca a parede do depósito que dá para o lado de fora, que um dia formará parte da cela dele.

— Pior.

Olho nos olhos de Connor. Eles estão entorpecidos com o choque agora, mas, um dia, serão os únicos olhos gentis que olharão para mim por meses.

— Não podemos mudar a situação sem você, Mike. Você é a chave para tudo isso.

Ele leva um momento para processar a informação e suspira.

— Bem, acho que vocês já sabem que vou dizer sim, não sabem?

— Agora nós sabemos.

Connor tira um canivete de ferramentas do bolso e começa a desparafusar a grade em volta do ralo. Pego do bolso o pedaço de papel que carreguei ao atravessar os anos e olho para ele uma última vez. Não há nada para eu riscar. Versões anteriores minhas, Ems que eu nunca conheci e que foram geradas por cada tentativa de mudar o tempo, deixaram evidências de cada plano que tentaram para evitar o futuro. Só resta uma opção e ela cabe a mim. Se matá-lo não der certo, nada dará.

Beijo o pedaço de papel e coloco-o de volta dentro do saco plástico. Se eu falhar, talvez a próxima Em — que está lá fora em algum lugar, andando por aí feliz e despreocupada, sem ter ideia do que está reservado para ela — tenha sucesso. Eu enfio o saco plástico bem fundo dentro do ralo e, conforme Connor aparafusa a grade de volta, peço a Deus que ela nunca esteja naquela cela para encontrá-lo.

Connor nos esconde em um canto especialmente desolado do depósito pelo restante do seu turno. Ele nos traz biscoitos com manteiga de amendoim e salgadinhos da máquina de comida e nos deixa escondidos dentro de um Humvee quebrado. Finn divide os lanches — reparo que ele me dá mais do que a minha parte e não o impeço — e comemos em silêncio, enrolados no couro rasgado na parte detrás do enorme veículo.

— Ah, meu Deus — Finn geme, lambendo pó laranja das pontas dos dedos. — Você se lembrava de Doritos serem assim tão bons?

— Eu não me lembro de nada ser assim tão bom. — Tiro uma camada de manteiga de amendoim de um biscoito e a sugo, tentando fazê-la durar o máximo possível. — Este banco não é macio?

Finn pula na almofada de couro.

— É o paraíso.

O lado bom de ficar preso por alguns meses? Não é necessária muita coisa para agradá-lo.

Passamos o resto da noite no Humvee. Finn se senta perto o bastante para tocar em mim, mas não toca, e eu fico grata. Já estou bem confusa por dentro sem isso. Em vez disso, apenas conversamos, e, no escuro dentro do veículo, para mim é tão difícil enxergar o rosto dele que é quase como estar em nossas celas de novo. Acho isso reconfortante, o que me surpreende. Nós passamos tantas horas conversando através da parede que nos separava, dizendo coisas um para o outro na segurança de nossas próprias e pequeninas prisões que nunca teríamos podido dizer cara a cara. É bom poder relembrar como é estar no mesmo espaço que ele.

— O que tentamos antes disto? — Finn pergunta. — Digo, nossa última versão.

— Nós... *eles*... se livraram de Noah Hickson — respondo.

Era o item 14 da lista. Eu a encarei por tanto tempo que ainda posso ver cada palavra quando fecho os olhos.

— Ah, certo. O engenheiro?

— É. Acho que pensaram que o doutor não conseguiria projetar Cassandra sem a ajuda dele.

— Ainda não consegue falar o nome dele, hein?

Faço que não com a cabeça. A ideia de aquele nome estar na minha língua me dá ânsia.

— Nem eu — Finn sussurra. — Então... livraram-se dele como? Eles o mataram, você acha?

— Não sei — digo.

Espero que não, o que é bobagem. Por que eu deveria me importar com o que uma versão diferente de mim certa vez fez com um completo estranho?

— Mas Cassandra foi construída mesmo assim.

— É.

— Então não temos escolha mesmo, temos?

— Acho que não.

— Em.

— Sim?

— Sei que as coisas ainda estão meio estranhas entre nós, e isso vai me fazer parecer uma menininha, mas... — Ele se aproxima de mim de repente no escuro. — Posso segurar sua mão?

Com um nó na garganta, eu ofereço a mão para ele. Ele enlaça nossos dedos e nós nos seguramos um ao outro até adormecermos.

Connor nos acorda algum tempo depois e, à luz, para mim é difícil olhar Finn no rosto.

— Eu trouxe um sapato para você — Connor diz, largando um par de tênis desbotados no concreto em frente a Finn. — Você não pode salvar o mundo descalço.

Finn desliza os pés, cujas solas ainda estão manchadas com o sangue dos soldados que morreram no futuro, para dentro dos tênis. Meus chinelos de prisioneira são finos, mas vão me levar aonde quer que estejamos indo. Finn amarra os cadarços enquanto Connor explica seu plano para nos tirar escondidos do depósito, que envolve a plataforma de carga e meia dúzia de *pallets* de madeira velhos que Connor disse ao chefe que quer transformar em estantes para armazenar ferramentas. Vinte minutos depois, estamos na caçamba da picape de Connor, deitados sob uma lona junto com os *pallets* empoeirados, enquanto ele passa pela guarita dos seguranças na estrada que sai do depósito.

— Bom — Finn sussurra. — Isto pelo menos parece familiar.

Depois de termos percorrido alguns quilômetros pela estrada, Connor para e nós nos apertamos na cabine da picape. Ele nos leva para a sua casa, onde nos deixa tomar banho e nos dá roupas limpas suas para usarmos. Eu saio do banheiro com o cabelo molhado pingando pelas costas do enorme casaco de capuz preto de Connor, e vou procurar por Finn. Eu o encontro — usando jeans escuros finos de tão gastos nos joelhos e uma camiseta de mangas longas — comendo panquecas à mesa da cozinha. Connor desliza um prato em direção a mim.

— É tudo o que eu sei preparar — ele diz.

Eu me sento e apenas encaro a pilha de panquecas, que tem xarope escorrendo e está salpicada com pequenas poças de manteiga, por um minuto inteiro. Quero me enrolar nelas.

Não sei por quanto tempo Finn e eu comemos, mas sei que Connor tem de fazer outra rodada de massa porque acabamos com a primeira em minutos. Quando enfim eu baixo meu garfo, estou tão cheia de panquecas que acho que vou ficar enjoada, e é a melhor sensação do mundo. Eu *aprecio* a minha náusea, e, a julgar pelo gemido baixo de Finn, ele também.

Enquanto Finn lava a louça, Connor desaparece da cozinha e volta com uma bolsa de tecido grosso em uma das mãos e um estojo de plástico na outra.

— Roupas extras — ele diz. — Algumas coisas de primeiros socorros, algumas barras de proteína. Não é muito, mas...

— Está ótimo, Connor — eu falo. — Obrigada.

— Também peguei...

Ele abre o estojo e, dentro, há uma pistola semiautomática e uma caixa de munição. Finn e eu olhamos um para o outro; não contamos a ele que estamos planejando atirar em ninguém.

— Vocês vão precisar disto, certo?

Finn força uma risada.

— Não! Nós não precisamos de uma *arma*...

— Não da sua — eu interrompo. Connor merece a verdade, pelo menos, por tudo o que fez por nós. E é óbvio que ele não é idiota. — Não podemos deixar que seja rastreada até você. Você *tem* de estar trabalhando em Cassandra daqui a quatro anos, e isso nunca vai acontecer se sua arma for usada para cometer um crime.

— Eu a comprei em uma exposição de armas quando estava morando no Arizona. Não precisou de registro. Nunca será rastreada até mim. — Ele me oferece o estojo de novo. — Tudo bem. Eu sei que não dá para mudar o mundo sem que alguém se machuque.

Eu encaro a arma. A verdade é que nós provavelmente vamos precisar dela. Com uma arma, você pode matar à distância; não tem de olhar a pessoa nos olhos ao encerrar a vida dela. Finn e eu vamos precisar disso. Eu estendo a mão para a caixa.

— Em... — Finn diz.

— Vocês sabem como usar? — Connor pergunta para mim.

Verifico a trava de segurança da arma, fecho o estojo e o guardo dentro da bolsa.

— É — respondo, lembrando-me das horas de treino de tiro pelo qual Jonas nos fez passar nas montanhas, atirando em alvos rudimentares, desenhados à mão, pregados em árvores. — Nós sabemos.

Com isso, o calor agradável da pequena cozinha e o gosto ainda presente do xarope na minha língua evaporam. Estas não são férias de volta ao nosso passado confortável; é uma missão. Não posso me deixar esquecer isso, nem por um instante, porque relembrar dói demais.

Connor nos leva de carro até o ponto de ônibus na cidade seguinte, que eu descubro ser Oakton, Pensilvânia. Todos esses meses, Finn e eu não fazíamos ideia de onde estávamos. Eu apoio a cabeça contra o vidro frio da janela da picape de Connor e olho o mundo que passa do lado de fora. Primeiro, não há nada além de terras de plantações, polvilhadas de gelo branco cintilante e quebradas por uma casa de vez em quando ou um celeiro vermelho-vivo ou um cavalo pastando. O céu é como uma tigela azul perfeita colocada de cabeça para baixo sobre o mundo — a cor vibrante acima de nós e desbotando para o branco no horizonte — e é maior do que eu poderia ter lembrado.

Entramos na pequena cidade onde o ônibus para, e minha respiração fica presa na garganta.

Há toldos coloridos sobre as portas das lojas ao longo da rua principal, e os postes de rua de ferro forjado ainda estão decorados com fartas luzes de Natal. As pessoas que andam pela rua não se apressam com a cabeça baixa nem olham para trás com medo de soldados se aproximarem. A última vez que eu estive ao ar livre, havia fuzileiros com metralhadoras em cada esquina das ruas movimentadas, e podiam exigir seu documento de identidade sem nenhum motivo. Estávamos em guerra contra a China e com medo de bombardeios aéreos eminentes contra a Califórnia, enquanto um grupo de terroristas detonava bombas em cidades pequenas por toda a Costa Leste. Nem mesmo nossas casas eram seguras. Com o governo monitorando telefones celulares e o uso da internet, uma palavra questionável era suficiente para o Departamento de Segurança Interna derrubar sua porta e arrastá-lo para um campo da Agência Federal de Gestão de Emergências como suspeito de terrorismo.

Mas, aqui, no passado, há luzes de Natal. Viro-me para Finn e vejo que seus olhos estão tão arregalados quanto os meus.

— Sempre foi bonito assim e nós simplesmente nunca notamos? — pergunto.

Ele segura minha mão, mas não responde, e continuamos a olhar esse nosso velho mundo embasbacados antes de Connor parar no estacionamento do Burger King, onde o ônibus está esperando.

Connor paga ao motorista nossas passagens e me dá o restante das notas da sua carteira. Eu queria poder protestar, mas sei que vamos precisar delas. Ele aperta a mão de Finn e me dá um abraço esquisito enquanto o motorista guarda o resto das bagagens.

— Quando eu era pequena — falo no ouvido dele —, tinha um amigo imaginário chamado Miles. Ele era um canguru roxo.

— Ahn. — Connor me solta. — Certo.

— Ninguém mais sabe disso — conto. — *Ninguém.*

— Oh, então é assim que...

— É assim que eu vou saber que posso confiar em você — digo.

— Entendi.

Finn toca o meu ombro.

— O ônibus está pronto para sair.

— Nós nos vemos depois, eu acho — Connor brinca.

Eu pisco e o vejo cravejado de buracos, seu rosto gentil salpicado de sangue conforme ele cai no chão. Pisco de novo e ele está parado em frente a nós, sorrindo, jovem e inteiro.

— Você é o melhor, Mike — eu falo, e, quando ele se afasta, acrescento-o à lista de pessoas em que espero nunca mais pôr os olhos.

Síntese -

ELES VOLTAM NO TEMPO, ENCONTRAM O SOLDADO CONNOR,
QUE OS AJUDARAM A ENCONTRAR CASSANDRA.
JUNTOS DÃO CONTINUIDADE AO PLANO
FINN, EM, CONNOR, CASSANDRA
↳ MÁQUINA DO TEMPO

SEIS

Marina

James come sua laranja no banco de trás do carro alugado enquanto ele nos leva em direção ao Mandarin Oriental. De alguma forma, ele não percebe o açúcar ainda colado a um canto dos seus lábios, das empanadas de Luz. Se eu fosse Sophie ou Tamsin, eu me inclinaria para a frente e limparia para ele, meus dedos demorando-se sedutoramente no final da boca. Eu o deixaria louco de luxúria, e ele me pegaria em seus braços e me beijaria. Tento me forçar a me mexer. Estendo a mão para ele, mas perco a coragem com ela parada no ar e passo-a no cabelo em vez disso, colocando uma mecha não existente de volta ao lugar. Não consigo. Em vez disso, fico sentada imóvel e não digo uma palavra sobre o açúcar. Pelo menos, posso apreciar o quanto é fofo.

Finn, em um smoking que não lhe cai muito bem, está esperando por nós do lado de fora do hotel. Ele faz uma reverência elaborada enquanto saímos do carro.

— Meu Lorde Shaw! E Lady Marina da Casa dos Esnobes!

Ele estende a mão para a minha e chega mesmo a *beijá-la,* e eu a puxo de volta antes de alguém poder ver. Por que ele sempre tem de tentar me fazer sentir uma idiota?

— Você tomou banho com essa colônia? — pergunto. A nuvem em volta dele é espessa o bastante para fazer um gato engasgar. — Sabe, existe uma coisa chamada *sabão*...

— É *Eau de Homme* — ele diz, endireitando sua gravata-borboleta. — Você sabe que não consegue resistir.

Eu sinto ânsia.

— Ah, a propósito, cara — Finn diz, inclinado a cabeça para James —, você está com comida no rosto.

James limpa o açúcar dos lábios e lança um olhar bravo fingido para mim, e eu escondo um sorriso.

Nós entramos, seguindo o fluxo de pessoas bem-vestidas até o salão de baile do hotel. O vice-presidente fará um discurso esta noite e, assim, a segurança é reforçada. Agentes do Serviço Secreto estão posicionados em intervalos regulares por todo o hotel, e nossos convites e identidades são completamente verificados antes de sermos direcionados através dos detectores de metal. Depois de sermos liberados, um atendente nos leva até nossos lugares, três cadeiras a uma grande mesa redonda no fundo do salão. Dois outros casais já estão sentados, e eu vejo o distinto sinal das expressões deles se fechando quando três adolescentes chegam à sua mesa.

A expressão no rosto de uma mulher muda quando ela reconhece James. Ela ergue sua taça de vinho com a mão pesada de joias — *nova rica,* mamãe diria — e sussurra por trás da taça para o marido. A cabeça do homem gira para encarar James, que está preocupado demais com desligar o celular para reparar. Estou prestes a perguntar a eles se seus pais lhes ensinaram que é grosseria encarar, o que deixará o jantar um pouco desconfortável, mas valerá a pena, quando Finn pigarreia alto ao meu lado. Todos automaticamente olham para ele, e ele está olhando fixo para a mulher e o marido com uma frieza que nunca vi na sua expressão de pateta. O casal desvia o olhar no mesmo instante.

James levanta os olhos do telefone.

— Você está bem? Acho que estão trazendo água.

— Não, estou bem — Finn responde, piscando para mim, e eu me viro para o outro lado.

O jantar é servido por garçons de fraque e luvas brancas, e os discursos começam. Posso ver que James está prestando atenção a cada palavra, mas, depois de 20 minutos, o senador Gainer começa a parecer, pelo menos para mim, um dos adultos de um episódio do desenho do Charlie Brown: *muamp muamp muamp*. Entre dar olhadas rápidas em James — James de *smoking* —, eu brinco com meu salmão e empurro os legumes do prato para formar pilhinhas bem arrumadas. Depois de um tempo, crio uma paisagem com eles, um vale verde de brócolis na base da Montanha Salmão, que se ergue na direção de nuvens fofas de arroz basmati.

Percebo Finn me observando, seu rosto iluminado de zombaria. *Quantos anos você tem*, ele vai perguntar, *quatro?* Eu destruo minha paisagem com o garfo e apoio a cabeça no ombro de James.

— Entediada? — ele pergunta.

— Um pouco — sussurro.

— Bem, pelo menos você está bonita.

Eu me esqueço por completo de Finn. Eu me esqueço de *respirar*. De repente, a ideia de separar James de suas roupas não parece assim tão ridícula.

— Ei — eu falo baixinho, ouvindo as palavras saírem da minha boca como se eu estivesse separada do meu corpo. — Quer vir até a minha casa quando acabar? Meus pais foram para Vail hoje de manhã.

James está observando o orador no palco.

— É, claro.

Ele costuma ficar na minha casa quando meus pais não estão, o que acontece constantemente, então, não está entendendo. Mas não posso simplesmente *dizer*, em especial aqui, com Finn Abbott a meio metro de distância. Assim, em vez disso, coloco uma mão hesitante na perna dele.

Se passasse mais perto do joelho dele, seria apenas amigável. Se eu desse uma batidinha, seria amigável. Mas minha mão está só um pouco alta demais na coxa dele, e tento canalizar Sophie quando lhe dou um leve apertão. Pode parecer uma atitude tranquila do lado de fora, mas meu peito está tão apertado que eu me pergunto se estou tendo um ataque do coração.

James levanta o olhar para mim e vejo as engrenagens começarem a girar na cabeça dele.

— Ei — Finn diz. — O Nate subiu.

Puxo a mão de volta e James se vira na direção do palco. Eu morro de mais ou menos 46 maneiras diferentes enquanto acrescento isso à lista de motivos pelos quais odeio Finn Abbott, e fecho os punhos trêmulos por baixo da toalha de mesa.

Nate é o penúltimo a discursar, logo antes do vice-presidente. O prefeito McCreedy, que é um velho amigo da mamãe e vem a todas as festas na nossa casa, apresenta-o. Uma "estrela em ascensão" do Partido Democrata, recentemente eleito líder da minoria e subindo os degraus do Comitê de Inteligência da Câmara dos Representantes.

Além disso, ele é um *Shaw*.

— Você acha que Nate vai concorrer à presidência um dia? — pergunto enquanto a multidão aplaude, tentando soar normal.

Tamsin ou Sophie não ficariam mudas e tremendo, então eu também não vou ficar. Estou casual.

James encolhe os ombros.

— Ele nunca disse nada sobre isso para mim.

— Vai concorrer, sim — Finn fala. — Não da próxima vez, mas depois disso talvez. Depois de ele ter sido senador ou governador.

— O que faz com que você tenha tanta certeza? — questiono.

— Ele tem tudo de que precisa. A linhagem, os recursos, o cabelo presidencial perfeito. Seria louco de não concorrer.

James ri, sem ouvir o toque de zombaria que eu escuto nas palavras de Finn.

— Bem, acho que ele daria um ótimo presidente. Ele é inteligente e compassivo e firme. Além disso, você sabe — viro-me para Finn com um olhar severo —, ele tem um *cabelo* tão bonito.

— Você não deveria desprezar a importância de um bom corte de cabelo, M. Ele realmente...

Eu interrompo:

— Estou falando sério, Finn, não dá para você...

— ... diz muito sobre um homem!

— ... parar de ser um idiota por dez segundos?

— Pessoal, xiu! — James diz. — Nate vai falar.

Em

Eu me sento no asfalto congelado, apoiando-me na lateral de um Civic salpicado de sal com Finn ao meu lado. Ele esfrega as mãos umas nas outras para afastar o frio, enquanto eu olho fixo para a arma que está na minha própria mão aberta.

Não lembrava que uma arma pesava tanto. Faz um tempo, mas não achei que fosse esquecer esse tipo de coisa e, agora, por algum motivo, é tudo em que consigo pensar.

— Tem certeza de que você está bem para fazer isso? — Finn pergunta. — Porque eu posso fazer.

Faço que não com a cabeça.

— Eu atiro melhor que você, e talvez só tenhamos uma chance.

— Você atira *um pouquinho* melhor do que eu.

— Ah, por favor, Abbott. Você é péssimo e sabe disso.

— Pode ser, mas eu não cresci com...

Eu o impeço de terminar a frase. Não suporto ouvi-la.

— Eu vou fazer — falo.

As palavras saem mais frias do que eu pretendia, como se o ar as tivesse congelado assim que deixaram minha boca, e Finn não discute mais comigo.

Marina

Nate vai ao palco sob os aplausos trovejantes do salão de baile, baixando a cabeça e sorrindo de um jeito que tanto ele quanto James herdaram do pai. Ao meu lado, Finn coloca dois dedos na boca e solta um assobio ensurdecedor que me faz pular e derramar água mineral na minha mão. O resto da nossa mesa se vira e olha feio, e eu o empurro, enquanto ele e James riem. James me entrega seu guardanapo para me secar.

Nate ajusta o microfone.

— Obrigado. Primeiro, quero agradecer ao Comitê Nacional por me receber e a todos vocês por terem vindo. Foi o apoio de vocês que ajudou nosso partido a recuperar a Casa Branca e, com sorte e com seu apoio contínuo, logo vamos recuperar o Congresso. Então, eu sinceramente espero que estejam gostando dos seus salmões que custaram 800 dólares cada.

Uma risada suave se espalha pela multidão. Finn baixa o olhar para seu prato vazio e o meu quase sem ser tocado, horrorizado.

— Nosso sistema político está quebrado — Nate diz. — Dinheiro e interesses especiais falam mais alto em Washington do que as vozes de nossos cidadãos. Mas a beleza da nossa democracia é que ela sempre evolui, e nada que esteja quebrado é impossível de consertar se seguirmos com coragem e integridade, de olho nos nossos interesses em comum como um povo.

Eu posso não entender de política, mas entendo Nate. A maioria dos homens deste salão só se importa com poder, mas, quando Nate fala de trabalhar pelo bem de todas as pessoas, sei que ele é sincero. Ele se importa de verdade, enquanto a maioria de nós só diz que se importa. Olho para James e sorrio com seu olhar de sincera admiração ao observar o irmão.

— Cabe a nós reconstruir nosso governo e a promessa da nossa democracia. Senão...

Algo explode. Um golpe violento rasga o ar, o som é tão alto que se parece mais com levar um golpe do que com ouvir algo. Eu me vejo curvada na minha cadeira, as mãos apertadas sobre as orelhas, sem memória de ter me mexido. À minha volta, as pessoas estão gritando e se espalhando, algumas correndo, outras caindo das cadeiras e deitando-se no tapete vermelho e dourado do hotel.

No palco, Nate caiu atrás da tribuna. Eu o encaro, imóvel, os gritos em volta de mim silenciando-se nos meus ouvidos. Ele está olhando para a multidão, o rosto apertado contra o chão do palco e, por um segundo, juro que ele está olhando bem para mim.

O que está acontecendo? Por que ninguém o está ajudando?

Então, eu vejo o sangue. Está nascendo no peito dele da forma como as azaleias vermelhas extravagantes do pátio da sra. Murphy desabrocham quando o sol sai.

O mundo recupera a velocidade e o barulho com um estalo. Minha garganta parece dolorida, e percebo que estou gritando.

Nate levou um tiro.

James se joga na direção do palco, abrindo caminho entre as pessoas para chegar ao irmão caído. Finn, assim como meia dúzia de outras pessoas, vira-se e corre na direção oposta, para fora do salão. Eu vou atrás de James.

Os agentes do Serviço Secreto cercaram o vice-presidente e o levaram para fora do salão, e uma fila deles forma uma barricada em frente ao palco, empurrando as pessoas que são jogadas na direção deles com a movimentação da multidão em fuga. Atrás dos agentes, os homens que já estavam no palco estão amontoados em volta de Nate, inclusive o prefeito McCreedy e o senador Gaines, que está ajoelhado sobre Nate, apertando com a mão o ferimento em seu peito. James corre com velocidade total para a fila de agentes como se nem os visse. Eles o pegam pelo braço e o colarinho, segurando-o.

— É o meu irmão! — ele grita, a voz quase não é humana. — É o meu *irmão*!

Eu encontro minha voz.

— Ele é o James Shaw, deixem passar!

Graças a Deus, o prefeito levanta os olhos e diz:

— Tudo bem, cavalheiros!

Do contrário, acho que James poderia tê-los rasgado ao meio. Ele está queimando de terror, pegando fogo, e nenhuma força da natureza poderia tê-lo contido. Ele pula no palco, colidindo contra a segunda camada de homens entre ele e seu irmão e abrindo caminho à força. Eu só posso observar, impotente, detrás da fila de agentes conforme ele se ajoelha ao lado de Nate e aperta sua mão.

Os olhos de Nate se reviram pela cena de um jeito horrível, como se ele não conseguisse focá-los, e eu me viro e vomito pelo tapete decorado do salão de baile.

SETE

Marina

O tempo passa. Não sei quanto. O Serviço Secreto nos tira do salão — a cena do crime — como uma manada, e eu acabo me sentando no chão do lobby, a alguns metros de onde as portas da frente abrem e fecham, mandando sopros de ar gelado sobre mim, sem me importar com os anos de sujeira incrustada que estou depositando em meu lindo vestido. Em algum lugar, perdi um dos sapatos de Sophie, e um machucado está escurecendo depressa no meu braço, que eu não me lembro de ter batido. Por toda a minha volta, as pessoas estão juntas em pequenos grupos, chorando ou respondendo a perguntas dos agentes, que se espalham para recolher depoimentos, mas não as vejo de verdade. Sei que deveria procurar Finn ou ligar para Luz ou chamar um táxi, mas tudo o que consigo fazer é ficar sentada e olhar fixamente e me lembrar do dia em que James enterrou os pais.

James parecia entalhado em mármore no dia do funeral. Doze anos de idade, usando um terno preto novo e sapatos grandes demais para ele, com uma expressão que lembrava uma pedra branca e dura. Fiquei em pé no fundo da igreja com meus pais, cada um de um lado meu, duas colunas altas de preto tão sólidas quanto as paredes da minha casa, e tentei ver o rosto de James, lá no banco da frente com Nate ao seu lado.

Ele estava quieto e parado, e eu fiquei esperando que chorasse. Eu teria chorado.

Meus pais me disseram para dar um pouco de espaço para ele, mas, assim que chegamos à recepção dos Shaw, eu saí correndo e os deixei perto de uma mesa de bufê reunindo pratos de bolinhos de caranguejo. Deslizei em meio à multidão como um peixinho entre um cardume, sacudindo e serpenteando na altura da cintura, procurando o cabelo escuro e o rosto pálido de James. Dei duas voltas no térreo, mas ele não estava em nenhum lugar. Nate — que trabalhava cuidando de documentos para o juiz MacMillan na época e tinha sua própria casa na Colina do Capitólio, mas ainda ia para casa na maioria dos fins de semana — estava apertando mãos e aceitando pêsames. Quando ele me viu, inclinou a cabeça em direção à escada e fez uma mímica como se abrisse um livro.

Na biblioteca do andar de cima, encontrei o paletó de James deitado nas costas do sofá e seus sapatos de couro brilhantes jogados para um canto, mas não havia sinal de James. Chamei-o pelo nome, porém apenas o silêncio me cumprimentou. Entrei mais na biblioteca e, enfim, encontrei-o enrolado em uma grande poltrona que ficava virada de costas para a porta, tão encolhido que estava invisível até eu me aproximar. Sentei-me de pernas cruzadas no chão ao lado dele, mesmo sabendo que mamãe ficaria furiosa com os vincos no meu melhor vestido azul-marinho.

— Você está bem? — falei.

Eu sabia que ele não estava, é claro, mas não sabia o que mais dizer.

— Por que os seus pais deram para você o nome de Marina? — ele perguntou, a voz estável e normal, como se fosse um dia como outro qualquer.

A calma nada natural dele me deixou brava.

— Foi ideia da minha avó. É por causa de uma personagem de uma peça.

— Shakespeare, certo? *Péricles, Príncipe de Tiro* — ele disse. — Marina nasceu em um barco durante uma tempestade.

— É.

— Mamãe e papai deram o nome de Nate por causa do meu avô, que foi governador de Connecticut. Nunca esperaram que teriam a mim. Mamãe disse que eles discutiram por meses quanto a que nome me dar. Ela queria James, e papai queria Michael.

— Como a sua mãe ganhou?

Ele enfim me encarou, e a expressão nos olhos dele era como cair e cair e nunca atingir o chão.

— Nunca perguntei.

Meu coraçãozinho se partiu, pois acho que, mesmo com dez anos de idade, eu já estava um pouco apaixonada por ele.

— James...

Ele ficou em pé depressa antes de eu conseguir terminar a frase e, depois, o abajur na mesa ao lado dele estava voando contra a parede e estilhaçando em milhares de pedaços.

— Não era para isso acontecer! — ele gritou, a mão sangrando onde havia batido no abajur com a lateral do punho. — Como pôde simplesmente *acontecer* e não ter jeito de mudar? Um segundo idiota e uma rua molhada e tudo está arruinado para sempre?

A mesa seguiu o abajur conforme ele a empurrou no chão. Ela caiu de lado, fazendo barulho. Eu me levantei desajeitada e me afastei dele.

— Sinto muito — falei, em lágrimas.

Mas James não conseguia mais me ouvir. Estava além das palavras. Urrou como um animal ferido enquanto destruía a biblioteca. Eu sabia que devia pará-lo, consolá-lo de alguma forma, mas não conseguia. Meu melhor amigo no mundo de repente era algo estranho e ausente, e isso me assustou. Saí correndo da biblioteca e voltei para o lado dos meus pais e, quando o som dos gritos de James desceu pela escada, Nate pediu licença e os empregados nos acompanharam até a saída.

Não vi James de novo durante três semanas, e nunca conversamos sobre aquele dia. Tentei esquecer que tinha acontecido.

Porém, agora é tudo em que consigo pensar.

— Marina?

Sinto uma mão no meu ombro e percebo levemente que há alguém agachado ao meu lado. Viro-me e foco os olhos embaçados nele.

— Finn?

— Levante, ok?

Ele me ajuda a ficar em pé, e eu não resisto.

— Meu Deus, você está congelando. Cadê o James?

— Os, ahn... Os paramédicos vieram e...

O casaco de Finn de repente está quente sobre meus ombros.

— James foi na ambulância com Nate?

O som do nome de Nate joga o mundo real em uma clareza aguda. Eu realmente *vejo* Finn pela primeira vez e bato forte no peito dele com as duas mãos.

— Aonde você foi? — grito enquanto ele cambaleia para trás e bate contra uma mesa decorativa de canto, onde está apoiado um arranjo de flores vistoso.

— Marina...

Eu bato nele de novo, mas ele está preparado desta vez e pega as minhas mãos.

— Você nos deixou! James *precisava* de nós!

— Eu corri atrás do atirador! — ele grita por cima da minha histeria. Aperta minha mão com força e a pressão me traz de volta à Terra. — O tiro veio por detrás de nós, e eu achei... Foi idiota, mas achei que talvez eu pudesse pegá-lo. Não sei no que eu estava pensando.

Eu me dissolvo em um choro soluçado, e os braços de Finn vêm hesitantes em volta de mim. Ele está praticamente me segurando em pé, mas eu ainda assim o empurro, jogando minhas mãos entre nós, atingindo seu peito, sem conseguir parar, e ele simplesmente me deixa fazer isso.

— Eu odeio você — eu falo.

— Eu sei — ele diz e me segura até eu conseguir respirar de novo.

Eu me afasto e enxugo os olhos.

— Desculpe — balbucio.

— Tudo bem. Tenho certeza de que vou merecer isso um dia.

— Precisamos ir para o hospital. James vai...

Eu engasgo e não consigo terminar a frase.

— Ele não pode ficar sozinho agora.

— Tem certeza de que é uma boa ideia? — Finn pergunta. — E se a gente apenas atrapalhar ou...

— A situação ficou séria demais para você? — eu brigo com ele. — James precisa de nós e nós vamos. Você é quem está tão desesperado para ser amigo dele. Não vai escapar dessa agora.

— É, tudo bem. — Finn levanta as mãos, rendendo-se. — Vamos encontrar seu sapato e pegar um táxi.

Já há uma pequena multidão se formando do lado de fora do hospital. Alguém está distribuindo velas. Como fazem isso tão rápido? Alguém correu e comprou todas? Ver aquilo quase me faz começar a chorar de novo, mas aperto os dentes com tanta força que dói e me concentro nisso.

Marcho em direção à recepção do lado de dentro das portas de vidro deslizantes com Finn me seguindo. Uma enfermeira está ocupada com uma fila de pacientes do pronto-socorro que estão tossindo ou apertando machucados ensanguentados ou bebês chorando, e outra está ocupada inserindo informações em um computador. Eu abro caminho entre as pessoas doentes até a frente da recepção.

— Preciso de ajuda — digo.

— Vai precisar ir para o fim da fila, senhorita — a enfermeira da triagem diz, mal olhando para mim.

— Ei, com licença! — Eu balanço a mão para a segunda enfermeira em frente ao computador. — Isso é importante. Estou procurando James Shaw, o irmão do congressista. Preciso saber aonde eles foram levados.

— Não vamos dar nenhuma informação sobre o congressista — a enfermeira diz — e você precisa ir para o fim da fila.

— Olha, você não entende. Eu *conheço* Nate Shaw, e o irmão dele vai querer que eu...

Finn me empurra para o lado com grosseria. Eu fico furiosa, mas, antes de poder arrancar a cabeça dele, ele está falando com a enfermeira com uma voz suave e calma.

— Enfermeira Shapiro? Peço desculpas pela minha amiga. Ela não quis ser rude; ela só está preocupada. Sabe, somos amigos de James Shaw e estávamos com ele hoje à noite no Mandarin. Ele é só um adolescente, como nós, e você deve saber o que aconteceu com os pais dele. Sei que você só está tentando fazer o seu trabalho e nós entramos do nada aqui fazendo exigências, mas não tem nada que você possa fazer?

Incrivelmente, a expressão da enfermeira fica mais suave. Ela pega o telefone na mesa.

— Só um momento.

Finn vira-se para me olhar e me vê boquiaberta.

— O que foi? Algumas pessoas me acham charmoso.

— Parece que sim.

— Além disso, talvez você veja que as pessoas são mais solícitas se você não lhes der ordens como se elas trabalhassem para você.

— Bem, levando em consideração quanto dinheiro minha família dá para os hospitais desta cidade, bem que poderiam trabalhar.

Finn revira os olhos e me dá as costas, e eu observo a enfermeira Shapiro falar em voz baixa com a pessoa do outro lado da linha, tentando descobrir o que ela está dizendo. Depois de um momento, ela cobre a boca do fone com uma mão.

— A enfermeira deste turno lá no andar de cima foi falar como sr. Shaw e os agentes especiais que estão lá. Vão precisar da permissão deles para subir.

— Você acha que...

Viro-me para Finn e paro quando vejo sua expressão. Ele está encarando a sala de espera do pronto-socorro, separada de nós por uma divisória de vidro. Em algum momento nos últimos 30 segundos, o rosto dele passou de normal para um tom doente de cinza. Seu foco parece ser uma mulher de cabelos brancos em uma cadeira de rodas que está jogando cartas com uma menina sentada ao seu lado.

— Você está bem?

Ele não me ouve e, assim, dou um tapinha no seu braço.

— Olá?

Ele se vira e pisca para mim, como se se lembrasse de que estou ali.

— Sim.

— Qual é o problema com você?

Ele desvia o olhar.

— Eu só odeio muito os hospitais.

— Bem, desculpe por ter arrastado você até aqui — digo. — O Nate só levou um *tiro*, afinal de contas.

— Não é isso...

— Senhorita?

Eu giro e olho para a enfermeira.

— Sim?

— Um agente está vindo escoltá-los para o andar.

Eu solto um suspiro.

— Graças a Deus.

A enfermeira nos direciona para um elevador no final do corredor e nos diz para esperar ali. Quando as portas de correr apitam e se abrem, um agente à paisana da Polícia do Capitólio está parado lá dentro com o prefeito McCreedy. Finn demora um pouco para perceber e fica surpreso, o que seria engraçado se a situação toda não fosse tão horrível.

— Ah, Marina, ainda bem que você está aqui. James está fora de si. — O prefeito se vira para o agente ao seu lado. — Ela está liberada, eu a conheço. Esse é seu amigo?

— Finn Abbott — digo.

O agente pega o documento de identidade que Finn oferece.

— Ele estava conosco na arrecadação de fundos.

— Entrem, entrem. — O prefeito acena com a mão e entramos no elevador. — Eles podem vir, certo?

O oficial faz que sim com a cabeça depois de ter verificado a identidade de Finn comparando-a com a lista de nomes nas suas mãos e aperta o botão para o terceiro andar. Sinto meu estômago despencar quando começamos a subir.

— Como está o Nate? — pergunto.

— Não falaram nada ainda — o prefeito responde. — Mas não está bem, eu acho.

— Alguém ligou para a Vivianne? — questiono. Ela é a noiva de Finn e estava em Nova York a trabalho.

— Ela fretou um avião do aeroporto JFK. Deve chegar logo.

Então James está sozinho. Presa neste espacinho, cercada pelo prefeito de Washington, um agente da Polícia do Capitólio e Finn Abbott, tenho um desejo repentino e louco de fugir. James vai estar devastado; que bem eu poderia fazer a ele? Meu Deus, e se Nate *morrer*? Finn estava certo; não devíamos estar aqui. Eu deveria estar em casa sob as cobertas, com Luz me levando canecas de leite quente e murmurando para mim em espanhol. Não consigo respirar aqui.

Soa um apito e as portas do elevador se abrem. Minha claustrofobia sufocante deveria melhorar, mas não melhora. Ela piora. Estamos aqui e não há como voltar.

O andar está quase deserto. Dois enfermeiros — uma mulher de avental cor de pêssego e um homem de verde — estão sentados na central dos enfermeiros, e há a Polícia do Capitólio em uniformes pretos, agentes especiais com roupas comuns e alguns membros do Serviço Secreto reunidos em pequenos grupos pelo corredor, mas não há médicos apressados, nenhum paciente andando lentamente e puxando um suporte de soro, nenhum visitante com flores. O andar foi esvaziado. Todos estão aqui apenas por Nate.

A sala de espera fica do outro lado do corredor em relação à central dos enfermeiros e também é cercada de vidro. Há vários homens lá dentro — reconheço o senador Gaines —, todos conversando próximos em voz baixa, e um oficial está ao lado da porta. Ele faz um aceno com a cabeça para nós conforme nos aproximamos.

James está sentado sozinho em um canto da sala, curvado em uma cadeira com as mãos unidas à sua frente. Por um segundo, ele é aquele menininho escondido na poltrona da biblioteca de novo.

Ele levanta o olhar, e seus olhos encontram os meus. Eu corro para me ajoelhar aos pés dele.

— Ah, meu Deus, James...

— E-ele está em cirurgia. Não sabem se... se...

Ele despenca para a frente, enterrando o rosto no lugar onde meu ombro se encontra com o pescoço, e eu sinto lágrimas quentes contra minha pele. Levanto os olhos para Finn, que se aproximou de nós, e trocamos um olhar desamparado. Ele se senta ao lado de James e coloca uma mão hesitante em seu ombro.

— Por que alguém faria isso? — James diz entre os soluços. — Por que o Nate?

— Não sei — digo, impotente.

— Não tem motivo, cara — Finn diz. — Você não vai encontrar sentido nisso.

— Queria que minha mãe e meu pai estivessem aqui — James fala.

Eu esfrego as mãos nas costas dele.

— Eu sei.

James acaba se afastando de mim, limpando o rosto com a manga. Ele se inclina para trás na cadeira, para descansar a cabeça contra a parede, e eu vejo pela primeira vez que a camisa branca do seu smoking está manchada de sangue. Uma grande mancha vermelha no seu peito, onde ele aninhou o irmão, secou e ficou marrom e dura. Sangue de Nate. Seco e morto na camisa de James.

Não consigo olhar para isso.

De repente, estou cheia até a borda pela impotência. Não posso consolar James, não posso consertar Nate, não posso mudar o que aconteceu.

Mas, que diabos, posso conseguir uma camisa limpa para James.

— Vou encontrar outra coisa para você usar, tudo bem? — digo, trêmula.

James baixa os olhos para o peito e franze as sobrancelhas, como se estivesse reparando na camisa ensanguentada pela primeira vez. Toca na mancha com leveza, quase reverência.

— Tinha tanto sangue — ele sussurra.

Eu engulo em seco.

— Eu sei. Vamos limpar você.

— É. — Finn fica em pé de repente. — Venha, Jimbo. Vamos até o banheiro.

James não resiste. Ele nem sequer repara direito que Finn o está puxando para levantar e manobrando-o em direção ao banheiro masculino no final do corredor. Eu sigo para a central dos enfermeiros.

— Preciso de algum avental ou algo assim — digo — para o meu amigo usar.

Os enfermeiros parecem surpresos. Muito bem, Marina.

— Desculpem — falo. — Mas vocês têm alguma coisa que ele possa vestir? As roupas dele estão...

Não consigo terminar a frase.

— Tenho alguns uniformes extras no meu armário — o enfermeiro diz, levantando-se. — Vou pegar para você.

Ele volta com um conjunto de uniforme azul dobrado com capricho. Conforme eu o pego, não me sinto completamente inútil por meio segundo inteiro.

Consegui uma camisa limpa para James. Que conquista.

Bato na porta do banheiro.

— Meninos? Eu tenho umas roupas limpas.

— Entre — Finn chama.

Nunca estive em um banheiro masculino antes e, com tudo o que está acontecendo agora, não deveria ser tão estranho para mim quanto é, mas, mesmo assim, abro a porta devagar, como se estivesse com medo de ser pega. Lá dentro, James está inclinado contra uma pia, e Finn está limpando gotinhas de sangue do seu pescoço com uma toalha de papel úmida. A camisa e o paletó de James ensopados de sangue estão dobrados sobre a porta de um cubículo, e sua barriga e seu peito estão molhados por terem sido lavados. Tento não olhar para o torso nu de James. Tenho uma impressão de pele pálida por meses de inverno e um abdômen firme por horas de braçadas na piscina e, depois, fecho os olhos. Não confio que eu não vá pensar em coisas terríveis.

— Marina? — Finn diz. — Pode me passar isso?

Abro os olhos de novo e vejo Finn me olhando, irritado. Ele está com uma das mãos parada na toalha de papel contra o pescoço de James e a outra esticada.

— Desculpe — eu murmuro e dou um passo à frente para entregar-lhe o uniforme.

James me mira com olhos confusos, e, com o corpo nu até a cintura, ele de repente parece incrivelmente vulnerável. Como se eu pudesse quebrá-lo com uma das mãos.

— Braços para cima — Finn diz.

Ele pega a camisa limpa e, quando James levanta os braços, Finn a desliza nele com a habilidade de um pai vestindo um bebê. É uma visão estranha. James emerge da camisa com o cabelo bagunçado, o que o faz parecer tão criança quanto Finn o está tratando.

— Calças — Finn diz, todo prático, e James, obediente, coloca as mãos na braguilha da calça do smoking.

— Ah. Meu Deus. — Eu me viro. — Vou sair.

— Eu disse, cara — ouço Finn dizer enquanto saio. — Tirar a calça *não* é a maneira de conseguir uma garota. Isso só assusta.

Antes de fechar a porta, eu chego mesmo a ouvir James rir.

Alguns minutos depois, um James limpinho e trocado segue Finn de volta para a sala de espera. Ele se senta por cerca de dez segundos antes de levantar para ficar indo e voltando pela extensão da pequena sala, murmurando.

— Como fizeram isso? — ele diz baixinho. — Como entraram?

O prefeito McCreedy acha que James está falando com ele e responde:

— Alguém vai vir nos dar notícias...

— É como o Bobby Kennedy, não é? — James continua, como se o prefeito nunca tivesse falado. — É igualzinho, só que...

O prefeito McCreedy, o senador Gaines e os outros oficiais da arrecadação de fundos tentam esconder seus olhares confusos. Na maior parte, não conseguem, mas James não repara. Ele não repara em nada quando está assim. Às vezes, quando James tem um problema — como a maneira de resolver uma equação para o dr. Feinberg ou mesmo algo tão trivial quanto que tipo de comida pedir no delivery para o jantar —, ele se recolhe à sua mente para resolver. Ao contrário dos homens na sala, Finn e eu vimos esses episódios vezes suficientes para não ficarmos perturbados.

O prefeito dá um passo na direção dele.

— Filho, você está...

Eu seguro o braço dele.

— Por favor, não o interrompa. É só uma coisa que ele faz. É melhor se você não interromper.

O que quer que esteja passando na cabeça de James é algo que ele precisa resolver. Se for impedido ou distraído, pode ficar furioso. James não perde a calma com frequência, mas, quando o faz, é espetacular.

O prefeito dá um tapinha na minha mão.

— Estou feliz por você estar aqui por ele, Marina — ele diz, e deixa James sozinho.

— Nate estava na Inteligência, então, talvez, ele... — James murmura. — Mas o *vice-presidente* estava lá! Não devia ter acontecido. Não *devia*...

James ainda está andando de um lado para o outro e falando sozinho quando a noiva de Nate, Vivianne, entra correndo na sala, seu casaco com os botões em casas erradas e um tom esbranquiçado na pele morena. Eu sou a pessoa que está mais perto dela, e ela me agarra, prendendo-se a mim como se estivesse se afogando.

— Ah, Marina — ela diz, trêmula. Vê James por cima do meu ombro e se afasta. — Ah, não. Há quanto tempo ele está assim?

— Não muito. Vinte minutos.

— Ótimo. — As unhas dela afundam nos meus ombros. — Marina, o que eu vou fazer?

Não sei o que dizer a ela. Não há nada a dizer.

— Posso pegar alguma coisa para você, Viv? — Finn pergunta. — Água ou café?

— Um chá de ervas seria ótimo, obrigada.

Finn vai buscar uma bebida para ela na máquina e Vivianne, sem soltar de mim, afunda em uma cadeira, puxando-me para baixo ao seu lado. Ela e Nate se casariam no verão. Eles estão juntos, indo e voltando, desde a faculdade de Direito, almas gêmeas que não conseguiram acertar o momento muito bem. Ela estava trabalhando em Nova York em um escritório superpoderoso especializado em litígios, tentando pagar seu empréstimo estudantil, e ele estava aqui, criando o irmão mais novo. Levou anos para ele convencê-la a largar o emprego e vir para Washington trabalhar para uma das entidades sem fins lucrativos que ela ama, porém não pagam quase nada e ela não o queria a sustentando. Mas, enfim, ele venceu pelo cansaço e a convenceu a se casar com ele.

O que talvez ela nunca consiga fazer agora.

— Eles já falaram alguma coisa para vocês? — ela pergunta.

Faço que não com a cabeça.

— Só que ele está em cirurgia.

— Viv?

Ela e eu levantamos o olhar. James parou de andar e viu Vivianne pela primeira vez. Ela fica em pé e envolve-o em um abraço.

As horas seguintes são um borrão. Nate fica em cirurgia de emergência noite adentro, e não há nada para nós fazermos além de esperar. O prefeito McCreedy é chamado em outro lugar e, assim que sai, o senador Gaines e os outros começam a desaparecer com desculpas murmuradas. Depois de um tempo, ficamos apenas nós quatro e o agente da Polícia do Capitólio à porta.

Vivianne mantém um monólogo quase constante.

— Liguei para a sua prima Alice, e ela está vindo de avião de Westchester. Ela disse que a Nancy está procurando alguém para tomar conta das crianças... Você sabe que o Benjamin acabou de completar dois anos e parece que a babá está de férias... Mas, depois, ela e o John estarão a caminho. O William está em Xangai, mas tenho certeza de que ele virá para cá assim que puder...

Enquanto isso, James não fala, apenas encara o chão com uma ruga fina vincando sua testa. Como se o fino carpete marrom o tivesse insultado.

Eu peço licença da sala de espera e tiro o celular da bolsa clutch que Sophie roubou do armário da minha mãe. Mandei uma mensagem de texto para Luz quando chegamos para avisar onde estávamos — não podia suportar ouvir a voz dela, porque sabia que cairia no choro como um bebê —, mas, depois, desliguei o celular por causa do fluxo constante de mensagens de amigos e pessoas que mal conheço. Ligo-o outra vez e espero para ver se tenho algum correio de voz. Apenas dois, ambos de Tamsin. Fico mexendo no telefone. Estou pensando em fazer a ligação há horas, mas, mesmo agora, com o dedo posicionado sobre o número, não tenho certeza. Por que eles não me ligaram? Devem ter sabido a essa altura. Se eu não ligar, então eles não podem deixar de atender. Se eu não *quiser*, não posso me decepcionar.

Aperto o número, identificado como PAI CELULAR, e o telefone começa a tocar. Fecho os olhos e tento imaginar o que vou dizer quando ele atender. *Pai, o mundo está acabando, por favor, faça parar.*

— *Oi. Você ligou para Daniel Marchetti. Não posso atender...*

Eu bato o dedo no telefone para finalizar a ligação. Tento a mamãe. O telefone dela cai direto na caixa postal, e estou disposta a apostar um milhão de dólares que ela está no spa. Papai vai para Vail por causa do esqui, mas ela passa quase todos os momentos sendo massageada ou depilada ou esfoliada.

Ou é o que eu ouvi dizer, já que eles nunca me levaram junto.

Enfio o telefone de volta na bolsa, meus dedos se enrolando dentro do tecido conforme cerro os punhos. Os delicados cristais Swarovski que adornam o lado de fora são forçados contra as linhas e eu os ataco com uma das mãos, meus dedos acertando e arrancando meia dúzia de peças brilhantes. Mamãe vai me matar, mas eu não ligo.

Vou ao banheiro e jogo um pouco de água fria no rosto. Tento não prestar muita atenção ao meu reflexo. Meu cabelo e maquiagem estão um estrago e, de repente, não reconheço a pessoa que olha para mim. Ela é como a fotografia de uma prima distante. Vagamente familiar, mas estranha. Não eu.

— Você está bem? — Finn pergunta em voz baixa quando me jogo de volta na cadeira da sala de espera. Ele está olhando para minha bolsa destroçada.

— Sim — respondo. — Você ligou para os seus pais?

— Mandei uma mensagem. Não quis acordar a minha mãe. — Ele levanta a cabeça para mim. — O que seus pais disseram?

Eu desvio o olhar.

— Nada.

Meus olhos voltam para James, que está sentado no canto da sala, exatamente como estava quando saí, mas agora está com a cabeça baixa sobre um bloco de folhas amarelas e escreve com fúria. A expressão fantasmagórica sumiu do rosto dele, e seus olhos distantes agora estão focados enquanto ele encara o bloco, enraivecido.

— O que ele está fazendo? — eu sussurro.

— Não tenho certeza — Finn responde. — Ele foi e pediu para a enfermeira caneta e papel depois de você sair, e está assim desde então. Você acha que ele está bem?

— Não sei.

Os olhos de James estão acesos com tal fogo que tenho medo de que ele possa incendiar o papel. É um pouco aterrorizante, mas menos assustador do que o olhar perdido e vazio que ele tinha havia horas.

— Pelo menos ele está fazendo *alguma coisa.*

— É, só me preocupa o quê.

Olho para Finn e estou tentando decifrar sua expressão franzida quando ouço o bloco de papel atingir o chão atrás de mim. James ficou em pé de repente, e eu sigo a linha de visão dele até o médico em roupa de cirurgia parado na porta.

Ah, meu Deus, é agora.

Vivianne se levanta com James de um lado e eu do outro, e examino o rosto do homem enquanto ele tira a máscara. Estou procurando alguma pista sobre as notícias que ele está trazendo, mas seus traços são perfeitamente impenetráveis, como uma segunda máscara. No começo, fico aliviada. Se Nate tivesse morrido, ele pareceria chateado, não? Mas, se tudo está bem, é quase cruel ele não sorrir.

Nós quatro encaramos o médico como se ele fosse o pelotão de fuzilamento e nós fôssemos os prisioneiros.

— Ele está bem? — James pergunta.

— O congressista Shaw foi ferido com muita gravidade — o homem diz, e eu mal resisto à vontade de sacudi-lo. Sabemos que ele foi ferido com gravidade; estávamos lá. — Ainda estamos trabalhando para consertar o estrago feito pela bala, mas ele já passou pela parte mais difícil.

James desmonta, e eu coloco o braço em volta da cintura dele para estabilizá-lo. Graças a Deus. Apoio meu rosto no ombro dele.

— Ele ainda está em estado crítico, no entanto. As próximas 48 a 72 horas são cruciais.

James se endireita, seus músculos ficando rígidos sob minha mão.

— O que isso significa?

— Vamos nos sentar e eu explicarei tudo. — O doutor se vira para Finn e eu. — Desculpem, mas detalhes sobre a condição do congressista são confidenciais, então vou precisar que vocês dois esperem lá fora.

Finn aperta o ombro de James antes de sair da sala. Eu fico na ponta dos pés e deixo um beijo na testa dele, e ele pega minha mão enquanto eu saio por um momento e, depois, deixa que ela deslize. É uma coisa tão pequena, mas o toque me deixa tremendo. Eu me odeio por me sentir desse jeito enquanto Nate está lutando pela vida no fim do corredor, mas, por um segundo, é quase como se James precisasse de mim a seu lado.

Finn e eu nos sentamos em duas cadeiras junto da parede para esperar. Não falamos. Ele me surpreendeu nas últimas horas, sendo tão paciente e gentil e nem um pouco idiota. Eu mal o reconheço.

O médico logo vai embora, fazendo um aceno para nós com a cabeça ao voltar para a sala de operações, e eu volto correndo para o lado de James.

— É ruim — Vivianne diz. — Ele está vivo, mas não está respirando sozinho. O médico disse que a chance é de apenas 50% de ele passar... passar dos próximos dias.

— Jesus — Finn sussurra.

— Ah, meu Deus.

Quero tocar em James, mas estou com medo, e minhas mãos flutuam inúteis a meu lado.

O rosto pálido de James está sem expressão.

— Ele disse que devemos poder vê-lo em algumas horas, mas...

De repente, ele perde a vontade de falar, e sua cabeça cai nas mãos. Penso em James no dia do funeral dos pais, sangrando no corte na mão que ele não parecia sentir, jogando móveis pela biblioteca. Quase posso ver o fio que o segura no lugar agora começando a desfiar. Se nada mudar, tenho medo de que ele arrebente.

Coloco uma mão hesitante nas costas dele.

— Que tal irmos para a minha casa e você dormir um pouco? Voltamos de manhã cedo, quando Nate estiver pronto para ver você.

— Acho que pode ser uma boa ideia — Vivianne diz.

James faz que não com a cabeça, a voz abafada pelas mãos.

— Não. Vocês podem ir, mas eu tenho de ficar. Eu nunca me perdoaria se...

... se eu saísse e Nate morresse. Eu ouço as palavras mesmo no silêncio.

— Certo. — Olho para Finn e encolho os ombros. — Vamos ficar também.

Tiro meu telefone e ligo para Luz. Se vamos ficar, vou precisar de algo menos ridículo para vestir.

É claro que o motivo real de eu ligar para Luz é que não aguento mais um segundo fingindo que sou forte. Se é que é isso que tenho sido até agora. Preciso que alguém me abrace e me diga que vai ficar tudo bem.

Luz leva mais de uma hora para ser revistada e liberarem sua entrada, em grande parte porque trouxe duas bolsas enormes. Depois de ela receber a permissão, passa depressa pelo agente posicionado do lado de fora da sala de espera e vem direto até James e eu, pegando-nos em seus braços carnudos e deixando beijos em nossas cabeças.

— *Ay, Dios mío* — ela murmura. — Meus queridos. Deus abençoe vocês.

Eu escondo um sorriso enquanto sofro a indignidade de ter meu rosto amassado no peito de Luz, mas James parece não estar ali, como se parte dele tivesse ido embora e deixado o corpo para trás.

Luz desfaz as malas. Uma contém uma troca de roupas para cada um de nós, e a outra contém mais comida do que o hospital inteiro consumiria em uma semana, de sanduíches e frutas a uma travessa de *enchiladas* e biscoitos recém-feitos. Luz cozinha quando está preocupada e, a julgar pelo conteúdo da bolsa, ela estava *enlouquecendo*.

Não comemos nada além de lanches de máquina desde o salmão de 800 dólares e, assim, Finn mergulha na comida, Vivianne pega um pêssego e até James consegue mordiscar um sanduíche de manteiga de amendoim. Finn me oferece o prato de biscoitos com gotas de chocolate, mas faço que não com a cabeça e, em vez disso, pego as roupas que Luz trouxe. Peço licença para ir ao banheiro me trocar. É difícil imaginar por que eu antes era apaixonada por este vestido. Quando chegar em casa, vou queimá-lo.

Saio do cubículo do banheiro vestindo jeans e uma malha, e encontro Luz apoiada na pia, os braços cruzados em frente ao peito.

— *Mi hija*, você está bem?

Eu desato a chorar.

Luz me envolve em seus braços, esfregando círculos contra minhas costas com a palma da mão como costumava fazer quando eu era pequena. Estou fazendo sons incrivelmente constrangedores e irregulares e tenho certeza de que meu nariz está escorrendo no moletom de Luz, mas ela não deixa que eu me afaste, e fico feliz.

— Sinto muito pela noite passada — falo. — Sei que sou uma vaca com você às vezes.

— Xiu, xiu. — Ela tira meu cabelo do rosto e enxuga minhas bochechas com a ponta da manga. — Você ligou para sua *mama*?

Faço que não com a cabeça. De alguma forma, é mais fácil fingir que nem tentei. Luz me aperta mais, até minhas costelas doerem. Não sei no que eu estava pensando quando demorei tanto para ligar para ela.

Voltamos para a sala de espera, onde Finn está remexendo em um baralho que ele encontrou, Vivianne está encarando o telefone e James voltou a rabiscar no bloco de papel. Ninguém levanta o olhar quando entramos. Luz senta-se perto da porta e tira um tricô de uma de suas bolsas infinitas. Sento-me entre os meninos e procuro algo para fazer com as mãos. Enfim, desisto e começo a mastigar uma unha enquanto observo James.

Essa escrita frenética está começando a me preocupar. É intensa demais, até para ele. Quero que ele olhe para mim e diga alguma coisa, qualquer coisa para interromper os rabiscos maníacos da caneta contra o papel e, assim, pergunto:

— Você comeu, James?

— Ele comeu — Finn diz.

James risca algo no seu bloco de notas com traços febris.

— Você quer dizer aquele sanduíche com três mordidas? — falo, acenando com a cabeça para o sanduíche de manteiga de amendoim e geleia esquecido na mesa. — Porque eu não tenho certeza se isso conta como comer.

— E você tem moral para dizer isso? — Finn comenta, suave.

Sinto o sangue ser drenado do meu rosto. Luz levanta o olhar para mim, mas logo se volta para o seu tricô.

— O que isso significa? — pergunto.

— Nada.

— Não, fale para mim!

— Significa dá um tempo, certo, Marina? Ele vai comer quando tiver fome.

— Só estou tentando cuidar dele, não...

— Jesus, eu ainda estou *aqui*, sabiam?

Viro a cabeça depressa para olhar James. Ele está em pé e joga o bloco de notas no canto mais distante da sala, onde ele bate contra a parede e cai atrás de uma cadeira.

— É o Nate que está morrendo — ele diz. — Não eu.

O ar sai dos meus pulmões.

— James...

— Oh, querido — Vivianne diz. — Eles só estão tentando ajudar.

James veste seu casaco.

— Vou tomar um pouco de ar.

Eu dou um pulo.

— Vou com você.

— Não, Marina! Eu preciso... — Ele respira fundo e baixa a voz. — Eu só preciso de um minuto, tudo bem?

Afundo de novo na cadeira e pisco para conter as lágrimas.

— É. Tudo bem.

Quando ele sai, eu apoio a testa nos joelhos e cubro a cabeça com as mãos.

— Deixe que ele respire, M.

— Cale a boca, Finn! — respondo.

OITO

Em

Minhas pernas estão começando a ter cãibras por eu ficar sentada no frio tanto tempo. Eu as estendo em frente a mim, flexionando e esticando o pé para alongar os músculos e fazer o sangue correr de novo. Tento me concentrar na dor nas minhas panturrilhas e no formigamento dos dedos adormecidos em vez de no poço profundo e negro no meu estômago.

Finn levanta os olhos para o céu. Não tenho certeza do porquê; não há estrelas na cidade, nada para ver além da escuridão e do brilho azul enevoado dos postes de rua.

— Deve estar perto da hora — ele diz.

— Eu sei.

— Como você se sente?

— O que você acha?

Ele coloca a mão sobre meu punho cerrado. Meu primeiro instinto é puxá-los de volta, mas eu me forço a ficar imóvel. A sensação da pele dele contra a minha é nova e esquisita, seu toque estranhamente quente depois de tantos meses sem tocar em ninguém. Ele esfrega os dedos sobre os meus até eu começar a relaxar, meus dedos afrouxando.

— Podemos pensar em outra forma — ele diz. — Isso é ruim demais.

Eu faço que não com a cabeça.

— Não tem outro jeito. Nós já tentamos todo o resto.

— Eu sinto muito mesmo, Em.

— Não sinta. Eu odeio o que ele fez. E *ele*. O mundo vai ser um lugar melhor depois que ele se for.

Finn envolve meu ombro com o braço.

— Certo — ele diz em uma voz tranquilizadora.

É óbvio que não acredita em mim, mas acha que estou mentindo para ele ou para mim mesma? Talvez meu ódio não seja simples, talvez seja complicado por várias outras coisas, mas é verdadeiro. Ele queima dentro de mim como a chama mais azul e quente.

Eu consigo fazer isso. Enterro a fraqueza que sinto crescer dentro de mim. *Eu consigo fazer isso.*

Inclino-me para Finn e aspiro o cheiro dele. Bem, o cheiro de Connor, eu acho. Sabão com fumaça de cigarro antiga escondida por baixo. Quando fecho os olhos, posso me lembrar do cheiro que Finn costumava ter, de sabão e aquela colônia terrível que ele colocava demais em ocasiões especiais, e, depois, a sujeira e o suor da vida em fuga. Eu me aproximo mais da pele dele. Penso nas cicatrizes que estão escondidas por baixo da camisa, os ferimentos da última surra que provavelmente ainda estão visíveis, qualquer coisa para dar força à chama da minha raiva até ela queimar todo o resto.

Eu o odeio. Eu o odeio. Eu o odeio.

— Não pense nele — Finn diz, como se pudesse ler meus pensamentos. Ele esfrega a mão para cima e para baixo do meu braço, aquecendo-me. — Pense nela.

Ela. Marina. Ela está naquele prédio, em alguma parte, sofrendo e confusa, provavelmente mordendo as unhas até a carne. Finn está certo. Marina é o motivo de eu estar fazendo tudo isto. Mais do que qualquer coisa, o que eu quero é que ela seja feliz e tenha a vida que merece. Meu amor por ela é uma motivação mais forte do que meu ódio por ele um dia poderia ser.

Finn deixa um beijo no topo da minha cabeça, e eu tremo. Os lábios dele descem para minha têmpora e minha bochecha, deslizando beijos nelas também.

— Em — ele murmura.

Eu inclino o rosto para olhar para ele, e estamos muito próximos. Posso sentir a respiração dele contra a minha.

— Sim?

— Sei que você já sabe — ele diz —, mas eu sempre quis estar olhando para você quando enfim dissesse de verdade. Sei que o momento é terrível...

Ah, meu Deus, Finn. Não faça isso.

— Mas logo vamos embora, então esta é a minha última chance.

Ele abre para mim um sorrisinho tímido.

— Eu te amo.

Ele está certo, eu *sabia*, mas, de repente, não consigo olhar nos olhos dele. É demais. Meu rosto está quente no ar frio, e eu desvio o olhar, virando-me automaticamente na direção das portas do prédio que estamos observando.

Elas estão se abrindo, deslizando em silêncio cada uma para um lado, e uma figura está saindo.

— É ele — eu sussurro.

Eu o reconheceria em qualquer lugar, mesmo no escuro, mesmo com os ombros curvados e o corpo magro coberto por um uniforme emprestado. Tento não prestar muita atenção a ele. Não quero ver o seu rosto.

Passo desajeitada para uma posição agachada atrás do Civic, Finn perto do meu ombro. Sua respiração rápida sopra em volta de nós. Pela primeira vez, ele não diz nada, apenas toca nas minhas costas para me lembrar de que está aqui.

Meus dedos tremem com tanta violência que não consigo soltar a trava de segurança da arma. Fecho os olhos e tento encontrar um único pedaço de calma dentro de mim para me concentrar.

Marina.

O tremor para, e eu solto a trava. Não vou me lembrar de quem ele era. Aquela pessoa está morta e desaparecida. Vou pensar apenas em quem ele será.

Vou pensar apenas em Marina.

Com um último fôlego profundo, fico em pé, miro a arma direto na cabeça de James Shaw e puxo o gatilho.

A arma recua violentamente na minha mão e me joga para trás.

E para trás e para trás e para trás...

Uma mão se aperta em volta da minha barriga e me puxa para longe, o vento correndo pelos meus cabelos, o mundo ficando embaçado à minha volta. Estou voando e caindo ao mesmo tempo. Finn e a arma e o hospital ficam borrados em traços cinza, e um mundo diferente se materializa no lugar deles.

Vou conseguir desta vez, tenho certeza.

Outras crianças pedem para os pais lhe darem um empurrão para começarem, mas eu não tenho isso e, assim, posiciono minha bicicleta no topo da entrada inclinada da nossa casa e deixo a gravidade fazer o serviço. Desço voando e chego à rua calma, e enfim estou andando de bicicleta. Meu coração dá pulos. As casas do quarteirão passam por mim em uma velocidade impossível. Estou livre.

Não. Não estou andando de bicicleta. Estou caindo. O grande pneu embaixo de mim bamboleia, jogando o guidão para a esquerda e a direita, quase puxando-o das minhas pequenas mãos. Tão pequenas. O chão se ergue depressa até mim e, antes que possa gritar, estou esparramada no asfalto, minhas palmas e joelhos ardendo. Eu me viro e puxo um joelho até o peito, vejo a pele raspada e o sangue atravessando a meia-calça rasgada. É o meu par favorito, cor-de-rosa vivo com bolinhas brancas. Quando eu imaginava esse momento — descer a rua depressa com a bicicleta, ir para longe deste lugar com meu cabelo voando solto atrás de mim —, sempre estava usando minha meia-calça favorita e, assim, insisti em vesti-la nesta manhã. E, agora, ela está estragada.

Lágrimas quentes rolam pelas minhas bochechas e eu não tento detê-las.

— Você está bem, menina?

Levanto o olhar e vejo, com os olhos marejados, o menino da casa ao lado. Quando nos mudamos, algumas semanas antes, mamãe me disse que eu deveria convidá-lo para brincar, mas fiquei com muito medo. Ele é um *menino*, e tem pelo menos oito anos. Ele riria de mim.

Eu travo o queixo.

— Estou bem.

— Você se esqueceu de pedalar.

Ele sorri e me oferece a mão.

— Não esqueci!

— Sim, esqueceu.

Ele se senta no meio-fio ao meu lado.

— Tudo bem. Eu fiz a mesma coisa quando estava aprendendo a andar de bicicleta. Caí em um grande arbusto.

— Sério?

Ele faz que sim com a cabeça.

— Ele era cheio de espinhos também. Você se machucou?

Eu encolho os ombros, mas ele pega minhas mãos nas suas e vira as palmas para si. Elas estão arranhadas e cobertas de pedregulho da rua. Ele se inclina para a frente e as sopra, tirando a sujeira e refrescando a sensação de queimadura na minha pele.

— Quer ajuda? — pergunta.

Faço que sim com a cabeça. Ele se levanta e, desta vez, parece gigante para mim. Eu levanto o olhar para ele admirada — em *adoração* — antes de ele passar o braço sob o meu e me ajudar a ficar em pé.

— Meu nome é James — ele diz.

— O meu é Marina — eu falo.

Bem ao longe, alguém está me chamando. Eu me viro. Deve ser Luz ou mamãe...

Mas não. Não estão chamando Marina. Estão chamando outra pessoa.

Há mãos nos meus ombros, chacoalhando-me. Levanto o olhar para o rosto de James e ele fica embaçado, vira outro. Eu pisco, e James se torna Finn.

— Em! — ele diz.

— Finn?

Sou jogada de onde que quer que fosse o lugar estranho onde estava de volta para o meu corpo. Estou no chão, o cano da arma apoiado no meu colo, o metal quente mesmo através dos jeans. Finn está abaixado sobre mim, os olhos arregalados de pânico.

— O que aconteceu?

— Não sei — ele diz, puxando-me para ficar em pé —, mas temos de correr.

Finn está me arrastando, mas eu paro e olho de novo para o hospital, onde, de repente, há uma multidão.

— Eu o matei? Acabou?

Ele puxa meu braço.

— Corra, Em!

E nós corremos.

NOVE

Marina

Depois de James sair, nervoso, Vivianne pede licença para ir ao banheiro, e eu vago até a janela da sala de espera, observando a entrada dos fundos do hospital. Leva apenas um minuto para James emergir. Ele se parece com qualquer outro funcionário do hospital com o uniforme azul e o casaco preto, mas eu poderia reconhecê-lo de olhos fechados. Ele anda de um lado para o outro ao lado da baia da ambulância e, depois, senta-se no muro de pedra baixo que contorna a entrada. Sua cabeça afunda nas mãos.

Ao meu lado, Finn está mexendo e remexendo no baralho. Até o som é nervoso, o *fut-fut-fut* impaciente das cartas parecendo me julgar por não ser capaz de deixar James ter sequer esse pequeno momento para si mesmo.

Meus olhos perdem o foco, e, na minha mente, vejo James em pé na porta, gritando comigo, pedindo para deixá-lo em paz. O cachorrinho idiota que o segue por toda parte.

Não foi *assim* que eu imaginei que esta noite seria.

Luz deixa seu tricô para apertar minha mão, mas não quero ser tocada agora. Cruzo os braços na frente do peito e belisco o lado de dentro do cotovelo para evitar chorar. Não vou chorar na frente de Finn Abbott de novo. Lá embaixo, James fica em pé e começa a balançar os braços para se manter aquecido.

Então, há um estrondo.

Não é como o som no salão de baile do hotel. Três andares acima, filtrado pelo barulho da cidade e pelos painéis de vidro grossos, é mais como um estouro do que uma explosão, mas, ainda assim, dou um gritinho. Estou de volta ao salão de baile, vendo sangue se espalhar pelo peito de Nate, mas, desta vez, é James, e eu não consigo respirar.

— Foi só o escapamento de um carro — Finn diz.

— Não, não foi!

Aperto o rosto contra a janela. James ainda está em pé, ainda inteiro, mas parece estar a cem quilômetros de distância. Coloco as mãos contra a janela, como se pudesse alcançá-lo de alguma forma. Sigo o olhar dele até o estacionamento, e é aí que a vejo. Uma menina, o rosto obscurecido pelas sombras. Segurando uma arma.

O ar escapa dos meus pulmões, e o tempo desacelera até se arrastar. A menina cai atrás de um carro, e um menino em quem eu não tinha reparado antes se curva para puxá-la de volta e levantá-la. Eles começam a correr, mas a menina para sob o poste de luz e se volta de novo para o hospital. De repente, o rosto dela e o do menino que tenta puxá-la são iluminados, seus traços ficam claros.

O mundo balança em frente a mim, e eu aperto a cabeça. Estou alucinando.

Policiais com uniformes pretos saem correndo do hospital, e o mundo se move depressa de novo. Eles cercam James e o carregam de volta para dentro, mesmo enquanto ele aponta para o estacionamento e luta contra eles.

Eu *não* imaginei isso.

Alguém acabou de atirar em James.

Saio correndo da sala.

Esqueço o elevador e desço a escada até o térreo, dois degraus por vez. Em algum lugar atrás de mim, ouço Finn dizer meu nome.

Repasso mentalmente o que vi: uma menina com uma arma, um menino ajudando-a, parando sob um poste de luz e olhando para o hospital...

É aí que minha mente dá um tranco e para. Porque os rostos que vi, mesmo a distância e no escuro, eram tão familiares, pareciam-se tanto com...

Chego ao patamar do primeiro andar e corro para o pronto-socorro, onde James está sentado na sala de espera, cercado por uma nuvem de homens de terno e uniforme. O hospital está fervilhando. O agente encarregado está gritando ordens para uma enfermeira, que repassa tudo o que ele diz por um sistema de alto-falante. Estão fechando o prédio todo, ninguém tem permissão para entrar nem sair, e eu estou nadando contra o fluxo de pessoas em pânico para tentar chegar até James.

— James! — eu chamo. — James!

— Marina!

Ele me vê na multidão e faz um aceno para eu me aproximar, e os policiais que o cercam afastam-se para me deixar passar.

— Você está bem? — pergunto. — O que aconteceu?

Ele parece um pouco confuso, mas a salvo.

— Alguém atirou no hospital.

Finn chegou até mim e o ouve.

— Ah, meu Deus.

Eu o empurro.

— Viu? Eu disse para você. Eu *vi* quando atiraram nele.

Um policial parado ao lado de James para de falar abruptamente no seu rádio.

— Com licença, a senhorita disse que viu o atirador?

— Sim, eu estava olhando pela janela. — Viro-me de volta para James. — Você está bem? Não está machucado?

— Estou bem — ele diz. — Mas você está branca como uma folha de papel. *Você* está bem?

Eu quase rio, mas sai como um tipo de soluço engasgado, e jogo os braços em volta do pescoço dele. Mesmo de olhos fechados, o mundo ainda está girando. Levo uma das mãos à cabeça dele, para segurá-lo com força, e sinto algo quente e escorregadio entre meus dedos.

— Senhorita, como o atirador era?

Eu me afasto e baixo o olhar para minha mão. Está manchada de sangue, vermelho-vivo contra minha pele.

— Ele está sangrando. — Minha voz sai baixa e fraca, e tenho de me esforçar para elevá-la. — Alguém ajude, ele está sangrando!

James toca em sua cabeça escura e tira os dedos ensanguentados com uma expressão confusa. A multidão se fecha em volta dele de novo e o leva para uma sala de exames ali perto. Vou segui-lo, mas o agente que estava dando ordens antes bloqueia meu caminho.

— Senhorita, eu sou o agente especial Armison — a parede de homem vestida de preto diz. — Preciso saber agora: como era o atirador?

Em

— Droga!

Eu bato a mão contra a lateral de um prédio de tijolos a seis quarteirões do hospital. Arde, mas eu mereço.

— Tudo bem, Em.

Ando de um lado para o outro.

— Não está tudo bem, e você sabe! Era a nossa chance e eu estraguei. Não *acredito* que errei!

— Você errou — Finn pergunta — ou desviou a mira?

— E-eu não sei. — Cerro os punhos até minhas unhas morderem minhas palmas. — Não sei mesmo.

— Tudo bem. Ainda temos dois dias antes de o doutor voltar para nos buscar. Tudo o que temos de fazer é segui-lo e esperar por outro momento em que ele esteja sozinho.

Encolho os ombros para afastar a mão que Finn coloca em meus ombros e inclino a testa contra a parede áspera.

— Eu só... vi o rosto dele. E ele era o *James* de novo, sabe?

— Eu sei.

— E o que quer que tenha acontecido comigo... — Viro-me para olhar para ele. — Que diabos foi aquilo?

— Assim que você apertou o gatilho, seus olhos ficaram desfocados, e você começou a piscar como doida. — Ele faz que não com a cabeça, como se estivesse tentando se impedir de ver aquela imagem. — Você não conseguia me ouvir nem me ver. Foi como se você tivesse *ido embora*.

— Vi a cena de quando conheci James — digo. — Foi como reviver aquilo.

— Ah, cara — ele sussurra. Estende a mão para mim de novo, mas para. — Sinto muito.

— Ele só... — Eu mordo o lado de dentro do lábio. — Ele não fez nada de errado.

— Ainda não.

Finn pega meu rosto entre as mãos com tanta delicadeza que deve achar que qualquer coisa mais do que isso vai me quebrar.

— Mas nós dois sabemos que não vai durar. O James que conhecíamos já se foi.

Pela primeira vez em meses, eu choro. Não as lágrimas de menininha que costumava derramar, fungando e fazendo bico, deixando lágrimas rolarem pelo meu rosto como alguém em um filme, mas soluços profundos e guturais que sacodem meu corpo todo.

Finn me segura com força, como se receasse que eu chacoalhe até ficar em pedaços e seus braços fossem a única coisa que pudesse me manter inteira.

Acho que ele pode estar certo.

Marina

— O atirador — o agente Armison diz de novo. — Como era o atirador?

— Eu... — Não consigo pensar com James do outro lado daquela parede, sangrando, talvez morrendo. Tento segui-lo, como se atraída a ele pela gravidade, mas o agente dá um passo em frente a mim. — E-eu não sei...

— Sim, você sabe. — O agente Armison inclina o rosto para perto do meu, seus olhos são a única coisa que eu vejo. — Concentre-se agora. Como era o atirador?

Tenho de contar. É a única maneira de eles pegarem as pessoas que atiraram em James. Mas como falo isso? Como conto a ele o que vi?

— Havia dois deles...

Ele pega o rádio.

— Aqui é o Armison. Esperem para ouvir as descrições. — Ele olha de novo para mim. — Certo. Como eles eram?

— Um era uma m-menina, e um era um menino — digo. — Eles se pareciam...

— Se pareciam com quem?

— Eles eram iguaizinhos — viro-me para Finn — a nós dois.

O agente Armison me encara por um segundo.

— Quer dizer que tinham mais ou menos a idade de vocês? Tinham a mesma cor de cabelo, o quê?

— Não, quero dizer que eles eram *exatamente* iguais a nós. Talvez um pouco mais velhos, mas, tirando isso... — Paro ao ver a expressão dele. — Eu *sei* que parece loucura, mas...

Ele volta a falar no rádio.

— Aqui é Armison. Descartem minha última mensagem.

— Não! — eu falo. — Vocês têm de pegar os dois!

— Marina... — Finn toca no meu cotovelo.

— A senhorita passou por um choque...

— *Não*! — Eu puxo meu braço de Finn. — Não estou imaginando coisas, foi isso que eu vi!

— Eu sei. Tudo bem — o agente Armison diz. — Vamos entrar em uma das salas daqui, e eu vou fazer mais algumas perguntas à senhorita, tudo bem?

— Para quê? — pergunto. — Você não vai acreditar em mim. Por acaso é ao menos legal me interrogar sem meus pais aqui?

— Não está sendo presa, senhorita...?

— Marchetti — Finn oh-tão-solícito informa.

— Venha comigo, senhorita Marchetti — o agente Armison diz —, e pode me explicar exatamente o que viu. Seu amigo pode vir conosco também.

— Ele não é meu amigo — eu digo, mas vou, pois posso ver que não há alternativa.

Estamos à porta da sala de intervalo dos funcionários para onde o agente Armison está nos levando quando Luz e Vivianne nos encontram. Vivianne, que é advogada, mas também o mais próximo que James tem de uma família neste momento, está claramente dividida quanto a onde ela é mais necessária. Ela se vira para Luz.

— Você pode ir ficar com o James? — ela pede. — E vir me chamar se ele estiver muito ferido ou perguntar por mim?

Luz faz que sim com a cabeça, e eu aponto para ela aonde levaram James. Pelo menos, alguém estará com ele. Armison nos leva para dentro da sala de intervalo dos funcionários, mas minha mente segue Luz até a sala de exames mais à frente pelo corredor. Se James não estiver bem, não sei o que farei. Certa vez, vi no *Good Morning America*, uma mulher que foi golpeada nas costas com uma faca de cozinha pelo ex-namorado e andou pelo shopping, totalmente distraída, até alguém da praça de alimentação sugerir que ela fosse para o hospital. Se isso pôde acontecer, talvez James tenha levado um tiro e nem tenha percebido.

Finn está menos agitado.

— É só um corte ou algo assim, M. Não se preocupe tanto. Vai ficar com rugas.

— Talvez você devesse se preocupar um pouco mais — eu retruco. — Sei que é difícil para você entender, Finn, mas alguns de nós se *importam* de verdade com as coisas e não conseguem apenas fazer piada com tudo...

— Ei. — Os olhos de Finn soltam faíscas. — Eu me importo com as coisas. Você não faz ideia do que está falando.

Ele passa raspando em mim para sentar-se à mesa de almoço e me deixa para trás. O agente Armison faz um gesto para Vivianne e eu nos sentarmos, tira do bolso do peito uma caneta-tinteiro chique, que parece fora do lugar nas suas grandes mãos quadradas, e abre um pequeno bloco de anotações.

Ele anota nossos nomes e informações básicas e, depois, diz:

— Certo, senhorita Marchetti. Agora, conte de novo o que viu.

A suavidade da voz dele me dá nos nervos. É a maneira como se fala com crianças e pacientes com doenças mentais.

— Eu estava observando o James pela janela. — Cuspo cada palavra. — Ouvi um tiro e olhei para o estacionamento. Havia um menino e uma menina fugindo e, quando eles se viraram, vi seus rostos. Eles eram iguais a Finn e eu. O mesmo corpo, o mesmo cabelo, o mesmo *rosto*.

Armison se vira para Finn e Vivianne.

— Algum de vocês viu alguma coisa?

Os dois fazem que não com a cabeça. Eles estavam bem ali, mas eu era a única à janela. Eu daria tudo para um deles ter estado em pé ao meu lado, para poder me apoiar.

— Viu mais alguma coisa estranha hoje, senhorita Marchetti? — o agente Armison pergunta com delicadeza, como se uma palavra errada pudesse me desmontar.

— Não! — Eu bato o punho contra a mesa. — Sei que parece loucura, mas é verdade! Você tem de acreditar em mim!

Vivianne coloca uma mão no meu joelho.

— Está tudo bem, Marina.

— Acredito que está sendo sincera, senhorita Marchetti — o agente diz —, mas está sob um estresse tremendo. A mente reage a isso de jeitos estranhos às vezes.

— Certo. — Eu aperto os lábios para interromper o choro de frustração que sinto subir em minha garganta. — Mas eles estão lá fora e estão fugindo porque você não me ouve.

O agente Armison baixa o olhar para o bloco de anotações, incapaz de me olhar nos olhos, e sinto Finn se remexer na cadeira ao meu lado. Que bom. *Espero* estar deixando-os desconfortáveis.

— E quanto a mais cedo, quando o congressista levou um tiro? — o agente Armison pergunta. — Vocês dois estavam lá, certo? O que viram?

Eu cruzo os braços em frente ao peito e não falo nada. Não tenho nenhuma informação útil, de qualquer forma, já que tudo o que vi foi o mesmo que todas as outras pessoas: Nate caindo no chão, pessoas se espalhando. Está claro que eu poderia ter pegado as digitais do atirador e o número de seguridade social, que não fariam diferença para esse cara.

Finn está mais inclinado a ajudar do que eu.

— Eu já falei com um dos agentes no hotel sobre isso — ele conta —, mas tenho certeza de que o atirador disparou de dentro da saída de incêndio no canto direito no fundo do salão.

Vivianne baixa a cabeça e fecha os olhos. Pergunto-me se o que ela está imaginando é ainda pior do que o que vimos.

— Algumas pessoas e eu tentamos correr atrás dele — Finn continua. — A porta levava a um corredor de serviço, mas já estava vazio quando cheguei lá, e provavelmente havia uma dezena de portas que davam em partes diferentes do hotel. Verificamos algumas que não estavam trancadas, mas o atirador já tinha ido embora havia muito tempo.

A surpresa nubla minha raiva por um momento. Finn me disse que tinha ido atrás do atirador, mas acho que a realidade da história não tinha me atingido até este momento. Enquanto eu estava encolhida na cadeira, sem poder fazer nada de bom para ninguém, Finn estava caçando um aspirante a assassino.

— Você viu o atirador? — Armison pergunta.

Finn faz que não com a cabeça.

— Outro cara disse que teve um vislumbre dele. Roupas escuras, boné de beisebol cobrindo o rosto. Foi isso. Como o atirador conseguiu passar pelo Serviço Secreto?

— Estamos investigando isso — Armison diz enquanto faz uma anotação no seu bloco. — Vocês sabem de alguém que teria motivo para querer machucar os Shaw?

— É claro que não — respondo.

Vivianne faz que não com a cabeça.

— Ninguém.

— Bem... — Finn diz.

Eu olho para Finn boquiaberta.

— Você *só pode* estar brincando.

— Talvez o Nate — Finn continua. — Só por ele ser congressista.

— Certo. Algum louco da direita talvez, mas...

— Mas não James. Ninguém poderia ter algo contra o James.

Eu o perdoo, só um pouco.

— É *possível* que o segundo tiro tenha sido apenas uma coincidência — Armison diz.

— É uma baita de uma coincidência, não é? — Finn comenta.

— Sei que parece assim, mas teria sido muitíssimo difícil alguém àquela distância reconhecer o sr. Shaw no escuro, usando uniforme de hospital. Estou inclinado a pensar que foi uma pessoa mentalmente desequilibrada procurando atenção, ou talvez atividade de alguma gangue. Vamos verificar as câmeras de segurança do estacionamento e, até termos sob custódia quem quer que tenha sido, a Polícia do Capitólio vai designar uma equipe de proteção para ficar com o sr. Shaw e garantir que ele fique seguro.

— Essas são todas as perguntas? — Vivianne questiona.

— Podemos ver o James? — acrescento.

— Por ora, acabamos. Vocês vão ter de verificar com os médicos.

Finn e Vivianne apertam a mão do agente por cima da mesa, mas já estou na porta. O mesmo agente que estava aguardando na sala de espera no andar de cima agora está em frente à Sala de Exames A, e faz um aceno da cabeça e um gesto para eu entrar quando me aproximo.

Lá dentro, James está sentado em uma das camas, os pés balançando como um menininho. Ele está pálido, mas perfeitamente inteiro, e o nó no meu estômago se desfaz. Luz está dando tapinhas na mão dele, e uma médica está fazendo um curativo na cabeça dele acima da orelha esquerda.

James me lança um sorriso abatido.

— Parece que fui atingido por um estilhaço de tijolo. Nada muito dramático.

— Tudo bem — Finn diz, aparecendo atrás de mim. — Coisas sem graça combinam com você.

— Demos uns pontos só para garantir — a médica explica a Vivianne, tirando as luvas. — Tudo pronto, James.

— Posso ver meu irmão agora? — ele pergunta.

— Vou ligar lá em cima e verificar.

A médica usa um telefone preso a uma parede, e eu dou um passo mais para perto de James. Toco na cabeça dele com delicadeza.

— Dói?

— Eles anestesiaram antes dos pontos. Como está?

O cabelo perto do ferimento foi cortado, deixando-o com um pedaço careca acima da orelha.

— Ridículo — respondo, com todo o medo que ainda era bombeado pelas minhas veias transformando-se em uma vontade totalmente inapropriada de rir.

Ele ainda está aqui, ainda seguro. E apenas um pouquinho menos lindo com um tufo de cabelo cortado da cabeça.

A médica desliga o telefone.

— Você pode ver o congressista agora.

DEZ

Marina

Meu alívio momentâneo desaparece. Luz diz que tem de ir para casa ver seus netos antes de ir trabalhar e, assim, ela me abraça com força e, depois, Finn e eu seguimos James e Vivianne até o quarto de Nate na UTI. Tudo em que consigo pensar é na maneira como aquele abajur se estilhaçou na hora em que James bateu o punho contra ele quando éramos crianças. Eu soube desde aquele dia que havia uma rachadura aberta dentro dele. Só tive vislumbres dela nos anos desde então, mas temo que ver Nate possa colocar pressão suficiente nele e o faça despedaçar de vez.

Um dos médicos de Nate puxa Vivianne de lado para falar com ela, então, ficamos apenas nós três para entrar no quarto de hospital. James para do lado de dentro da porta tão abruptamente que eu me choco contra ele. Seus ombros estão rígidos e eu viro a cabeça para olhar ao redor.

Nate está quase irreconhecível na cama, muito obscurecido por fios, medicações intravenosas e curativos. Está preso a um respirador, o tubo grosso preso com uma fita, desaparecendo dentro da sua boca aberta e descendo pela garganta. A máquina assobia baixinho conforme bombeia ar para dentro dos pulmões dele e o deixa sair de novo, o ritmo robótico criando uma batida sincopada com o monitor cardíaco ao seu lado. Nate está nu até a cintura, o peito enfaixado. O pouco de pele aparente está manchado, ou de desinfetante ou de sangue. Seu rosto está de uma cor cinza de giz, exceto pelas pálpebras, de um roxo tão escuro que parecem feridas. Ele parece uma casca batida e descartada, nenhum brilho de animação para mostrar que algo de Nate ainda está lá dentro.

Ele parece morto.

Parece, de alguma forma, *pior* do que morto.

A enfermeira que nos leva até lá vai direto para o lado dele e verifica uma das bolsas de medicação intravenosa. Depois, olha de novo para nós, amontoados na entrada.

— Tudo bem. Vocês podem tocar nele se quiserem.

Pego a mão de James e a aperto. Nenhum de nós se mexe. Não quero essa imagem de Nate na minha mente; se ele morrer, não quero me lembrar dele assim. Queria nunca ter seguido James até aqui.

É Finn quem dá um passo à frente. Ele nos deixa acovardados na porta como crianças, senta-se em uma das cadeiras ao lado de Nate e pega sua mão com delicadeza.

— Oi, congressista — ele diz. — É o Finn. James e Marina estão aqui comigo.

— Ele consegue ouvir? — James pergunta à enfermeira.

— Não custa tentar, certo? — Finn interrompe. — Os médicos o consertaram muito bem, congressista. Vai acabar comigo no basquete logo, logo, senhor.

James dá um pequeno passo à frente e, depois, mais um. Acaba indo até a segunda cadeira perto da cama de Nate. Eu observo da entrada, odiando-me pela maneira como meus pés estão cimentados no chão. Finn nem queria ter vindo para cá. Ele teria deixado James no hospital para lidar com isso sozinho, porque ele odeia hospitais, mas, agora, parece... parece...

Percebo com um choque que Finn já fez isso antes.

— James parece muito mal— ele continua. — Acho que ele precisa do irmão agora, então o senhor tem de aguentar, combinado, congressista?

Eu rezo para os olhos de Nate se abrirem. Posso imaginar exatamente como será. Suas pálpebras vão tremular. Nós vamos ofegar, e a enfermeira vai sussurrar que é um milagre. Nate vai se virar para Finn e, com uma voz baixa e rouca, vai dizer: "Já disse para você me chamar de Nate". E todos nós vamos saber que tudo ficará bem.

Porém, elas não se abrem. Exceto pelo peito subindo e descendo, ritmado com o assobio do respirador, Nate está imóvel.

— Mas não se preocupe — Finn continua. — Nós estamos cuidando dele. Marina não o perdeu de vista. Ela é como um cachorrinho muito protetor e assustador.

James estende a mão e, devagar, pega a do irmão.

Finn levanta-se e pega meu braço.

— Vamos.

Pela primeira vez, não discuto e deixo James sozinho com o irmão.

Finn e eu nos sentamos no corredor para esperar enquanto Vivianne se junta a James dentro do quarto. Pego meu telefone e verifico as mensagens de texto que venho ignorando. Chegaram a 43 agora.

Tamsin: Ai, meu Deus, vc tá bem?

Tamsin: O que tá acontecendo? Vc tá com o James?

Sophie: Acabei de saber! Manda msg e me avisa como vc tá, ok, bb?

202-555-9054: Oi, Marina, é o Alex Trevino da sua aula de biologia. Soube que vc estava lá hj, o q aconteceu?

Tamsin: MARINA! ESCREVE PRA MIM, ESTOU ENLOUQUECENDO AQUI!!1!

Sophie: Estou vendo o jornal. É a coisa mais importante do mundo e você estava lá! O que está acontecendo??

Eu desligo o telefone de novo.

Agora que não estou mais em pé, a exaustão desaba sobre mim. Não percebi o quanto estava cansada até este momento. Inclino a cabeça para trás contra a parede e, logo, não consigo mais manter os olhos abertos. Deixo-os se fecharem, dizendo a mim mesma que só vou descansar por um minuto.

— Marina.

Uma mão toca em meu joelho.

— Marina, ei.

Abro os olhos irritados com esforço e levanto a cabeça do ombro de Finn. Meu Deus, adormeci encostada nele.

— Desculpe — murmuro.

— Não se preocupe com isso.

Ele faz um aceno com a cabeça em direção ao quarto de Nate, à porta do qual James e Vivianne estão parados, conversando com um dos médicos.

— Enquanto você estava dormindo, a Viv me perguntou se nós poderíamos tentar fazer o James ir embora por um tempo. Ela está preocupada que ele acabe ficando doente.

Olho para James, usando as roupas amassadas do meu pai que vieram da bolsa de Luz e com pontos na cabeça.

— Ele nunca irá.

— Talvez vá se nós dois pedirmos — Finn diz. — Ele precisa dormir um pouco, ou...

A rachadura. Talvez Vivianne e Finn a vejam também.

— Certo — eu falo. — Vale a pena tentar.

Ficamos em pé e encontramos James e Vivianne no meio do corredor. Os olhos dele estão vermelhos, mas não sei dizer se é por chorar ou por estar acordado há quase 24 horas. Ele parece pronto para desmontar.

— O médico disse que devemos deixá-lo sozinho por um tempo — ele diz. — O sistema imunológico dele está fraco por causa do trauma, e não querem que ele pegue nada enquanto ainda está em estado crítico.

— Nesse caso, acho que você deveria ir para casa e dormir um pouco — eu falo.

— É, cara — Finn acrescenta. — Você não pode ficar aqui.

James faz que não com a cabeça, mas Vivianne não o deixa começar.

— Acho que eles estão certos, querido. Eu fico aqui e ligo para você se alguma coisa mudar.

O olhar de James endurece conforme ele percebe que estamos nos unindo contra ele.

— Não posso deixar você sozinha aqui, Viv.

— Não vou ficar sozinha muito tempo — ela fala. — A Alice deve chegar a qualquer minuto.

James faz uma careta. A prima dele, Alice, é provavelmente a mulher mais dominadora que já conheci — e eu moro com minha mãe — e tem um gosto especial por interrogar James.

— Melhor correr enquanto você ainda pode — Vivianne diz.

— Vamos voltar em algumas horas — Finn declara —, depois de você ter dormido um pouco e tomado um banho.

— Por favor, James — eu acrescento.

James inclina-se contra a parede, deixando-a suportar seu peso.

— Vocês dois *concordam* desta vez?

— Eu sei, é estranho — Finn diz. — Eu me sinto sujo.

James suspira.

— Tudo bem. Mas só por algumas horas.

Finn vai para a sala de espera recolher nossas coisas, e James e Vivianne voltam para o quarto de Nate para se despedirem. Fico andando pelo corredor, esperando.

— Com licença, senhorita — uma das enfermeiras na central diz.

Eu me viro.

— Sim?

— Encontramos isto na sala de espera — ela fala, estendendo um bloco de folhas amarelas para mim. — Acho que é do seu amigo.

Pego o bloco; é aquele em que James ficou rabiscando com tanta intensidade durante horas. Há meia dúzia de páginas lotadas de fórmulas matemáticas e anotações. Há apenas um trecho que faz algum sentido para mim. No topo, ele escreveu: *"Era isso que estava faltando?"*. O que quer que esses símbolos signifiquem, são importantes. Rasgo as páginas do bloco e coloco-as no bolso, agradecendo à enfermeira, e imagino o abraço que James me dará quando se lembrar de que as perdeu e descobrir que eu as salvei para ele.

ONZE

Em

Finn e eu nos separamos quando seguimos de volta para o hospital. Ele se junta à vigília à luz de velas e à multidão da imprensa na entrada da frente, e eu contorno o edifício até os fundos. Fico parada do outro lado da rua em relação ao estacionamento e de olho na baia de ambulâncias. Os repórteres e pessoas da vigília são mantidos fora dessa área para que veículos de emergência ainda possam passar e, assim, minha visão é relativamente desimpedida, mas estou longe o bastante para não atrair atenção indesejada.

Alguns repórteres estão aqui atrás, filmando informes sobre o segundo tiro, mas a maioria está na localização privilegiada da frente, onde Finn está. Finjo observá-los enquanto fico de olho nos fundos do hospital. É importante acompanharmos o paradeiro das nossas versões mais jovens, porque as coisas estão diferentes agora. Depois de eu ter dado aquele tiro em James, mudei o futuro e, assim, não sei mais o que Marina vai fazer ou aonde ela vai. Minhas antigas memórias são inúteis.

No bolso do agasalho que peguei emprestado com Connor há uma barra de proteína e um dos celulares pré-pagos que Finn e eu compramos assim que chegamos a Washington. Finn está com o resto dos nossos suprimentos na mochila: a arma e a munição extra, um pouco de comida e algumas camisetas a mais. Espero não precisar das roupas nem da comida; espero que não fiquemos aqui por tanto tempo.

Observo as portas de vidro na parte de trás do hospital abrirem e fecharem do outro lado da rua e ataco a barra de proteína. Não estou com fome, mas preciso fazer alguma coisa com as mãos. Pensei que ver James lentamente tornar-se duro e impiedoso fosse a pior coisa que já vivi, mas estava errada. Isto é pior. Talvez eu tenha sido ingênua de pensar que poderia fazer isso. De alguma forma, *ainda* estou descobrindo aspectos nos quais ainda sou só uma criança.

Olhar o rosto dele, lembrar-me do menino que ele foi e do quanto eu o amava me fez voltar no mesmo instante a ser aquela menina de 16 anos que pensava que James Shaw era a pessoa mais importante do mundo. Sinto falta dessa menina, e desse menino. Sinto falta deles há anos, mesmo que não tenha sido capaz de admitir. E, agora, tenho de acabar com a vida de um e devastar a da outra.

É insuportável.

O telefone no meu bolso vibra, dou um pulo. Pego-o e aperto o botão com dedos trêmulos.

— Eles estão indo embora?

— Não — Finn diz do outro lado. — Eu só queria dizer oi.

Eu sorrio.

— Está verificando como eu estou?

— Por favor, como se eu me importasse. Só estou entediado.

— Estou bem, ok?

— Bem, pelo menos um de nós está.

As portas da baia de ambulâncias se abrem e por elas sai um cara usando um terno com "segurança especial" escrito por ele todo. Eu vou para trás de uma das vans de reportagem enquanto o observo andar até o carro — um Crown Victoria preto sem placa — e levá-lo para a lateral do hospital, bem em frente à saída de emergência.

— Acho que eles estão saindo — eu sussurro.

A saída de emergência é aberta, e alguém cujo rosto está coberto por um casaco sai depressa, acompanhado por um policial fardado e outro agente, e entra na parte de trás do carro. Mesmo sem ver o rosto, sei que é James. As duas equipes de televisão que ainda estão aqui atrás devem achar o mesmo, porque começam a filmar.

— Estou indo — Finn diz no meu ouvido enquanto eu observo o outro Finn (meu Deus, ele está tão jovem) entrar no carro depois de James. — O que eles estão fazendo?

— Entrando em um carro com alguns agentes.

Ele solta um palavrão.

— Finn, se estiverem levando o James para uma custódia com proteção, nós nunca...

— Eu sei. — Posso ouvir o cansaço na respiração dele enquanto corre em direção a mim. — Estou indo.

Marina sai em seguida. Quero dizer, *eu* saio em seguida. É meu primeiro vislumbre da minha antiga versão, e meu coração se aperta por pura saudade da menina que eu era. Ela é crítica e fútil, mas só porque não aprendeu a gostar de si mesma. Como ela não consegue ver como é bonita, como é especial? Tudo o que ela vê é James, inclinando-se na direção dele como uma flor para o sol.

— Vamos, Finn! — eu digo.

Ele vem correndo pela esquina do hospital quando o Crown Victoria começa a sair para o canto oposto do estacionamento.

— Depressa! Eles vão escapar!

Finn passa por mim correndo.

— Fique de olho no caminho deles — ele diz ao telefone. — Vou avançar alguns quarteirões.

Eu observo o carro virar à direita para sair do estacionamento e parar no semáforo da esquina. Vira à esquerda quando o sinal abre, e eu sigo cada movimento dele até virar, saindo do meu campo de visão. Faço um giro e vou atrás de Finn, encontrando-o a dois quarteirões do hospital.

— Eles seguiram para o norte — digo quando o alcanço.

Ele está serpenteando entre carros estacionados no meio-fio, esfregando os vidros congelados para olhar dentro das janelas. Encontra o que está procurando em um Honda azul empoeirado e pega a arma na mochila. Ele usa o cano para quebrar o vidro de trás. O tilintar do vidro quebrado soa extremamente alto para mim, mas nenhum grito ou sirene se segue a ele.

— Seguiram para Georgetown, então — ele diz.

— Talvez. Espero que sim.

Ele estende a mão através dos dentes pontiagudos da janela quebrada e abre a trava da porta do motorista. Coloca-se atrás do volante e abre a porta do passageiro para mim, e eu o observo escavar os fios abaixo do volante e fazer ligação direta no carro da mesma maneira como fez uma dúzia de vezes nos nossos anos de fuga.

Depois de várias tentativas e muitos palavrões, o carro ganha vida com um urro embaixo de nós, e partimos na direção em que o Crown Victoria foi. De volta para Georgetown. De volta para casa.

Marina

A saída da frente está entupida de pessoas em vigília e repórteres, e a baia de ambulâncias tem de ser mantida livre, então os policiais e os homens de terno escuro nos levam para uma pequena saída de emergência na lateral do prédio que só é usada em situação de urgência. Um dos agentes — acho que o nome dele é Morris — vai pegar o carro, enquanto seu parceiro, Spitzer, espera conosco dentro da porta. Spitzer nos garante que eles passaram pente-fino no estacionamento e reforçaram a segurança no perímetro do hospital, mas ainda estou tensa, esperando o som de um tiro, porque agora sinto que eles podem vir de qualquer lugar a qualquer momento.

Quando Morris para o carro, Spitzer e um policial protegem James dos dois lados enquanto ele entra no veículo. Finn vai em seguida, entrando na porta oposta, e, depois, eu, praticamente mergulhando na porta mais próxima, de forma que James fica cercado por nós dois. Spitzer entra no banco de passageiro e nós partimos para Georgetown. O céu fora da janela é de um cinza de aço, a noite quase acabada. Não tenho certeza se estou surpresa por tanto tempo ter se passado ou chocada por ter sido tão pouco.

— Quer que levemos você para casa primeiro? — Morris diz, olhando para Finn pelo espelho retrovisor.

— Tudo bem — Finn diz. — Eu pego o metrô.

Morris franze as sobrancelhas.

— Tem certeza? — ele pergunta. — Eu nem acho que o metrô esteja aberto tão cedo e...

— Tenho certeza — Finn interrompe, e percebo que não sei onde ele mora.

James fica em silêncio, observando as ruas passarem pelo lado de fora da janela.

— Você está bem? — pergunto.

É uma pergunta idiota, mas tenho de falar *alguma coisa*.

Ele não me ouve.

Nós viramos na nossa rua, e nunca fiquei tão feliz de vê-la antes. A casa dos Shaw está escura, mas a luz da cozinha ainda está acesa na minha. Luz provavelmente deve estar cozinhando com afinco desde que saiu do hospital. Não vou deixar James ficar na casa dele; os investigadores estiveram lá, e haverá lembranças de Nate por toda parte. Ele vai ficar na minha. Os agentes podem protegê-lo da mesma forma na minha casa, onde haverá mil panquecas e camas com lençóis recém-lavados esperando por nós.

— Vocês podem nos levar para a casa com a luz acesa. James vai ficar comigo. — Faço uma pausa. — Você pode ficar também, Finn. Se quiser.

Antes de qualquer um dos meninos responder, um flash de luz explode nos meus olhos. Eu grito e cubro o rosto, esperando uma explosão de barulho e sangue e dor. Morris fala um palavrão e o carro acelera de repente sob nós. Forço meus olhos a se abrirem e pisco para eliminar as auréolas de luz que passeiam pela minha visão.

— Você está bem? — Eu agarro James sem ver. — Está machucado?

— Estou bem — James responde, trêmulo. — O que foi aquilo?

— Fotógrafos — Spitzer diz. — Acampados do outro lado da rua. Equipes de reportagem estarão aqui a qualquer minuto.

— Filhos da puta! — Finn diz.

Eu me deixo cair de volta no banco. Nem consigo trazer à tona a raiva com os cretinos que invadiriam a privacidade de James assim. Estou aliviada demais por ele não ter levado um tiro.

— Tem algum outro lugar para onde você prefira ir? — Morris pergunta. — Podemos proteger sua casa, mas não há nada que possamos fazer quanto à imprensa.

James ainda está pálido.

— Não, eu não quero voltar lá. Mas vocês podem deixar a Marina. Os fotógrafos vão embora quando virem que eu não estou com ela. Vou para um hotel, eu acho.

Eu começo a fazer que não com a cabeça antes de ele ter acabado a frase.

— Sem chance.

— Vou ficar...

— Diga que vai ficar *bem* e eu juro que empurro você deste carro! — eu retruco. Odeio quando James fica assim, tão perversamente determinado a não incomodar ninguém, como no ano passado, quando ele quebrou o pulso e insistiu em rabiscar suas equações em uma letra ilegível com a mão ruim em vez de me deixar escrever por ele. Ele não vê o quanto eu *quero* ser incomodada por ele, o quanto isso significa que eu sou mesmo importante para ele. — Não vou deixar você ficar sozinho em um hotel.

— Então vou voltar para o hospital.

— Tem ainda mais repórteres lá! Você vai ficar cercado!

— Eu não preciso que você cuide de mim, Marina.

— Você precisa que *alguém*...

— Pessoal — Finn diz. — *Pessoal*!

Nós dois nos viramos para olhar para ele.

Está afundado no banco e encarando o teto do carro.

— Vocês dois podem ficar comigo, se quiserem.

James pisca.

— É sério?

— Claro. — Finn suspira. — Por que não?

A voz de James está suave.

— Finn, você não precisa fazer isso.

Eu olho de um menino para o outro, confusa.

— Você não pode ir para a casa da Marina e não pode ir para o hospital — Finn diz. — Você vai para um hotel e alguém que trabalha lá vai reconhecer você. Jesus, cara, você acabou de levar um *tiro*. Ninguém pensaria em procurar por você na minha casa. É a melhor opção que temos.

— Então, para onde vamos? — Morris pergunta.

— Columbia Heights — Finn responde. — Gresham Place.

Eu fico imóvel. Finn olha resoluto para fora da janela, sem se virar para nós. Não sou idiota; tinha reparado nos sapatos baratos de Finn e no fato de que ele vai de metrô para qualquer lugar quando tem idade o bastante para dirigir e, assim, sabia que ele devia receber uma bolsa do governo. Mas sempre imaginei que ele fosse filho de um professor de classe média ou algo assim, porque pessoas pobres simplesmente não estudam na Sidwell. Mas Columbia Heights? É, tipo, *mais* do que pobre. Mamãe teria um ataque nível dois comprimidos de Xanax se soubesse que eu estava andando com um menino dessa parte da cidade.

Nós cruzamos Washington conforme o sol começa a nascer, e os dois meninos ficam em silêncio. Tento olhar pela janela para as ruas ao nosso redor da maneira mais discreta possível. Uma luz cinza enevoada está invadindo Columbia Heights, iluminando as frentes de lojas com venezianas e o pavimento rachado. Ela manda as pessoas que estão vagando pelas ruas correndo para casa, como ratos procurando um buraco para se esconderem até o anoitecer. Algumas ruas não são tão ruins. A via principal é contornada por filiais de restaurantes conhecidos e butiques, mas afaste-se alguns quarteirões da Starbucks e da Urban Outfitter e você cai no mundo das gangues.

É, vamos ficar muito mais seguros aqui.

Finn orienta Morris até a sua casa e, pelo menos, poderia ser pior. Gresham Place não é Georgetown, mas não é *exatamente* a Central dos Assassinatos pela qual passamos alguns quarteirões atrás. A pequena casa geminada de Finn está precisando muito de uma nova camada de tinta, e a grama está muito alta, mas não há grades nas janelas, e há um banco e dois vasos de amor-perfeito na pequena varanda.

— Lar, doce lar — Finn diz com uma voz sem emoção conforme Morris estaciona o carro no meio-fio.

James e eu o seguimos subindo os degraus da varanda e entramos na casa. As luzes estão apagadas, mas, mesmo sem nada além do sol fraco através das cortinas, posso ver que o lugar está velho e apertado e cheio de coisas. Nenhum dos móveis combina e praticamente todas as superfícies têm algo em cima que não deveria estar lá: uma pilha de jornais velhos, uma caneca de café meio cheia, uma malha descartada. Há uma pilha de pratos na pia e uma de roupas lavadas e dobradas no sofá, como se alguém tivesse apertado o botão de pausa na vida. Isso nunca aconteceria na minha casa. Mesmo sem Luz, acho que enlouqueceria minha mãe o suficiente para ela mesma limpar. Ou pelo menos me obrigar a fazer isso.

— Desculpe pela bagunça — Finn murmura, atirando um monte de correspondências fechadas em uma gaveta e passando a mão para jogar várias migalhas de um balcão para a pia.

— Tudo bem — James diz.

Não posso falar nada. Estou tentando não ser a esnobe horrível que Finn acha que sou, mas nunca conheci ninguém que vivesse assim. A casa inteira quase poderia caber na minha sala de estar. Imagino o que Tamsin e Sophie diriam se soubessem.

— Finn, querido, é você? — uma voz chama de outro aposento.

— Sou eu, mãe!

— Você pode me ajudar aqui? Seu pai foi chamado cedo.

Finn mal olha para nós.

— Volto logo.

Quando ele sai, eu me viro para James, que está tirando a pilha de roupas para poder se sentar no sofá.

— Você sabia que o Finn morava aqui?

Ele responde que não com a cabeça.

— Ele nunca me dizia, sempre ficamos na minha casa. Eu sabia que a família dele não tinha dinheiro como a nossa, mas não achei que fosse assim tão ruim.

Eu me empoleiro no braço do sofá ao lado dele.

— Como eles podem pagar a mensalidade da Sidwell? Mesmo com auxílio financeiro?

— Ele tem bolsa de estudos integral. Não queria que ninguém soubesse.

— Você quer dizer que o Finn é *inteligente*? — pergunto, só meio de brincadeira.

— Eu escondo muito bem, né? — Finn pergunta ao voltar para a sala. O sorriso malicioso dele é afiado, como a ponta de uma faca. — James, você pode ficar no meu quarto.

— Não, tudo bem — James diz. — Não quero expulsar você...

— Eu insisto, então cale a boca, combinado? É a primeira porta à esquerda.

James suspira.

— Certo. Apenas algumas horas. Depois vou voltar para o hospital.

— É claro.

James fica em pé, e eu estou prestes a me levantar e abraçá-lo quando vejo Finn me observando. Eu me seguro, de repente envergonhada.

— Boa noite — eu falo.

— Boa noite.

Por um segundo, parece que James vai dizer alguma coisa, mas ele então se vira e vai embora.

Finn levanta a tampa de um baú de madeira que serve como mesa de centro e tira uma pilha de travesseiros e cobertores extras.

— Você pode ficar com o sofá — ele diz. — Eu fico com o chão.

— Certo.

Ele levanta o olhar de repente para mim.

— Você poderia me fazer a cortesia de discutir por pelo menos um *segundo*.

— Oh. Eu, ahn... — Nunca pensei em me oferecer para ficar com o chão. Mas é a casa *dele*. — Acho que posso ficar com o chão...

Isso o faz rir.

— Eu estava brincando, M.

Graças a Deus.

Nós fazemos uma cama improvisada aceitável para ele no chão, deitando as almofadas do encosto do sofá no espaço entre a mesa de centro e a entrada para a cozinha. Minha cama é mais fácil de fazer, apenas um travesseiro e uma velha manta com cheiro de lavanda e naftalina jogados no sofá. Não é algodão egípcio com penas hipoalergênicas, mas juro que a sensação é ainda melhor quando meu corpo afunda nas almofadas. Estou quase dormindo antes de minha cabeça chegar ao travesseiro.

— Marina?

— Hum?

Ele faz uma pausa tão longa que eu quase caio no sono durante o silêncio.

— Você está apaixonada pelo James? — ele enfim pergunta.

Meus olhos se abrem depressa. Aquelas cinco palavrinhas na voz sussurrada de Finn afastam qualquer ideia de dormir.

— O quê?

— Você me ouviu.

— Isso não é da sua conta.

— Eu sei.

Eu me viro e vejo que ele está olhando para mim, as mãos cruzadas atrás da cabeça. Mas consigo olhar nos olhos dele.

— Então, por que se importa?

Ele encolhe os ombros.

— Só me importo.

— Bem, não estou, certo? — digo, esperando que minha voz pareça mais equilibrada do que eu me sinto. — Ele é meu melhor amigo, só isso.

A expressão de Finn não muda.

— Certo.

— Posso dormir agora?

— É claro.

Eu me viro de novo, ficando de costas para ele.

— Boa noite, Marina.

A voz dele está tão estranhamente gentil quando diz isso que eu me afundo mais na coberta para fugir do som dela e não respondo.

DOZE

Em

Finn e eu alcançamos o Crown Victoria em um semáforo especialmente demorado e o seguimos a uma distância discreta até a casa de James. Enfio as mãos sob as pernas para impedir que fiquem se agitando conforme nos aproximamos. Vou ver minha casa de novo. Não a vejo desde a noite em que fugi para encontrar Finn e sair de Washington. Até deixei minha chave no vaso de flor ao lado da porta da frente depois de trancá-la, porque eu sabia que nunca voltaria.

Observamos da esquina conforme o Crown Victoria vira para a minha rua. Um grupo de fotógrafos pula nele, e o motorista pisa no acelerador. Finn vai atrás deles, e minha casa passa voando tão depressa pela janela que é pouco mais que um borrão. Não tenho certeza se estou decepcionada ou aliviada.

— Aonde eles estão indo? — pergunto quando o Crown Victoria vira para o leste.

Ele franze as sobrancelhas.

— Não tenho certeza.

Nós os seguimos por mais alguns minutos e então Finn vira abruptamente o nosso carro para um posto de gasolina. O Crown Victoria passa correndo por um semáforo aberto em frente a nós.

— O que você está fazendo? — pergunto.

— Colocando gasolina.

— Mas eles estão escapando!

Finn sai do carro e vai pagar o atendente. Abro minha porta e saio desajeitada.

— Finn! — eu o chamo. — *Finn*!

Porém, ele me dispensa com um aceno e desaparece dentro do posto. Que diabos ele está fazendo? Eu bato a porta e cruzo os braços na frente do corpo, como se pudesse conter os batimentos do meu coração em pânico. Cada segundo leva Marina e James para mais longe de mim e mais fundo no desconhecido.

Ainda estou apoiada no carro, esperando por Finn, quando ele volta.

— Que diabos foi isso? — eu falo. — Nós os perdemos agora!

— Não, não perdemos. — Ele começa a abastecer o carro. — Sei para onde estão indo.

— O quê? Para onde?

— Para a minha casa.

— Ah.

Minha raiva esfria no mesmo instante. Não sei o que dizer. Mesmo quando a situação estava muito ruim e nós estávamos tentando pensar em uma maneira de passar pelos pontos de vistoria e sair de Washington, Finn sempre queria me encontrar em cafeterias e restaurantes de *fast-food*. Ele dizia que não queria envolver a família, no que eu acreditava, mas acho que também não queria que eu visse onde ele morava.

— Você está bem?

— Sim. É só... — Ele recoloca a bomba de gasolina. — Aquele pobre menino. Ele não está pronto para isso.

Dirigimos em uma velocidade mais calma agora que Finn sabe com exatidão para onde vamos. Observo as casas do lado de fora da janela ficarem cada vez menores, cada vez mais sujas. Finn não me contara quão mal sua família estava até estarmos fugindo juntos por alguns meses e, mesmo assim, foram apenas pequenas dicas no começo. Não acho que ele estivesse com vergonha exatamente. Era mais como se estivesse com medo de como James e eu, e as outras crianças ricas da nossa escola, reagiríamos se soubéssemos, e de que poderíamos tratá-lo de um jeito diferente. Ele tinha razão em se preocupar. A menina fútil e superprotegida que eu era na época o *teria* tratado de um jeito diferente, mas, depois de eu e ele estarmos cruzando as fronteiras dos estados na caçamba de caminhões e passarmos dias sem ver um sabonete, seu medo do julgamento e do meu jeito esnobe logo viraram coisas do passado.

Porém, sua versão de 17 anos, que é tão sensível por baixo do exterior corajoso, está agora mostrando para a minha versão mimada de 16 anos seu segredo, expondo sua fraqueza para ela. Só posso esperar que ela não o magoe. Cubro a mão de Finn onde ela está apoiada no painel entre nós.

Ele estaciona a um quarteirão de distância do Crown Victoria, que está parado do lado de fora de uma pequena casa geminada, a qual agora sei ser a dele. Com Marina e Finn mais jovens ali dentro com James, não há nada a fazer além de esperar. Não podemos arriscar ficar cara a cara com nossas versões mais novas; temos de esperar até James estar sozinho.

— Eu queria poder ver a minha mãe — Finn diz. — É estranho ela estar bem ali.

Eu faço que sim com a cabeça como se entendesse, mas não entendo. Não de verdade. Mesmo quando estivemos na frente da minha casa, meus pais mal me passaram pela cabeça. Nunca senti falta deles de verdade depois de fugir. Quando estava com medo ou cansada e fechava os olhos e desejava que alguém me abraçasse e levasse meus fardos embora, o rosto ligado àqueles braços era com mais frequência de Luz ou até de James do que da mamãe ou do papai. Havia um amargor nisso, uma dor especial que vinha de *não* sentir a falta deles.

Mas Finn sempre foi diferente, em especial quando se tratava da mãe dele. Escrevia cartões-postais para os pais enquanto estávamos fora e os entregava para pessoas que encontrávamos na estrada para enviá-los quando chegassem aonde quer que estivessem indo, para que nós não pudéssemos ser rastreados pelos carimbos do correio. Certa vez, eu o encontrei sentado no escuro do lado de fora de um hotel onde estávamos dormindo, chorando como se seu coração estivesse aos pedaços. Já tínhamos ido até o inferno fugindo de James, mas aquela foi a primeira vez que eu o vi chorar. Foi uma noite de primeiras vezes. Era o aniversário da mãe dele, ele disse, e nem tinha certeza se ela estava viva ou morta. Ele me falou dela pela primeira vez, e foi a primeira vez que eu o entendi de verdade.

Também foi a primeira vez que eu o abracei. Ele me apertou tanto que pude sentir seu coração bater contra o meu.

— Apenas pense — falo. — Quando acabarmos aqui, você nunca terá de deixá-la.

De repente, ele fica imóvel de um jeito nada natural. Está olhando para mim, mas seus olhos ficaram vazios, como se ele não estivesse mais me vendo.

— Finn?

Os olhos dele se reviram para trás e as pálpebras começam a tremular em espasmos, a única parte do seu corpo que não está congelada. Coloco a mão no seu braço, que está rígido ao toque. Quando ele não responde, eu o chacoalho.

— Finn? — falo de novo.

Posso sentir a histeria aumentar dentro de mim. Tenho certeza de que ele está tendo uma convulsão ou algo assim quando percebo que isso deve ter sido o que aconteceu comigo mais cedo no estacionamento. Finn foi varrido para algum outro lugar dentro da sua mente, como eu, quando vi o dia em que conheci James. Ele deixou de mencionar como isso é aterrorizante. Finn se foi, e nada além do seu corpo ficou. Eu o chacoalho de novo, embora saiba que não vai adiantar.

Não tenho certeza de quanto tempo o ataque dura — trinta segundos? Quarenta? —, mas parece mais tempo. Por fim, ele pisca, devagar, e a luz volta aos seus olhos. Solto a respiração que estava segurando.

— Em? — ele diz.

— Você está bem? — Tento parecer calma. — Você meio que sumiu por um minuto.

— É, acho que sim.

— Você viu alguma coisa? — pergunto. — Foi uma lembrança?

Ele esfrega a mão pelo rosto e faz que sim.

— Foi aquela casa onde ficamos por algumas semanas em Delaware. Lembra? Foi logo depois do ataque em Providence, e todo mundo estava morrendo de medo. Pete e eu estávamos assistindo ao noticiário no porão. Foi a noite quando o presidente anunciou que o Congresso havia aprovado o Ato Patriota IV. Eu fui acordar você para assistir com a gente.

— Eu me lembro — falo.

Eu o tinha empurrado por ter me acordado, mas ele pegou a minha mão e me contou baixinho as novas leis que o Congresso aprovara no meio da noite. Nenhuma viagem internacional não autorizada, punições mais fortes para cidadãos que se recusassem a apresentar carteiras de identidade aprovadas pelo governo, uma revogação do banimento do policiamento militar nas ruas dos Estados Unidos. Nós dois sabíamos que James estava por trás daquilo.

— O que foi isso? Por que isso fica acontecendo? — pergunto.

Ver Finn ser arrancado de mim daquele jeito, sentir-me tão repentinamente sozinha em um mundo que não é meu de verdade, deixou-me abalada.

— Não sei — ele diz.

Nós nos sentamos em silêncio e olhamos fixo para a pequena casa geminada verde mais à frente na rua, e eu cruzo os braços para afastar o frio do ar gelado que entra pela janela quebrada. Não quero me lembrar dessas coisas. Mas James sempre disse que o tempo é complicado, que tem uma mente própria. Talvez esse seja seu jeito de nos punir por brincar com ele.

Finn acaba pegando no sono, a testa apertada contra o vidro. Sério, ele consegue dormir em qualquer lugar. Meus olhos estão pesados e coçando, mas continuam fixos na casa. Minha determinação voltou. Não quero que Marina tenha de um dia se esconder em Lugar Nenhum, Delaware, e observar o mundo acabar em uma televisãozinha antiga em um porão que cheira a mofo e purificador de ar velho.

Tento imaginar o que Marina está fazendo neste momento. É tão estranho ela estar vivendo agora coisas que eu nunca vivi. Faz com que eu me sinta distante dela — de mim — como se fôssemos duas pessoas diferentes. De certa forma, agora somos, eu acho.

O que é mais ou menos o objetivo de tudo isto.

Marina enfim viu o segredo de Finn, que ele escondeu de mim com cuidado por tanto tempo. Talvez ela até tenha conhecido a mãe dele, de quem ele só falaria para mim quando estivesse escuro e silencioso e ele pudesse falar sussurrando, como se mantê-la em segredo entre nós e a noite de alguma forma a protegesse. Marina consolou James depois de o irmão levar um tiro, algo que eu fiz certa vez, e depois de alguém atirar nele também. Pelo que sei, ela poderia estar fazendo qualquer coisa agora: dormindo ou tomando banho ou reservando uma passagem de avião para Buenos Aires.

A ideia manda um tremor pela minha espinha. Ela está bem, dentro daquela casa, afastada de mim? De repente, tenho de saber. Não suporto esta sensação de separação de mim mesma.

Em silêncio, com cuidado para não acordar Finn, que só me diria que ideia monumentalmente terrível é essa, eu desdobro os braços e pernas congelados e saio do Honda. Não fecho a porta atrás de mim, só a deixo encostada. Os agentes designados para proteger James ainda estão acampados em frente à casa de Finn, mas a rua está deserta e silenciosa de manhã tão cedo. Pulo a cerca para o quintal dos fundos da casa da esquina. Essa é uma vantagem das casas geminadas: não há espaços entre elas onde os agentes poderiam ter um vislumbre de mim, aproximando-me da casa dos Abbott. Desde que eu fique em silêncio, eles nunca saberão que estou aqui. Os quintais são separados por cercas de grade, que são fáceis de escalar, e logo estou no pequenino quintal de Finn, onde a grama é ainda mais alta do que na frente. Subo os degraus dos fundos devagar, congelando quando um range sob o meu peso. Subo os outros dois degraus com cuidado, mantendo os pés o mais perto possível das bordas.

Aproximo-me de uma das janelas, que está escura de poeira e com a malha de uma tela preta.

Dentro, há uma mulher na cama, uma malha grande demais cobrindo seu corpo, o cabelo puxado em um rabo de cavalo bagunçado. Ela tem as cores de Finn e é óbvio que já foi bonita, antes de a doença ter deixado sua pele desbotada e as bochechas afundadas. Ela está assistindo à televisão, trocando de canais sem interesse, como se já tivesse passado por eles uma dúzia de vezes.

Não fico muito tempo à janela. Espionar a mãe de Finn dessa maneira me faz sentir como algum tipo de ladra.

Em vez disso, vou na ponta dos pés até a segunda janela e espio lá dentro.

O que eu vejo faz meu coração parar.

TREZE

Marina

Eu fico dormindo e acordando. Estou exausta, mas não consigo ficar confortável e desligar meu cérebro. Talvez esteja exausta *demais*. Ganho e perco a consciência, sonhando que ainda estou no hospital e acordando na tentativa de pegar coisas que não estão lá antes de adormecer de novo.

Em algum momento, abro os olhos e a sonolência some por tempo o bastante para eu perceber que estou com sede. Levanto e passo devagar por cima de Finn, que está dormindo profundamente no chão, o rosto tão afundado no travesseiro que não tenho ideia de como ele está respirando. Entro na cozinha e bebo direto da torneira, fazendo uma concha com as mãos sob o fluxo, muito confusa pelo sono para me dar ao trabalho de procurar um copo. Tomo gole depois de gole da água, que está quente demais para ser refrescante, mas tem um gosto quase doce na minha língua sedenta.

— Finn, é você?

Eu me endireito e fecho a torneira.

— Não, sra. Abbott. É a Marina.

— Oh, venha aqui! — ela diz. — Quero dar uma olhada em você.

Caminho de pés descalços na direção da porta do quarto principal e a empurro. A sra. Abbott está deitada, encostada em um mar de travesseiros. Há uma barra ao longo do lado da cama dela, que me dá um flashback terrível de Nate no hospital, parecendo pálido e ausente. Na verdade, há barras por todo o quarto e um andador perto do criado-mudo, que está lotado de frascos de comprimidos. De repente, o comportamento de Finn no hospital faz sentido.

— Ah, Marina — ela diz.

Ela se parece com Finn — loira, olhos azuis, com a mesma curva maliciosa nos lábios —, mas parece desbotada, como uma fotocópia ruim de si mesma.

— É tão bom enfim ligar um rosto ao nome. Finn me falou tanto sobre você.

— É mesmo?

Eu fico inquieta à porta, sentindo-me insegura e boba. Nunca estive perto de uma pessoa doente antes. E... Finn contou a ela sobre mim?

— Ah, sim — ela fala. — Você e James são praticamente tudo de que ele fala.

Não sei o que dizer. A sra. Abbott se esforça para se sentar mais ereta contra os travesseiros, e acho que talvez eu deva oferecer ajuda, mas não consigo sair deste lugar.

— Isso é bom... — eu comento.

— Bem. — A sra. Abbott sorri para mim. — Vou deixar que você volte a dormir. Foi bom conhecer você.

Eu engulo em seco.

— Foi bom conhecer a senhora também.

Fecho a porta e me viro de volta para a sala de estar, mas meu olhar vai para a porta do quarto de Finn. James conseguiu adormecer? Não gosto da ideia de ele estar ali acordado e sozinho. Finn pode achar que estou sufocando James, mas eu o conheço melhor do que Finn, e ele não deveria ficar sozinho agora. Além disso, da última vez que eu o deixei sozinho, ele levou um *tiro*. Bato na porta com um dedo dobrado, com leveza o bastante para não acordá-lo se estiver dormindo.

— Entre, Marina.

Empurro a porta e o vejo sentado na cama de Finn, o cobertor torcido em volta dos pés.

— Você dormiu? — pergunto.

— Um pouco, eu acho — ele responde —, mas minha mente fica dando voltas. Eu só... não acredito que as coisas tenham mudado tanto tão depressa.

Eu me sento ao lado dele na estreita cama de solteiro, que afunda com o meu peso, inclinando-o para mim.

— Eu sei.

— Se ele morrer... — James olha fixo para a frente, para algo que não consigo ver. — Não posso viver em um mundo sem o Nate.

— Ele vai ficar bem — eu digo, embora as palavras pareçam vazias na minha língua. — Tudo vai ficar bem.

A expressão de James desmonta, como a fachada de um prédio desabando em uma pilha de tijolos, e ele começa a chorar com as mãos no rosto. Estou aliviada. Soluços fortes chacoalham o corpo todo dele, mas são muito mais fáceis de aceitar do que o rosto impassível e os olhos mortos que ele estava mostrando havia horas. Eu o abraço, e ele se encosta em mim.

— Você pode ficar? — ele pergunta.

Faço que sim com a cabeça, e nós nos deitamos na cama. Os braços dele se dobram em volta da minha cintura e ele enterra o rosto na curva do meu pescoço. Nunca estive tão perto dele, e sou uma pessoa terrível por gostar um pouco disso. Quantas noites fiquei deitada na cama sozinha, imaginando James ao meu lado? Na noite passada mesmo, eu estava planejando fazer sexo com ele. Minha mente sabe que isso é apenas uma imitação doentia das minhas fantasias, mas meu corpo não entende muito bem. Ele está tão quente. Subo e desço a mão pelas costas dele e tenho certeza de que não seria tão gostoso assim com mais ninguém.

Quando os soluços dele começam a diminuir, James deixa um beijo no canto do meu rosto e apoia a testa contra minha têmpora.

— Não sei o que eu faria sem você, menina — ele sussurra.

Meu peito se aperta em uma bola quente, formigando.

— Nem eu sem você.

James me beija de novo, desta vez na bochecha, a apenas um suspiro do canto da boca. Ele se demora ali, a boca pairando a poucos centímetros da minha. Minha mente fica vazia e confusa, o mundo se restringe ao espaço entre nossos lábios.

Ele se afasta, apoiando a cabeça no meu ombro, e eu puxo um fôlego cortante. Meu Deus, acho que eu não estava respirando esse tempo todo. Eu deveria me levantar, voltar ao sofá, mas James está pesado contra mim, seu corpo apertado ao meu do ombro ao joelho. Sua respiração ficou mais lenta e acho que ele pode ter enfim adormecido.

Ele pode não ter me beijado de verdade. Mas talvez eu seja exatamente do que ele precisava.

Fecho os olhos.

Em

Eu encaro os dois, enrolados um no outro, até o vento implacável fazer meus olhos ficarem marejados e embaçados.

Eu poderia atirar agora mesmo. A arma está enfiada na parte de trás do meu cinto. Eu poderia tirá-la e atirar em James através da janela e acabar com isso para sempre.

Porém, ali está Marina enrolada ao lado dele, seus dedos agarrando-o mesmo no sono, e eu me lembro vividamente de como era ser aquela menina, agarrar com aqueles dedos, estar perto daquele menino. O toque e o cheiro dele. O quanto ela — *eu* — o amava.

Puxo a arma do cinto e seguro-a em frente a mim. Está quente por ter ficado apertada contra minha pele, e minhas mãos de repente estão molhadas conforme dobro os dedos em volta da pistola. Solto a trava de segurança e o clique baixinho é como uma explosão para os meus ouvidos.

Eu deveria fazer agora. Poupar-me e poupar Finn de viver mais dessa infelicidade. Em cinco segundos, tudo poderia acabar. Eu não vou existir mais para me arrepender desse passo terrível que fui forçada a dar.

James se mexe dormindo, puxando Marina mais para perto.

Eu fecho os olhos. Ver os dois me enfraquece. Tento me lembrar de que aquele menino na cama já se foi. O homem que usa seu rosto no futuro foi torcido e deformado até ficar irreconhecível, até ficar cruel por causa da ambição e da determinação perversa de fazer o que acha certo.

Aperto a arma nas mãos enquanto imagino Luz, minha querida Luz, descartada como lixo. Vivianne morrendo em um acidente de carro no meio da noite na estrada Baltimore-Washington. A sra. Abbott, que não terá mais nada do filho além de alguns cartões-postais rabiscados. Finn gritando enquanto o torturam por informações que ele não tem. Todas as pessoas que vão sofrer e morrer por causa de James.

Abro os olhos e vejo os dois, deitados juntos naquela cama, tão belamente alheios ao que está prestes a despencar sobre a cabeça deles, e ergo a arma. Sessenta centímetros, talvez menos, separam o cano da cabeça de James. Vai ser rápido.

Meus olhos vagam até Marina. Meu Deus, eu algum dia fui assim tão jovem? Não tenho certeza do que vai acontecer depois de eu disparar a arma. Finn e eu vamos deixar de existir, nossa linha do tempo encerrada junto com a vida de James, mas onde — ou quando — Marina vai acordar? Ela vai ver o que eu fiz? A ideia me faz estremecer. Isso a destruiria.

Talvez eu possa lhes dar mais um momento juntos.

Começo a baixar a arma e, conforme o cano se inclina na direção do chão, uma sensação familiar agarra minha barriga como uma mão fria. Não tenho tempo para entrar em pânico ou resistir antes de ela me puxar para trás.

Para trás e para trás e para trás.

Eu caio em meio ao nada a uma velocidade desnorteante. Quando enfim abro os olhos, estou na pequena cela branca que foi meu lar por tantos meses.

James está sentado em frente a mim. Sua mão segura levemente uma arma de choque.

— Por favor, Marina — ele diz. — Diga onde os documentos estão. Aí eu posso ajudar você.

— Ah, é mesmo? — eu falo. — Do jeito que ajudou a Vivianne? Ou a Luz?

Ele enrijece.

— Aquilo não foi minha culpa. Eu nunca teria...

— A Vivianne está morta, James! — eu grito, a voz saindo do meu controle. — Acho que ela sabia demais, mas a Luz nem sabia nada e, quando ela não pôde dizer onde nós estávamos, você mandou que ela fosse colocada em um campo de detenção. Por *atividades terroristas*!

Lágrimas ardem atrás dos meus olhos conforme eu vacilo entre tristeza e raiva, pensando em Luz, seu rosto cansado por se importar demais e suas mãos fortes e gentis.

— Uma senhora doce que nunca recebeu nem multa de trânsito, aprisionada como terrorista. Aquela mulher amava você, e você arruinou a vida dela só porque podia!

Ele se levanta tão depressa que as pernas da cadeira arranham o concreto. Posso ver a tensão torcida em seu corpo, pronta para estourar, enquanto ele abre e fecha os punhos de novo e de novo. Por um segundo, ele poderia ser o James que eu amava, andando pela cela enquanto tenta resolver algum enigma mental, mas a linha do seu queixo é muito dura, a expressão nos olhos, muito fria.

— Fiz isso porque precisava que você entendesse como é importante você entregar os documentos — ele diz. — Se alguém colocar as mãos neles, as consequências estão além da sua imaginação!

— É, eu nunca fui inteligente o bastante para entender nada disso — respondo com um sorriso triste. — Acho que não entendo como plantar bombas por todo o país vai nos deixar mais seguros. Ou como sua jornada para salvar o mundo está fazendo alguma outra coisa além de servir o seu ego. Como sou boba.

Ele baixa o olhar para mim e realmente parece triste.

— Por favor. Vão machucar você.

Eu o encaro também.

— E você vai deixar.

Ele se vira para o outro lado.

— Às vezes, você tem de machucar alguém que ama pelo bem maior.

— Por que é você quem decide qual é o bem maior? — eu pergunto. — Você está falando de *pessoas*, não apenas números em uma das suas equações. Você não entende isso? *Algum dia* entendeu?

O rosto dele não muda.

— Só me conte o que você fez com os documentos.

Eu cuspo nos pés dele.

Ele suspira e bate na porta da minha cela, chamando o guarda. Eu o vejo engolir em seco antes de dizer:

— Faça com que ela fale.

O guarda faz que sim com a cabeça e me dá um tapa com as costas da mão com tanta calma como se o tivessem mandado fazer a cama. Ele me bate de novo e de novo.

— James! — Eu choro quando ele segue para a porta.

Ele para, mas depois fecha a porta da cela deslizando-a sem olhar para mim, deixando-me sozinha com o guarda. Nesse momento, juro para mim mesma que nunca vou dizer seu nome de novo. James se foi. Agora há apenas o doutor.

Volto a mim ofegando. Estou deitada na varanda dos Abbott, contorcendo-me com a dor de lembrar a surra, a arma ao meu lado. Por quanto tempo apaguei? Ajoelho-me desajeitada e espio dentro do quarto.

Marina e James se foram.

CATORZE

Marina

O som de madeira deslizando sobre madeira me acorda. Eu pisco, sem reconhecer a tinta azul desbotada ou as pilhas do que parecem peças de computador amontoadas na escrivaninha do canto.

Ou o braço atirado em volta da minha cintura.

Minha cabeça começa a ficar pesada conforme todas as lembranças voltam. Nate. O sangue. O hospital. Cada pensamento pesa sobre mim até eu mal conseguir virar a cabeça na direção do som que me acordou.

Finn está parado ao lado de uma cômoda perto do pé da cama, encarando James e eu, aninhados na sua cama.

— Só vim pegar umas roupas limpas — ele diz.

— Finn...

— Estarei na cozinha.

Ele sai e fecha a porta. Meu peito dói quando puxo o ar, como se a expressão nos olhos dele tivesse me deixado em carne viva, embora eu não saiba o porquê. Deslizo para sair do braço de James e o sigo até a cozinha, onde ele está quebrando ovos sobre uma frigideira.

— Então, você finalmente o atraiu, hein? — ele diz, balançando as sobrancelhas para mim.

— O quê? — digo, surpresa com a mudança súbita no comportamento dele.

— Você tem de dar crédito para o James. — Ele mexe os ovos com uma colher com tanta força que um pouco cai pela borda da frigideira para a boca do fogão, onde solta um chiado e fica preto. — Ele resistiu bastante, mas acho que sua astúcia feminina... ou é graça feminina? Nunca tenho certeza... De qualquer forma, suas *qualidades* femininas enfim o fisgaram. Suas amigas vão ficar muito orgulhosas, você já mandou mensagem para elas?

— Você é um imbecil — eu sussurro. — O irmão dele levou um *tiro* na noite passada.

Ele me ignora.

— Qual você acha que vai ser o nome dos seus filhos? Tenho certeza de que você já escolheu algumas opções.

Eu o empurro.

— Cale a boca.

Ele levanta a colher com ovo como se estivesse se rendendo e ri.

— Calma, M. Relaxa.

James entra na cozinha, todo amassado, o cabelo levantado em dez direções diferentes. Normalmente, eu acharia isso insuportavelmente charmoso e acrescentaria ao meu álbum mental de fotos de James, mas a provocação de Finn me abalou por motivos que não sei definir bem. A maneira como fez com que eu e minhas amigas parecêssemos tão... mercenárias? Uma insegurança invasiva de que James apenas precisasse de *alguém* e era eu quem estava *ali*?

Se ao menos ele olhasse para mim, mas seus olhos estão fixos em um ponto no linóleo.

— Preciso voltar ao hospital — ele diz. — Faz quase cinco horas. A Vivianne deve estar enlouquecendo com a prima Alice.

— Você deveria comer alguma coisa antes — Finn diz.

— Não estou com fome.

— Que pena.

Eu quero chacoalhá-lo. *Olhe para mim!* Mas ele não olha, e o enjoo no estômago cresce. Finn estava certo? Sou mesmo tão idiota que estava prestes a começar a escolher nomes de bebês quando o que aconteceu não significou nada para James?

Dos fundos da casa, uma porta se abre e um som de *bate-arrasta-bate* se mexe na nossa direção. Finn enfia a frigideira e a colher na minha mão, eu as encaro por um momento e, depois, fico mexendo os ovos, insegura.

— Mãe — Finn chama. — Do que você precisa?

A sra. Abbott, apoiada pesadamente em um andador, as calças de moletom e a malha penduradas no corpo magro, entra na cozinha.

— Só vou pegar um pouco de suco.

— Eu levo um copo para você. Volte para a cama.

Dou uma olhada em James e vejo que ele está tão surpreso com a condição da sra. Abbott quanto eu.

— Quero dar oi para os seus amigos — ela diz, resistindo às tentativas de Finn de guiá-la de volta para o quarto. — É bom finalmente conhecer você, James. Sinto muitíssimo pelo seu irmão.

James remexe as mãos.

— Obrigado, senhora.

Acho que os ovos estão começando a queimar e, assim, tiro a frigideira do fogão.

— Mãe — Finn diz com suavidade. — Você vai gastar suas energias.

— Estou bem, querido. Deixe de criar caso.

Ela dá alguns passos difíceis em direção à geladeira e se inclina muito contra o andador, apoiada em uma das mãos enquanto usa a outra para abrir a porta. Finn pega um copo para ela, e ela põe a mão dentro da geladeira para pegar uma caixa de suco de laranja.

— Como ele está, se não se importa que eu pergunte?

— Os médicos, ahn, eles dizem que é grave, e ele ainda está inconsciente. — A voz de James mal dá para ouvir, e ele não olha para a sra. Abbott. Ele nunca foi bom em lidar com estranhos, mesmo nas melhores condições. — Vou voltar para o hospital agora.

— Sim, é claro — a sra. Abbott concorda.

Finn pega a caixa de suco da mão trêmula dela e lhe serve um copo, e ela puxa o rosto dele para baixo para lhe dar um beijo na bochecha.

— No armário tem alguns jogos de tabuleiro que são fáceis de carregar e bons para salas de espera. Vocês deveriam levar. Finn, vá pegar os jogos para levar com vocês.

— Eu vou.

Finn pega o cotovelo da mãe e a ajuda a sair da cozinha. Mas é uma casa pequena e, assim, James e eu ainda ouvimos cada palavra que eles dizem enquanto seguem pelo corredor de volta ao quarto principal.

— Vou ficar em casa — Finn diz baixinho. — Não vou deixar você sozinha de novo.

— Ah, querido, vou ficar bem. E seu pai vai chegar logo. Você deveria ficar ao lado do seu amigo.

— Mas se você precisar de alguma coisa...

— Finn. — É um tom de voz que eu reconheço de ter ouvido de Luz. — Eu sou a mãe aqui, certo? Você não precisa se preocupar comigo.

Quando eles se vão, e a porta do quarto principal fecha-se, viro-me para James.

— Você também não sabia? — pergunto, tentando usar uma voz normal.

Ele faz que não com a cabeça e não olha nos meus olhos.

— Parece esclerose múltipla.

— Por que ele nunca nos contou?

— Provavelmente não queria que a coisa ficasse muito séria.

Eu me contraio. Atirei aquelas palavras em Finn como uma arma apenas algumas horas atrás, sem ideia de quão séria a vida dele era na verdade. Não posso imaginar o que ele pensa de mim, como devo parecer egoísta e mimada para ele. Egoísta, mimada e apaixonada por um menino que nunca vai me amar. Egoísta, mimada e completamente iludida.

Estou começando a me odiar.

Morris e Spitzer nos levam de volta para o hospital, e James liga para Vivianne no caminho.

— Alguma coisa? — eu pergunto quando ele desliga.

— O mesmo. Disseram que, quando ele estiver estável o bastante, vão levá-lo para o Walter Reed, onde a segurança é melhor.

— Falaram alguma coisa da pessoa que atirou em você? — Finn questiona.

Eu olho para ele, cortante.

— Digo, ahn, as *pessoas*.

— Pessoas? — James diz.

— É. A Marina viu.

— Você viu? — James olha para mim pela primeira vez desde que me sentei na cama dele. — Eu não sabia disso.

Eu encolho os ombros. O episódio todo é só outro lembrete do quanto sou inútil.

— Ninguém acreditou em mim, de qualquer forma.

— Por quê?

— Porque ela diz que os atiradores eram iguais a ela e a mim — Finn responde.

James franze as sobrancelhas.

— O que você quer dizer com iguais a vocês?

— Eu quero dizer que havia um menino e uma menina com uma arma, e eles eram iguaizinhos ao Finn e a mim, certo? — respondo. — Que seja, não importa. É óbvio que eu só estava sendo idiota.

— O agente encarregado achou que ela fosse louca — Finn diz.

— Muito obrigada!

Ele ri.

— Bem, ele achou. Mas *eu* acredito em você.

— Isso me conforta muito — falo. — Porque o que você pensa de *qualquer* coisa importa demais para as pessoas.

Finn sorri, mas não há alegria. Ele olha para fora da janela, e eu contenho minha breve onda de culpa. Meu mau humor não é culpa dele, mesmo que ele o tenha iniciado ao me provocar em relação a James, mas é tão fácil descontar nele.

Entre nós, James baixou a cabeça e está passando os dedos pela testa. Engrenagens estão começando a girar na cabeça dele por causa de alguma coisa, mas, se nós o perdermos em seus pensamentos agora, quem sabe quando vamos recuperá-lo? Tenho de pará-lo antes de ele ir longe demais.

— Então, a Viv *disse* alguma coisa sobre os atiradores? — pergunto. — Já foram pegos?

James levanta o olhar para mim e leva um segundo para entender minha pergunta.

— Não tenho certeza. Não contam nada para ela. É claro.

— Tenho certeza de que vão encontrar os dois.

— É. — Ele se senta ereto de novo. — É.

Quando chegamos ao hospital, ele não está mais fechado. Não devem estar muito preocupados com o tiro no estacionamento. Mesmo o terceiro andar tem pessoas de novo, embora haja um grande bloqueio da Polícia do Capitólio entre o quarto de Nate e o resto do andar. Talvez a coisa toda tenha *mesmo* sido uma coincidência, como o agente Armison disse.

Assim que entramos na sala de espera, a prima Alice cai sobre James, remexendo no cabelo dele e fazendo careta para suas roupas amassadas, como se estivesse abaixo de um Shaw parecer um ser humano normal que teve uma noite difícil. Alguns outros parentes dos Shaw que eu reconheço vagamente da festa anual de Natal também se levantam quando entramos. Aaron Shaw, que está gritando alguma coisa de advogado no celular, e Julia Shaw-Latham, que eu achei que ainda estivesse na clínica de reabilitação, cumprimentam James, mas ignoram Finn e eu. Apenas o tio Perry — que não é tio deles de verdade, apenas um amigo da família que costumava me dar balas do seu bolso e ensinou o alfabeto da linguagem de sinais para James e eu podermos mandar mensagens secretas de um lado para o outro da sala

— vem e me dá um abraço. Por trás das costas deles, Vivianne se deixa cair aliviada por não estar mais sozinha com todas aquelas pessoas.

— Estou bem, de verdade, Alice — James diz, abaixando-se para afastar-se dela enquanto ela tenta examinar os pontos na sua cabeça. — Não é nada.

— Nada! É um *ferimento de bala.*

— É só um arranhão feito por uns destroços...

— Nunca gostei da ideia de você morar nesta cidade, quase sozinho — Alice diz, sentando-o ao lado dela. — Nathaniel... que Deus tenha piedade dele... é muito jovem e está muito ocupado para ter a guarda de um adolescente. Você vem morar comigo.

Os olhos de James se arregalam de susto.

— Não posso deixar o Nate. Além disso, tenho a faculdade...

— Faculdade para a qual você é muito novo. E seu irmão não tem condições de cuidar de você agora!

Vivianne esfrega as têmporas, cansada, como se tivesse uma dor de cabeça da qual não consegue se livrar.

— Alice, nós discutimos isso...

— Sim, mas, sem querer ofender, Vivianne, isso é um *assunto de família...*

— Por favor, não briguem...

Finn e eu nos sentamos do lado oposto da sala, e tento me mesclar com a parede. Alice não me aprova mais do que ela aprova James, que é um santo. Finn pega uma revista e começa a desenhar na contracapa, e eu ligo o celular para enfrentar as dezenas de mensagens que esperam por mim. O telefone apita com uma nova no segundo em que ganha vida.

Tamsin: Vc ainda está c/o J??

Eu escrevo em resposta: **Sim, no hospital.**

Tamsin: MARINA! AÍ ESTÁ VOCÊ! O que está acontecendo??

Eu: Só esperando. Nate ainda está inconsciente. Pode dizer para todo mundo que estou bem e para pararem de mandar mensagem?

Tamsin: Ok, mas eu estou MORRENDO de curiosidade para saber o que está acontecendo!

Sinto um frio na barriga. Tam não é exatamente a pessoa mais sensível do mundo, mas não acredito que ela acabou de dizer isso. Uma vozinha no fundo da minha mente, que tentei abafar e estrangular por anos, sempre se perguntou se Tamsin e Sophie decidiram ser minhas amigas na sétima série apenas para se aproximarem de James. Essa mensagem — como as dezenas de outras que recebi, muitas de pessoas que nem conheço — me faz sentir que isto é apenas um entretenimento para ela, como se eu fosse sua revista *People* particular. Eu silencio o telefone e o enfio de volta no bolso.

— Tamsin? — Finn diz.

— É.

— Aquela menina é uma vaca — ele diz baixinho. — Não sei por que você é amiga dela.

Em geral, uma afirmação assim me deixaria furiosa, mas, já que concordo com ele agora, é difícil ficar muito brava.

— Nem eu.

Finn sorri e, pela primeira vez, não sinto que ele está zombando de mim. Eu até sorrio um pouco para ele.

Uma enfermeira logo vem e nos diz que Nate pode receber visitas de novo. A família toda fica em pé, e ela acrescenta depressa que não há espaço para todos nós.

— Vá você, James. — Vivianne abre um sorriso para ele. — Nós o vimos agora há pouco.

— Certo. — James parece um pouco pálido e se vira para Finn e eu. — Vocês vêm comigo?

Nós nos levantamos e o seguimos até o quarto de Nate. Logo do lado de fora da porta, James diz:

— Desculpem. É só que eu me sinto um pouco estranho de ficar sozinho lá com ele.

— Tudo bem, cara — Finn responde. — Nós entendemos.

Finn e eu ficamos em pé encostados na parede dos fundos para dar a James uma aparente privacidade. Ele segura a mão de Nate e fala com ele em voz baixa, enquanto Finn volta ao seu desenho e eu tiro o resto do esmalte rosa do meu polegar com os dentes.

— Ei, sabe, você não precisa ficar aqui — eu sussurro. — Se preferir, sabe, ficar em casa.

— Você também não precisa ficar aqui — Finn diz.

A ideia sinceramente nunca passou pela minha cabeça. Ficarei aqui enquanto James ficar.

— James é o *meu* melhor amigo também — ele fala, baixando os olhos para seu desenho rústico de um cachorro vestindo um terno —, e a família dele é assustadora pra caramba. Se eu estivesse no lugar dele, ele não me deixaria.

— Você está certo, não deixaria — concordo. — Ele nunca faria você passar por algo assim sozinho. Se você contasse para ele o que está acontecendo.

Finn só dá uma olhada em mim antes de baixar os olhos de novo para o desenho e acrescentar uma gravata-borboleta ao pescoço do cachorro.

— ... é absolutamente *inaceitável*!

A voz de Alice vem gritando pelo corredor.

— Não levante a voz para mim hoje, Alice!

Essa é Vivianne parecendo em frangalhos.

James solta um gemido e levanta-se do seu lugar ao lado da cama de Nate.

— Eu já volto. Vocês podem...?

— É claro — Finn diz e vai direto para o lado de Nate.

Eu o sigo alguns passos depois, enquanto James sai depressa para lidar com sua família. Nate parece melhor hoje, pelo menos. Alguém o limpou, e sua pele parece menos cinza.

— Ei, congressista — Finn fala. — James já volta. Então, a prima Alice dá trabalho, hein?

Penso em pegar a mão de Nate, mas não consigo me convencer a isso. Por algum motivo, tenho medo de que esteja fria.

— Você é muito bom nisso — eu digo baixinho.

— Bem, eu pratiquei.

— Você falou sério mais cedo — pergunto —, quando disse que acreditava em mim em relação aos atiradores?

Finn encolhe os ombros.

— Você pode ser muito dramática às vezes, M, mas não é louca. E, se você fosse ter alguma alucinação, não sei por que seria com nós dois atirando em James, então, é, acho que sim. Deve haver pelo menos um delinquente extremamente bonito com uma arma por aí.

Eu reviro os olhos, mas não consigo muito bem conter um sorriso.

— Mas ele nunca será pego — eu digo —, já que todos acham que eu imaginei aquilo.

— Está brincando? — ele fala. — Tem umas 10 mil câmeras de vigilância naquele estacionamento. O rosto do atirador vai aparecer por toda parte.

— Sério?

Agora que ele falou, eu me lembro vagamente de o agente Armison ter mencionado as câmeras de segurança na noite anterior. Vou até a janela e olho para o estacionamento lá fora, e Finn está certo. Em cada poste de luz há um amontoado de câmeras apontando em todas as direções. Um aperto que eu não percebi que estava carregando no peito diminui.

— Eu esqueci. Isso, na verdade, faz com que eu me sinta...

— Marina!

Eu me viro. Finn está empoleirado na ponta da cadeira, inclinando-se sobre Nate.

Cujos olhos estão tremulando.

— Congressista? — Finn diz. — Você consegue me ouvir?

Eu volto correndo para o lado da cama de Nate. Suas pálpebras continuam a se mexer e, então, abrem-se pela metade, como se isso fosse tudo o que ele tem energia para fazer. Seus dedos se movem de repente na mão de Finn. Eu cubro a boca para impedir que o choro em minha garganta escape.

— Vou chamar um médico — Finn avisa. — Fique com ele.

Finn sai correndo do quarto, e eu pego a mão de Nate. Seus dedos se remexem na minha pele, e seus lábios se movimentam, como se ele estivesse tentando dizer alguma coisa.

— Você está com um tubo para ajudar a respirar, certo, Nate? — digo. — Ainda não pode falar. Finn foi chamar um médico.

Mas Nate não relaxa. Ele parece estar lutando contra o próprio corpo, os olhos que não se abrem por completo, os dedos que não agarram, a voz que não funciona. Ele me olha com uma intensidade ansiosa, como se estivesse tentando desesperadamente comunicar algo para mim.

— Tudo bem, Nate — falo, talvez mais para o meu próprio conforto do que por ele. Está me assustando. — Xiu, está tudo bem.

Nate mexe a cabeça em um tremor quase imperceptível contra o travesseiro, e sua mão se fecha em um punho dentro da minha. Puxo a mão de volta, com medo de tê-lo machucado. Devagar, ele ergue um dedo mínimo trêmulo.

Não é um movimento natural. No começo, pergunto-me se ele está tendo algum tipo de espasmo, mas, depois, baixo o olhar para o seu rosto e vejo aquela expressão nos olhos, aquela que me implora para entender. Lembro-me de James e eu fazendo sinais dificílimos de palavras um para o outro de cada lado de uma festa de coquetel lotada. Nate fazendo sinais com a esposa do tio Perry, Gretchen, que é surda, sempre que eles vinham visitar.

Um punho cerrado. *A*.

Um punho com o dedo mínimo erguido. *I*.

— *A-I*. Certo, Nate?

Ele fecha os olhos por um instante, e eu entendo o gesto como alívio. Com grande esforço, ele estica os dedos e cruza os dois primeiros.

O que é isso? Não me lembro. Meu Deus, por que não prestei mais atenção? Por que não sou mais inteligente?

— *T*? — digo. — *U*?

Ele continua fazendo o sinal.

— Oh! — De repente, eu me lembro. — *R*?

Ele fecha os olhos de novo.

— *A-I-R*? — pergunto. — Ah, meu Deus, você não consegue respirar?

Eu olho todas as máquinas dele, como se fosse capaz de perceber se algo estivesse errado ou soubesse como consertar, mas o sopro do respirador está tão regular quanto sempre. Nate treme a cabeça de novo e faz outro sinal.

— *J* — digo.

Eu me lembro desse.

— James está vindo. Tenho certeza de que Finn foi buscá-lo.

Nate faz que não com a cabeça. Ele forma uma curva com a mão contra os lençóis duros e, depois, enfia o polegar entre o primeiro e o segundo dedo.

— *C-T*? Connecticut?

Nate fecha os olhos.

— O que tem em Connecticut, Nate?

Meu sangue fica frio, como se eu estivesse do lado de fora, na neve, usando pijamas de novo. Eu me lembro da conversa estranha que tive com Nate ao lado do seu carro na noite em que eles voltaram do seu estado natal. Eu disse a Nate que ele parecia cansado e ele respondeu...

Estive ocupado com uma investigação, tomou todo o meu feriado.

E, depois, logo em seguida, Nate me pediu para ficar de olho em James. Falou que estava preocupado com ele e perguntou se eu o avisaria caso ele começasse a agir diferente. Achei o pedido estranho, e era esquisito Nate passar do assunto de uma investigação ao comportamento do irmão, mas, talvez...

Baixo os olhos para a mão de Nate de novo e ele está traçando um *J* trêmulo no lençol com o dedo mínimo. Talvez as duas coisas — o que quer que ele estivesse investigando e o bem-estar do irmão — estivessem ligadas na mente dele.

— Tem alguma coisa em Connecticut? — questiono.

Nate fecha os olhos e os abre de novo.

— Algo que... — Minha voz some, e eu tenho de engolir em seco. — Algo que explique por que você foi ferido?

Olhos fecham e abrem.

— Algo que poderia colocar James em perigo também?

Não quero contar a ele que James levou um tiro, não com ele nessa condição.

Seus olhos se fecham de novo e quase não se abrem desta vez. Posso ver a força se esvaindo dele.

— Eu entendo — falo, tomando sua mão na minha de novo. — Vamos a Connecticut e descobriremos quem está por trás disto. Vamos pegá-los, e James vai ficar seguro.

Nate aperta minha mão e sua cabeça afunda de novo no travesseiro. Os lábios se retorcem, como se ele estivesse tentando dizer alguma coisa ou talvez apenas sorrir e, depois, ele fecha os olhos.

— Nate? — coloco uma das mãos no ombro dele. — Nate, acorde!

Entro em pânico, certa de que ele está morto, mas então percebo os bipes contínuos do monitor cardíaco. Ele ainda está vivo, apenas inconsciente. Um médico entra correndo no quarto, seguido de James, Vivianne e Finn. Parece que Nate e eu estivemos sozinhos por horas, mas não pode ter sido mais de um minuto. Vivianne se deixa cair na cadeira ao lado dele, pegando sua mão, enquanto o médico verifica as máquinas presas a Nate e levanta suas pálpebras para ver as pupilas.

— O que aconteceu? — Vivianne diz. — Ele estava acordado?

— P-por um tempinho — respondo com dificuldade. Ainda estou tentando processar o que acabou de acontecer. Não tenho neurônios sobrando para falar.

— Ele está bem? — James pergunta. — Por que ele não está mais acordado?

— É comum alguém ganhar e perder consciência depois de um trauma assim — o médico responde. — O fato de ele ter acordado, mesmo por pouco tempo, é um bom sinal.

Vivianne vira-se para mim com um olhar frágil de esperança no rosto.

— Ele disse alguma coisa?

— Temo que ele não seria capaz de falar com o respirador — o doutor diz, poupando-me da necessidade de procurar por palavras.

Não sei o que dizer ainda. Eu deveria simplesmente contar tudo a eles, apesar de parecer inacreditável?

Ou apenas achariam que sou louca, como antes?

Percebo que James está me observando com muita atenção.

— Ele comunicou alguma coisa para você, Marina? — ele pergunta.

Eu engulo em seco. Mesmo se eles *acreditassem* em mim, quero que todas essas pessoas saibam o que Nate disse? É seguro para ele e para James?

— Não — digo com suavidade. — Ele tentou falar, mas não conseguiu.

Vivianne e o médico aceitam isso e viram-se de volta para Nate, mas sei, pela expressão em seus olhos, que James consegue ver a mentira. Não posso mais olhá-lo nos olhos e desvio.

— Ei, você está bem? — Finn pergunta, tocando no meu cotovelo.

Nate está deitado ali, tão quieto e imóvel sobre os lençóis como antes, e eu digo:

— Não tenho certeza.

Vivianne apoia a cabeça no ombro de Nate e começa a sussurrar, falando com ele ou Deus ou talvez os dois, e o médico continua o exame. James apenas fica parado, encarando-me.

— Agente Morris? — ele chama de repente.

Morris, que estivera posicionado do lado de fora da porta, coloca a cabeça para dentro do quarto.

— Precisamos falar com quem quer que esteja no comando da investigação — James diz, os olhos presos em mim. — Agora.

QUINZE

Marina

Morris vai buscar seu comandante. Com a Polícia do Capitólio, o Serviço Secreto, o FBI e Deus sabe mais quem envolvido, não faço ideia de quem está liderando a investigação.

— O que foi, querido? — Vivianne pergunta depois de Morris sair.

— Eu só acho que está na hora de termos algumas respostas — James diz, os olhos fixos nos meus.

Morris volta alguns minutos depois com o agente Armison. Sem dar ao homem a chance de falar, James diz:

— Quero falar com quem quer que esteja no comando.

— Sinto muito, sr. Shaw — o agente Armison diz —, mas não acho que seja possível no momento. O diretor assistente Richter está em campo agora. No entanto, tenho certeza de que podemos trazer alguém do escritório dele para dar uma atualização ao senhor sobre...

— Acho que você não entendeu. — James bem que poderia ser uma estátua de pedra. — Meu irmão levou um tiro. Eu levei um tiro. O diretor Nolan janta na minha casa uma vez por mês, o juiz MacMillan esteve na minha festa de 16 anos e o chefe de equipe da Casa Branca uma vez pegou meu calção de banho emprestado quando ficou na minha casa em Martha's Vineyard. Então, quando eu digo que quero falar com a pessoa *no comando*, é exatamente isso que quero dizer. Sugiro que vocês parem de me tratar como criança e tragam esse Richter aqui antes que eu pegue o telefone.

Eu o encaro, já que nunca suspeitei que esse lado de James sequer existisse, e Finn dá um assobio baixinho. Ele não o castiga como fez comigo quando perdi um pouco a paciência com uma enfermeira, mas talvez seja porque James está genuinamente assustador neste momento. *Quem* é essa pessoa?

Vivianne se senta mais ereta e, de repente, ela é uma advogada corajosa de novo em vez de uma noiva sofrida.

— Eu também tenho algumas perguntas — ela fala — e imagino que Alice Shaw também tenha. Querem que eu a chame?

A expressão dura de Armison vacila. Mesmo ele não quer se envolver com Alice.

— Vou fazer algumas ligações — ele diz em um tom rápido e claro.

Quando ele sai, o médico nos diz o que podemos esperar de Nate nas próximas horas, mas Vivianne é a única que está ouvindo de verdade. James está me observando e eu estou tentando fingir que não me importo, enquanto Finn lança olhares para nós dois.

Connecticut. O único motivo que Nate teria para chamar minha atenção para Connecticut seria a investigação que ele conduziu enquanto esteve lá, o que, se estivesse na jurisdição de Nate, quase *teria* que ter alguma coisa a ver com a equipe de inteligência. Por que ele me lembraria disso se não pensasse que tem relação com o tiro que recebeu? Por que essa teria sido sua primeiríssima mensagem, que ele se esforçou tanto para passar, se não fosse importante?

E por que ligaria James a isso se ele não estivesse em perigo também?

Pode ser loucura, mas sinto essa verdade dentro de mim. Aquelas pessoas — quem quer que fossem — *estavam* atirando em James. Vieram atrás de Nate e agora estão vindo atrás dele.

— Marina? — James diz em voz baixa. — Posso falar com você no corredor?

Eu faço que sim com a cabeça. Tenho de tirar James daqui. Se alguém do governo foi responsável por tudo isso, ele não está seguro aqui.

Quando estamos no corredor, James pega a minha mão.

— O que ele disse para você?

— Fez sinais — conto. — *C-T*, Connecticut.

A informação significa alguma coisa para ele. Seus olhos começam a se mexer depressa pelo corredor da maneira como fazem quando ele está se concentrando em alguma coisa. Ele explicou isso para mim certa vez, como movimentos diferentes dos olhos sinalizam que alguém está acessando partes diferentes do cérebro, mas parece que ele está procurando lugares onde suas peças de quebra-cabeça invisíveis se encaixem.

— Acho que tudo isto tem a ver com a investigação na qual ele estava trabalhando durante o feriado — eu continuo.

James franze a sobrancelha.

— Como você sabia disso?

— Ele me contou. Na noite em que eu fui até a sua casa.

Deixo de mencionar o que ele disse sobre o comportamento cada vez mais estranho de James. Torço os dedos, segurando a manga dele.

— Acho que temos de ir, agora.

— Por quê?

— Acho que não deveríamos nos encontrar com ninguém no comando — digo. — Tenho medo de que... que...

— Ei, vai ficar tudo bem, menina. — James encaixa uma mecha de cabelo solta atrás da minha orelha. — Eu tenho algumas perguntas para esse tal Richter, mas depois vamos descobrir tudo.

— Por favor, não acho que seja uma boa ideia.

— Vai ficar tudo bem — ele repete. — Confie em mim.

Que escolha eu tenho? Tento ignorar o frio na minha barriga e digo:

— Certo.

James beija a minha testa.

— Não conte a mais ninguém sobre o Nate ainda, combinado? Vamos voltar para lá.

Faço que sim e o sigo de volta para o quarto do hospital. Vivianne mal repara em nós, está muito concentrada em Nate, mas Finn diz:

— Está tudo bem?

— Está — James responde.

— É, está — eu repito.

Finn lança para mim um olhar questionador que eu ignoro.

Meia hora se passa antes de o agente Armison reaparecer à porta. Ele diz que o agente no comando chegou e nos leva até a sala dos funcionários no final do corredor, onde podemos falar com ele em particular. Quando entramos, um homem surpreendentemente jovem — com não mais de 40 anos — em um terno cinza elegante se levanta para nos cumprimentar.

James dá uma examinada rápida nele.

— Você é a pessoa no comando da investigação do tiro no meu irmão?

— Sou. — O homem oferece a mão para James. — Chris Richter. Soube que quer falar comigo. Vim assim que me disseram.

James não aperta a mão dele.

— De que agência você é? Não é do FBI.

Não sei como ele sabe, mas afirma com certeza. O tio dele já foi diretor da CIA e, assim, ele deve reconhecer sinais que eu não reconheço.

Richter sorri.

— Muito astuto. Como o seu irmão trabalha no Comitê de Inteligência, pensou-se que alguém com nível de aprovação de segurança mais alto deveria coordenar a investigação.

— De onde você é, CIA? NSA?

— Trabalho com o DNI.

Não sei o que é, mas James e Vivianne fazem que sim com a cabeça como se isso respondesse a todas as perguntas deles. Richter se vira para Vivianne.

— Deve ser a srta. Chase. Sinto muito por conhecê-la em circunstâncias tão terríveis.

Viviane aperta a mão dele.

— Sr. Richter.

— E esses são?

— Meus amigos — James diz.

— Talvez eles queiram esperar lá fora enquanto conversamos?

— Prefiro que eles fiquem.

Richter sorri.

— Como quiser, sr. Shaw. Agora, como posso ajudá-lo?

Nós nos acomodamos em cadeiras de plástico da pequena mesa de jantar da sala de funcionários, Chris Richter de um lado e nós quatro do outro.

— Então, você acha que o tiro em Nate tem relação com seu trabalho no Comitê de Inteligência? — James pergunta.

— Estamos explorando essa possibilidade.

Dou uma boa olhada em Richter. Se há uma habilidade que aprendi com minha mãe foi avaliar alguém com um olhar rápido. Reparei na qualidade do terno dele no momento em que ele entrou, mas, mais de perto, tenho uma ideia melhor. Não apenas ele *não* é do tipo padrão da Men's Wearhouse preferido pela maioria dos funcionários do governo, mas é personalizado e caro, mesmo para um homem da posição dele. Seu corte de cabelo é preciso, feito recentemente, e as mãos são quadradas e fortes, mas não maltratadas. Ele não usa nenhuma joia, nem aliança, nem mesmo relógio. Tem boa postura e seu sorriso é caloroso e genuíno.

Não gosto dele instantaneamente.

— Estou feliz por você ter pedido para me ver — Richter diz. — Isso me dá a oportunidade de dizer pessoalmente que determinamos que o incidente ocorrido aqui na noite passada não teve nada a ver com o tiro no seu irmão.

Vivianne suspira de alívio e esfrega uma mão pelo ombro de James, mas ele franze as sobrancelhas.

— Com base no quê?

Richter inclina-se para a frente.

— Eu não devia mesmo estar contando isso para o senhor, mas sei como pode ser frustrante ser mantido de fora da jogada quando sua vida está no centro da situação. Temos imagens de câmeras de segurança das pessoas que atiraram no senhor na noite passada...

Bem como Finn disse que aconteceria. Agora, vão saber que eu não estava inventando coisas.

— Pessoas? — falo. — Então *havia mesmo* duas delas?

Richter volta a atenção para mim pela primeira vez e há um toque de avaliação no olhar que me irrita. Talvez ele veja a semelhança com a menina que atirou em James.

— Isso mesmo — Richter diz. — Dois garotos, os dois com cerca de 12 ou 13 anos.

— O quê? — Eu faço que não com a cabeça. — Isso não está certo...

— Nossos técnicos estão trabalhando em refinar as imagens agora mesmo — Richter continua, como se eu não tivesse falado —, mas parece bem claro que foi um caso de atividade de gangues. Nada a ver com o senhor, sr. Shaw, apenas uma coincidência infeliz.

Mentiroso. Minhas mãos úmidas se fecham em punhos embaixo da mesa.

— Tem certeza? — James pergunta.

Ele olha entre mim e Richter, uma ruga fina marcando sua testa, mas não consigo perceber em quem ele acredita.

— Muita certeza. No entanto, só por garantia, a Polícia do Capitólio vai continuar de olho no senhor. Espero que não ache isso inconveniente.

— De forma alguma — Vivianne diz. — Nós agradecemos.

— É claro. Queremos fazer tudo o que pudermos para garantir que James fique seguro — Richter comenta. — Agora, tenho certeza de que vocês têm muitas perguntas.

— Sim. — James junta as mãos em frente a si na mesa, e as pontas dos dedos estão vermelhas por ele tê-los apertado tanto. — Quero saber como diabos um atirador conseguiu entrar no salão de baile do Mandarin.

Richter mal pisca.

— É algo que estamos investigando.

— *Investigando*? — James diz. — Houve uma violação enorme da segurança do vice-presidente, e vocês ainda nem sabem onde aconteceu o problema?

— James, querido. — Vivianne coloca a mão sobre a dele, mas ele a afasta.

Enquanto isso, Richter ficou tenso, e o sorriso casual sumiu do seu rosto.

— Entendo sua frustração, sr. Shaw, mas temo que eu não possa entrar em detalhes com o senhor. No entanto, posso garantir que o Serviço Secreto fez tudo que devia fazer.

— É óbvio que não — James diz —, ou meu irmão não teria uma máquina respirando por ele. E quanto às câmeras de segurança do Mandarin? Vocês conseguiram alguma imagem do atirador feita por elas?

— Infelizmente, as câmeras relevantes não estavam funcionando no momento do...

À minha esquerda, Finn bufa.

— E isso não é suspeito? — James pergunta. — É óbvio que o atirador teve ajuda de alguém de dentro. Estão investigando *isso*?

— James, por favor! — Vivianne fala. — Sr. Richter, eu sinto muitíssimo.

— Não tem o menor problema. Entendo que os ânimos estejam exaltados. Temos várias pistas consistentes, sr. Shaw, e garanto que estamos fazendo tudo o que podemos. — Richter se levanta e coloca a mão dentro da carteira. — Infelizmente, preciso voltar agora. Aqui está o meu cartão. Por favor, fiquem à vontade para me ligar a qualquer momento. Manterei contato. Sr. Shaw, srta. Chase.

Assim que Richter sai, James amassa os cartões de visitas e os joga pela sala.

— No que você estava pensando? — Vivianne diz. — Nunca vi você agir assim antes.

— Não faz sentido um atirador ter conseguido entrar no salão de baile por aquela saída de serviço. — James fica em pé e começa a andar de uma parede a outra. Nate certa vez me disse que tinham de trocar o carpete do quarto dele a cada dois anos porque ele o desgastava. — O lugar estava lotado de agentes do Serviço Secreto. Não tem chance de a entrada estar desprotegida assim.

— Então, o que você está dizendo? — Finn pergunta.

James para.

— Acho que alguém do Serviço Secreto estava envolvido.

— *O quê*? — Vivianne diz. — James, isso é...

— De que outra forma o atirador teria chegado tão perto de Nate e do vice-presidente? — James questiona. — De que outra forma todas aquelas portas que saem do corredor de serviço estariam destrancadas quando deveriam estar protegidas? De que outra forma o atirador teria escapado sem aparecer em uma única gravação? Nada mais pode justificar tudo isso.

— Mas o diretor assistente Richter... — Vivianne começa.

— Richter está defendendo o rabo do governo — James diz. — Por que outro motivo ele nem quis levar em consideração a *possibilidade* de conspiração? Não. Eu não confio nele, por isso não posso contar a ele o que o Nate disse para a Marina.

— O quê? — Os olhos de Vivianne se arregalam, e ela agarra minha mão. — Ele falou com você? O que ele disse?

Olho para James e ele faz que sim com a cabeça.

— Tudo bem.

— Enquanto todos estavam fora do quarto — eu conto, toda a atenção de repente em mim —, Nate fez sinais de algumas palavras para mim. *Air*, que eu não entendo, e *CT*. Connecticut.

Vivianne parece se encolher.

— O que isso significa?

— Nate ficou enfiado no escritório durante dias enquanto estávamos em Connecticut — James fala. — Normalmente, ele passa as férias indo a eventos e cumprimentando pessoas, mas estava trabalhando em alguma coisa sobre a qual não me contava.

— Na noite em que vocês voltaram para casa — eu digo —, ele me disse que tinha investigado alguma coisa. Ele falou alguma coisa para você sobre isso, Vivianne?

Ela cobre os olhos com a mão.

— Não. Não falou.

Então, por que ele contaria para mim, a menina da casa vizinha, e não para a própria noiva? O único motivo em que consigo pensar é porque eu passo mais tempo com James. Se isso tiver mesmo algo a ver com ele, eu tinha a melhor condição de reparar nas mudanças de que Nate me alertou.

— Eu acho que, talvez... — Respiro fundo. — Eu acho que, talvez, qualquer que seja a coisa em que Nate estava trabalhando, ela tem algo a ver com o motivo de ele ter levado um tiro.

— Como se ele estivesse chegando muito perto de descobrir alguma coisa — James diz.

— Parem com isso! — Vivianne fica em pé. — Vocês dois! Isto não é um livro de espionagem. Isto é a vida real, e Nate está *morrendo*!

A voz dela se eleva de um jeito histérico no final da frase, e eu me sinto como se tivesse levado um tapa na cara. O golpe me faz recuar um passo.

— Sinto muito — eu sussurro e *olho* de verdade para Vivianne.

Sua pele está sem cor e os olhos estão marcados de vermelho. Percebo que ela ficou aqui a noite toda, lidando com Alice e os outros, observando o homem que ama lutar pela vida sem dormir e sem ter apoio. De repente, percebo quão desgastada ela está.

— Ele não está morrendo, Viv — James fala, formal. — Não está, então nem fale isso.

Vivianne suspira.

— Acho que pensar não vai trazer uma solução para esta situação, querido. Você precisa aproveitar o tempo que tem com Nate enquanto ainda pode, em vez de gastar energia nessas teorias loucas de conspiração. — Ela encolhe os ombros, devagar, como se o peso das preocupações tornasse difícil se mexer. — Quem se importa com o que ele pode ou não ter dito se ele nunca mais acordar?

A voz de James está tensa e baixa.

— Nate se importaria. *Em especial* se ele nunca mais acordar.

O lábio inferior de Vivianne treme e ela aperta a mão contra a boca para esconder. Lágrimas estão enchendo seus olhos, mas ela se recusa a deixá-las caírem. Eu quero desaparecer. Finn e eu não deveríamos estar aqui vendo isso; é muito pessoal e forte. Não devia ter sido comigo que Nate se comunicou. Devia ter sido James ou Vivianne, e ele devia ter-lhes dito que os amava. Minha culpa por ser a pessoa que por acaso estava no quarto de repente é sufocante.

— Por que você não dorme um pouco, Vivianne? — Finn diz com delicadeza, dando um passo em direção a ela. — As enfermeiras devem conseguir montar uma cama para você. Quer que eu vá perguntar a elas?

Vivianne engole em seco e, quando fala, sua voz está cheia de emoção.

— Sim. Obrigada.

Finn a leva para fora da sala, e James os observa sair.

— Acho que nunca vi a Viv chorar — ele conta.

A sala fica em silêncio sem eles. James inclina-se para trás, encostando no balcão, e balança um pouco a cadeira, passando os dedos sobre os lábios sem parar enquanto pensa. Eu puxo bolinhas de lã da minha malha e tento não deixar o silêncio me derrubar.

— Não sei o que fazer — James diz de repente. — Talvez a Viv tenha razão e eu esteja sendo irracional, mas... Marina, o que eu devo fazer?

— Não sei — sussurro.

Inútil.

Finn volta.

— Viv está dormindo. Ela estava exausta. Ela queria que eu dissesse a você que não teve intenção de falar aquilo.

James faz que sim com a cabeça, mas não tenho certeza se acredita nele. Sei que eu não acredito. Vivianne falou sério em cada palavra, mas ela estava errada. Nate me disse o que me disse porque era importante para ele que nós soubéssemos.

— Acho que devemos voltar para a sala de espera e a prima Alice — James diz.

Finn e eu o seguimos para o corredor, e eu digo, hesitante:

— E quanto ao Richter e o Serviço Secreto? E quanto a Connecticut?

James parece dividido.

— Eu... Eu vou ligar para o Bob Nolan. Pedir que ele investigue.

Finn ergue uma sobrancelha.

— O diretor do FBI? Como vocês dois são tão amigos?

— Ele estudou em Princeton com o meu pai.

— James. — Eu pego o pulso dele e o faço parar antes de entrar na sala de espera. — Sei que é um momento terrível, mas acho que nós deveríamos ir para Connecticut e descobrir no que o Nate estava trabalhando. Hoje.

— *O quê?* — Finn pergunta.

— Sei que parece loucura — falo —, mas não podemos confiar em mais ninguém para fazer isso. Nem mesmo o Bob Nolan. E se você estiver certo e Richter estiver envolvido em acobertar alguma coisa? Se ele vasculhar a casa antes, pode destruir evidências que apontem para a pessoa responsável.

James olha para trás na direção do quarto de Nate.

— Mas o que a Viv disse... Não posso sair daqui agora.

— Quanto tempo de viagem de carro? — questiono. — Nova York fica a apenas quatro ou cinco horas e Greenwich não pode ser muito mais longe. A Vivianne mal estará acordada quando voltarmos.

— Marina — Finn diz em tom de reprovação. — Ele quer ficar com o irmão.

— Eu sei, e normalmente eu não pediria que você saia, mas... — Eu paro. — James, tenho medo de que as pessoas que atiraram no Nate possam querer machucar você também. Não acredito nem por um segundo que o que aconteceu no estacionamento ontem à noite foi um tiroteio de gangue. Temos de descobrir quem eram e como detê-los.

— Se isso for verdade, você devia simplesmente contar à polícia — Finn afirma.

— Eles não acreditariam em mim! — declaro. — E, de qualquer forma, não confio neles para protegerem o James.

— O que faz você pensar que alguém está atrás de mim? — James pergunta.

— Você *levou um tiro*! E o Richter está mentindo sobre quem fez isso, eu sei que está.

Finn solta um gemido.

— Isso de novo não, M.

— Cale a boca, Finn! Eu sei o que eu vi! — retruco. — James, por favor. O Nate me pediu que eu cuidasse de você. Ele disse que a investigação dele tinha alguma coisa a ver com você.

— Ele disse isso?

As rugas de preocupação na testa de James ficam mais fundas.

Basicamente.

— Sim.

James olha de volta para o quarto de Nate e, depois, para a sala de espera, onde Alice, Aaron, Julia e o tio Perry estão sentados em silêncio.

— Certo, vamos nessa — ele diz. — É o que o Nate quer, e isso basta para mim. Mas não posso ir com o Morris e o Spitzer no meu pé, então, vamos ter de despistá-los.

— Você sabe que isso é loucura, certo? — Finn pergunta.

— Talvez, mas não posso fazer nada pelo Nate aqui — James responde. — Talvez eu possa ajudá-lo lá.

— E se alguém estiver mesmo tentando matar você? — Finn questiona. — Você realmente acha que agora é a hora de dispensar sua proteção?

— E se eles não forem confiáveis? — falo. — Vamos dirigir direto até lá e voltar, e só vamos sair na casa de Connecticut, que é mais segura do que quase qualquer outro lugar.

Finn suspira.

— Certo, mas eu vou. Vocês dois estão agindo como malucos e não confio em vocês por aí sozinhos.

Eu estreito os olhos para ele.

— Certo.

— Combinado — James fala, tirando as chaves do seu carro do bolso. — Vamos fazer o seguinte.

DEZESSEIS

Em

Finn e eu estacionamos do outro lado da rua em relação ao hospital e esperamos. Meu estômago está dando um nó. Finn procura rapidamente em nossa mochila e acha um Snickers. Ele me oferece metade, e tenho de fingir que não estou com fome, embora não coma desde ontem. Não posso dizer a ele o que está errado de verdade: o flash de lembrança agudo que me jogou de volta na minha cela de prisão, que tive a oportunidade perfeita de acabar com tudo isso colocando uma bala em James através daquela janela ou que hesitei porque Marina estava ao lado dele. Eu devo contar a ele, mas não consigo.

Eu me odeio.

Devo parecer tão enjoada quanto me sinto, porque ele coloca a mão no meu joelho.

— Vai ficar tudo bem.

Olho para ele. Olho para ele *de verdade*. Por muito tempo, ele foi apenas uma voz para mim e, agora, tem um corpo e um rosto novamente. Quero memorizar cada expressão para ninguém poder tirá-las de mim de novo.

Eu tento sorrir.

— Quando você passou a confiar tanto nas coisas?

— Mais ou menos quando você passou a ser tão cínica, eu acho. Agora, tente respirar. É bom para você.

— É, é. — A porta da frente do hospital se abre e Marina sai. Bato no ombro de Finn. — Olhe!

Marina corre para a rua e chama um táxi, o Finn mais jovem vindo logo atrás dela. Os fotógrafos e as equipes de reportagem ainda acampados do lado de fora do hospital nem levantam o olhar, e os dois entram no carro e vão embora.

— Aonde eles vão? — Finn pergunta. — Só eles dois?

— Não sei. — Estou feliz por não ter aceitado o Snickers, porque meu estômago está dando cambalhotas. — Mas isso significa que James está sozinho lá dentro.

Antes, Finn e eu tínhamos de esperar James sair do hospital sozinho porque não podemos fazer nada com ele enquanto os três estiverem juntos. Não podemos arriscar ficar cara a cara com nossas versões mais jovens; o tecido do tempo pode não ser forte o bastante para sobreviver a isso.

Porém, se James está sozinho de novo, é nossa melhor chance de fazer as coisas do jeito certo desta vez.

— Ele vai estar protegido ali dentro — Finn diz. — Vai estar com Nate, cercado por guardas armados.

— Não estou dizendo que vai ser fácil. Mas acho que temos de tentar, não temos?

— Você é louca, mas vamos nessa.

Passamos pela multidão de repórteres e simpatizantes, que não prestam mais atenção a nós do que prestaram às nossas versões mais novas, e nos aproximamos da entrada do pronto-socorro. Paro de repente perto da frente da multidão. Estou próxima o bastante para ver através das portas de vidro deslizantes. Além delas, agora há um detector de metal portátil operado por dois policiais.

— Certo — Finn diz. — Mudança de planos.

— Qual é o novo plano? — pergunto.

— Não sei ainda.

Nós dois ficamos parados ali, pensando. Uma menina da multidão me entrega uma vela, e eu encaro a chama tremulante.

— A baia da ambulância? — eu sussurro.

Finn faz que não com a cabeça.

— Chama muita atenção. Além disso, vai estar protegida também.

— Talvez você possa distrair os guardas e eu passo ao redor do detector de metal?

— Muito arriscado. Pode funcionar com um, mas não com dois.

Eu suspiro.

— Então, temos de deixar a arma para trás. Achar outra coisa para usar em vez dela.

A multidão se mexe e se aperta contra nós, e Finn põe os braços em volta da minha cintura e apoia o queixo no meu ombro. Não tenho certeza se ele está fazendo isso para me consolar ou para poder falar ainda mais baixo do que o sussurro que estávamos usando para conversar.

— Você percebe que, nesse caso, a melhor hipótese é um bisturi ou uma agulha hipodérmica, certo? Vamos ter de matá-lo de perto, talvez com nossas próprias mãos.

Baixo os olhos para a calçada. Olhar para alguém atrás do cano de uma arma e realmente derramar o sangue da pessoa com nossas próprias mãos são duas coisas muito diferentes.

— É, eu sei.

— Certo, então — ele fala baixinho.

Voltamos ao carro e colocamos a arma no porta-luvas. Conforme serpenteamos de volta pelo meio da multidão até a entrada do hospital, eu passo minha vela para uma das pessoas da vigília, que está de mãos vazias. Finn e eu paramos para olhar um ao outro antes de entrarmos no hospital, e ele abre um sorrisinho tenso para mim. Faço que sim com a cabeça, e damos um passo à frente juntos. Quando as portas de vidro se abrem, somos atingidos por uma forte lufada de ar quente que me faz perceber como eu estava com frio. Um policial me oferece uma tigela para chaves e moedas sem olhar para mim, o outro está com uma leve ruga franzida na testa enquanto olha entre Finn e eu.

— É, voltamos — eu falo, deixando o celular cair na tigela.

— Nós basicamente moramos aqui agora — Finn diz. — Então, se uma hora quiserem que a gente assuma aqui por um tempo...?

O policial ri.

— Isso é tentador. Eu aviso se quiser.

Ele faz um gesto para passarmos pelo detector de metais um de cada vez e me devolve meu telefone.

— Cuidem-se — Finn diz.

O policial acena para nós com a cabeça.

— Vocês também.

— Bem, não foi tão ruim — eu comento conforme andamos em direção ao elevador. — Espero que a Vivianne e o James prestem tão pouca atenção a Marina e Finn quanto o policial da porta.

— Nós vamos ser rápidos — Finn afirma —, antes de eles perceberem que há alguma coisa errada. Além disso, o que eles vão fazer? Ver nossas roupas diferentes e rostos um pouquinho envelhecidos e dizer "devem ser a Marina e o Finn do futuro! Detenham os dois!".

— Bom argumento.

— Tudo o que temos de fazer é nos aproximarmos do James por um segundo — ele fala. — Ainda somos Marina e Finn o suficiente para isso não ser um problema.

Nós andamos ao longo do corredor, olhando para as portas de cada sala de emergência que passamos. Todas estão ocupadas. No final do corredor, há um bebedouro, e eu finjo beber nele enquanto Finn se encosta na parede ao meu lado.

— Você está com muita sede falsa — ele diz.

— Estou esperando uma das salas ficar vazia — explico. — Aqui, beba você um pouco.

Nós trocamos de lugar, e Finn bebe enquanto eu fico de olho nas portas das salas de emergência. Não podemos simplesmente entrar lá e pedir uma lâmina ou agulha emprestada e, assim, temos de entrar escondidos quando uma estiver livre.

De repente, as portas em arco a duas salas de distância de nós se abrem, e um médico e uma enfermeira tiram em uma cadeira de rodas um homem de rosto cinzento com uma perna quebrada de um jeito tão feio que eu mesma me sinto um pouco pálida. Eles o levam até o elevador, que sem dúvida vai conduzi-los ao andar das cirurgias lá em cima, para consertar a perna. Finn olha para mim e acena com a cabeça, depois segue para a sala que eles acabaram de liberar. Ele para de repente à porta e recua, acenando para eu me aproximar.

Eu me junto a ele e vejo que há uma enfermeira lá dentro ainda, arrumando a sala. Dou um passo para a frente enquanto Finn fica apertado contra a parede ao lado das portas vaivém.

— Com licença, enfermeira? — eu falo.

Ela levanta o olhar.

— Sim?

— Você pode me ajudar?

Coloco um tremor na minha voz.

Ela se aproxima.

— O que foi?

— Meu pai. — Limpo uma lágrima falsa do olho. — Meu pai acabou de ter um infarto e acho que foi trazido para cá, mas não sei onde ele está...

A enfermeira caminha em direção a mim, para o corredor, deixando a sala de emergência vazia. Atrás dela, Finn entra em silêncio.

— Você só precisa ir perguntar lá na recepção — ela diz, acenando com a cabeça para a direita. — Eles vão poder ajudar.

— Onde? — pergunto.

— Bem ali. — Ela aponta. — Está vendo aquele balcão com os computadores e as enfermeiras?

Atrás dela, Finn encontrou uma bandeja de ferramentas cirúrgicas perto da cama e tira um bisturi. Ele brilha com um reflexo da luz do teto conforme Finn o esconde na manga.

— Ah, certo — eu falo. — Desculpe, eu sou muito idiota.

— Tudo bem, querida.

Finn anda na direção da porta e eu puxo a enfermeira em um abraço. Ela fica rígida de surpresa, mas não me afasta.

— Muito obrigada — eu falo chorando conforme Finn sai escondido da sala e começa a andar na direção oposta pelo corredor. — Agradeço muito pela sua ajuda.

A enfermeira dá uma batidinha nas minhas costas e se afasta.

— De nada, querida. Agora, cuide-se.

Ela volta para a sala de emergência, sem perceber nada, e eu verifico se ninguém está nos observando antes de alcançar Finn na escada.

— Bom trabalho — ele fala.

— Você também não se saiu mal.

Pegamos a escada em vez do elevador. Dessa forma, podemos entrar na multidão do terceiro andar em vez de as portas se abrirem diante de nós, expondo-nos para todos. Quanto menos tempo tiverem para olhar para nós, menos chance terão de perceber os detalhes que não estão certos.

Penso no bisturi oculto na manga de Finn a cada passo. Será que ele vai conseguir causar um estrago suficiente em James no tempo que tivermos de forma que não consigam salvá-lo aqui, em um hospital? Finn fica enjoado com *fast-food* por causa de algo que ele leu uma vez sobre como matam as galinhas. Como vai conseguir cortar a garganta do seu antigo melhor amigo?

Meu peito está arfando quando chegamos ao patamar da escada, e não é só por causa de como estou fora de forma. Coloco a mão no braço de Finn quando ele vai abrir a porta entre a escada e o corredor.

— Espere — digo. — Deixe-me recuperar o fôlego.

— Você está bem?

— Estou — respondo. — Só preciso de um segundo.

Coloco uma mão na parede para me estabilizar. Não é verdade; não estou bem. Fui pega pela gravidade de James Shaw de novo, meu mundo sempre gira em torno do dele e, desta vez, quanto mais me aproximo dele, mais enjoada me sinto. Deveria haver um alívio ou até mesmo um tipo de satisfação vingativa em encerrar a vida dele e acabar com Cassandra para sempre, mas não posso deixar de pensar nele deitado ao lado de Marina, segurando a mão dela na sua, e isso me assusta. E se eu estragar tudo de novo? Quantas pessoas vão sofrer por causa da minha fraqueza?

Finn tira o cabelo do meu rosto, os dedos frios demorando-se nas minhas bochechas e têmporas, acalmando-me.

— Prenda o cabelo — ele diz. — Eles com certeza vão reparar nisso.

— Boa.

Eu prendo meu cabelo, na altura do ombro, para trás em um rabo de cavalo. Ele está pelo menos 15 cm mais curto que o de Marina.

— Pronta? — ele pergunta.

Eu respiro fundo uma última vez e faço que sim com a cabeça. Tenho de fazer isso; não tenho escolha. Finn empurra a porta da escada, e eu tento assumir a atitude de Marina: insegura, mas territorial, bem-intencionada, mas desatenta. Meu coração está disparado e, por um momento, posso apreciar a ironia de me preocupar em ser pega fingindo ser eu mesma. Mas, depois, estamos andando em direção à sala de espera, onde reconheço a prima Alice e o tio Perry, e não há espaço na minha cabeça para mais nada além do plano.

Finn coloca a cabeça dentro da sala.

— O James está com Nate?

— Pensei que vocês dois tinham ido embora — o tio Perry diz.

— Não, só fomos pegar roupas novas. — Finn faz um gesto indicando seu corpo.

— James? — uma voz chama.

Tantos anos depois, ainda reconheço o som da voz de Vivianne.

Um tremor passa por mim enquanto me lembro do que aconteceu a ela. O que *vai* acontecer a ela se não tivermos sucesso.

Eu espero, todos os músculos tensos, que James responda, que saia de qualquer sala onde estiver. Mas nada acontece.

— James? — Vivianne chama de novo.

Ela segue pelo corredor e me vê na sala de espera. Vem direto até mim, e eu me forço a ficar rigidamente imóvel e não morder meu lábio ou recuar.

— Não percebi que vocês dois tinham voltado — ela diz, e seus olhos, que ficam passando depressa pela área, mal reparam em mim. — Você sabe onde o James está?

Faço que não com a cabeça, e ela passa por Finn e entra na sala de espera.

— Alguém viu o James?

Ninguém viu.

— Ah, meu Deus — Vivianne sussurra. Ela se vira e corre na direção de onde veio. — Agente Morris!

— Ele deve ter ido pegar um café, Viv! — um dos Shaw (eu vagamente o reconheço como Aaron) grita para ela. — Vou ver nas máquinas.

— Vou ver no banheiro — Finn diz.

Ele agarra meu pulso ao passar por mim e eu o deixo me puxar para o pequeno corredor ao lado, onde ficam os toaletes.

— Ele não está aqui — Finn diz. — Deve ter saído escondido na mesma hora que a Marina e o Finn.

— Vai encontrar com eles em algum lugar. Eu devia ter percebido que não tinha como eles deixarem o James aqui — falo.

Pelo corredor, portas batem e pessoas gritam. Um agente passa correndo por nós.

— Vamos dar o fora daqui.

Seguimos para a escada. Ao passarmos para a sala de espera, Finn diz:

— Não está no banheiro. Vamos ver no café.

— Vocês dois, fiquem bem aqui! — Alice Shaw grita. — Deixem os policiais cuidarem disso. Não quero que mais nenhum adolescente desapareça debaixo do meu nariz. Venham, sentem.

Finn e eu trocamos olhares. Não podemos ficar aqui. A Polícia do Capitólio vai fechar o hospital a qualquer momento. Só há realmente uma opção, apesar de que nossas versões mais novas não vão nos agradecer por isso.

Quando Alice vira sua atenção para a mulher fazendo perguntas ao seu lado, nós nos viramos e corremos para a escada.

— Parem! — Alice berra para nós, mas nem hesitamos.

Disparamos escada abaixo e atravessamos depressa a multidão no pronto-socorro. No lado oposto do salão, um policial recebe um chamado pelo telefone. Eu empurro Finn para a frente. Não podemos nos dar ao luxo de ficarmos presos neste prédio enquanto eles procuram James. Em algum lugar atrás de nós, ouço alguém correr, mas não há tempo para olhar. Finn e eu nos apertamos para passar em meio à multidão e chegamos à porta da frente.

— Vamos embora de verdade desta vez — Finn avisa para o policial de antes. — Prometo!

Ele pega minha mão e me puxa para fora, e desaparecemos no meio da vigília na calçada.

Depois que estamos de volta ao carro, eu digo:

— Casa da Marina?

— Ele sabe que seria o primeiro lugar onde o procurariam.

— Você tem razão. — O tempo está correndo de nós, cada segundo nos separa de nós mesmos mais e mais. — Aonde ele iria?

Eu olho fixo para a frente, tentando pensar, e uma figura de casaco preto sai de uma Starbucks e entra no meu campo de visão. Poderia ser qualquer um, mas eu o reconheço antes mesmo de uma BMW familiar parar no meio-fio e Marina sair do banco do motorista para deixar James assumir o carro de fuga.

Marina

Subo os degraus até a porta da frente da minha casa dois por vez. Preciso pegar algumas roupas e comida, falar para Luz aonde estou indo e, depois, Finn e eu vamos levar o carro de James de volta ao hospital para pegá-lo. Se tudo saiu de acordo com o plano, ele vai ter despistado sua pequena equipe de proteção.

As luzes do andar de cima estão acesas, o que não é comum para Luz, mas tenho muitas outras coisas na cabeça para pensar demais nisso.

— Há sacolas na despensa — falo para Finn ao entrarmos. — Pegue o que quiser da cozinha. Vou correr até a área de serviço e pegar algumas...

— Marina? Você está em casa?

Eu congelo.

Ela *não pode* estar aqui.

— É a...? — Finn pergunta.

Minha mãe vira em um canto e entra na cozinha, parecendo perfeitamente arrumada, bonita e *aqui*. Não consigo fazer nada além de encarar. Ela me abraça, e o aroma familiar do seu perfume me transforma por um momento na menininha que ficava olhando por cima do ombro dela enquanto ela se sentava à penteadeira e se arrumava para sair.

— Mama? — falo com a voz baixa. — Por que você está em casa?

— Viemos assim que soubemos. — Ela me solta e parece reparar em Finn pela primeira vez. — Quem é este?

— É o Finn, mãe. Você sabe, o amigo do James.

— Oh — ela diz, olhando-o de cima a baixo. — Você estuda na Johns Hopkins também?

— Ele estuda na Sidwell comigo.

A expressão dela não muda em nada, como se o sorriso estivesse pintado no seu rosto.

— Bem. Isso é ótimo. Talvez Finn queira subir?

Ela faz parecer uma pergunta, mas sei que não é, e Finn parece saber também.

— É, claro. — Ele se afasta de nós. — Eu só vou... ahn, para o quarto da Marina?

— Tudo bem — mamãe diz.

Não gosto muito da ideia de Finn ir para o meu quarto e rapidamente tento lembrar se deixei alguma coisa constrangedora como lingerie espalhada, mas ele se vira e sobe correndo a escada antes que eu possa sugerir outro local.

— Você conhece bem esse garoto? — mamãe pergunta, colocando do meu cabelo para trás das orelhas como sempre faz quando ele cai no meu rosto.

— Não muito bem — falo. — Nós só viemos... pegar umas coisas para o James. Comida e coisas assim.

— Tudo bem. Daniel! — ela chama. — A Marina está em casa!

— O papai está aqui também? — pergunto. — Por que vocês não atenderam às minhas ligações?

— Não tivemos tempo, querida. — Ela coloca o braço em volta dos meus ombros e me leva para a sala de estar. — Daniel. Estamos aqui.

— Já estou indo! — a voz de papai vem da direção do seu escritório.

Minha mãe me senta no sofá e esfrega a mão para cima e para baixo pelo meu braço. É estranho.

— Mãe, o que está acontecendo?

— Precisamos conversar sobre uma coisa — ela diz quando meu pai entra na sala.

Suas calças estão amassadas das horas no avião; está claro que ele não tomou banho nem trocou de roupa logo ao chegar em casa, como a mamãe fez.

— Marina. — Ele se inclina e beija a minha testa. — Como você está?

— Nada bem — falo, embora isso devesse ser óbvio.

Como vou sair desta casa agora? Eles teriam um aneurisma conjunto se eu lhes dissesse que quero ir para Connecticut. Talvez possa dizer a eles que vou passar a noite na casa de Finn de novo; sem mencionar *onde* Finn mora.

— Estou com James no hospital desde o tiro...

— Luz deixou que você fosse para o hospital na noite passada? — Mamãe fica rígida. — Com um atirador à solta e o circo da mídia em volta daquele lugar? Juro que, às vezes, aquela mulher não tem noção.

Eu fico ofendida.

— Ela não me *deixou* ir. Eu simplesmente fui. Não podia deixar o James lá sozinho.

Mamãe alisa um vinco nos meus jeans.

— Essa é outra coisa que precisamos falar...

— Amanda. — Papai olha feio para ela. — Em outra hora. A verdade, Mimi, é que...

Eu me retraio com o apelidinho dele para mim e ele se senta na borda da cadeira para poder colocar a mão no meu joelho. Isso, mais o braço de mamãe em volta dos meus ombros, deixa-me nervosa.

— Sei que não é o melhor momento, mas infelizmente é algo que não podemos adiar — papai diz. — Sua mãe e eu pensamos muito sobre isso e decidimos que será melhor para nós nos separarmos por um tempo.

Eu os encaro. Isso está mesmo acontecendo?

Eles estão mesmo fazendo isso *agora*?

— Separar? — falo. — Quer dizer que vocês vão se divorciar?

Papai e mamãe se olham.

— Isso mesmo, querida — ele diz.

— Eu... Por que estão me dizendo isso? — Eu me levanto. — Acabei de ver o Nate levar um tiro e vocês voltaram para casa para me dizer que vão se divorciar?

— O momento é terrível, querida — mamãe diz —, mas não podíamos adiar mais.

— Por que não? — pergunto. — Há quanto tempo vocês sabem?

Há anos, provavelmente. Eu tento me lembrar da última vez que eles pareceram felizes juntos e, no começo, não consigo. Uma imagem acaba surgindo na minha mente: nós três em Paris. Eu estava observando um vendedor de rua fazer crepes com seu rodinho e, quando me virei, peguei meu pai se inclinando para beijar minha mãe, seus lábios sorrindo uns juntos dos outros. Eu tinha doze anos. Afundo no sofá.

— Um tempinho — mamãe diz. — Nós viajamos para acertar os detalhes e você não ter de se envolver nisso, mas, então, seu pai foi chamado para uma reunião.

— Vou partir para Roma pela manhã — papai diz.

— Vou visitar seus avós em Nova York enquanto ele estiver viajando — mamãe avisa — e vou levar você comigo.

— O quê? — eu sussurro.

Papai aperta meu joelho.

— Nós não queremos que você fique aqui com tudo o que está acontecendo agora.

— Querem que eu vá embora? — falo. — Agora?

— É o melhor, querida — papai diz. — Vou ficar em Roma por pelo menos uma semana e não há como nós deixarmos você aqui sozinha com aquela loucura na casa do vizinho.

Eu engulo meu medo crescente.

— Então, você não pode ficar? Não posso deixar o James...

Papai faz que não com a cabeça.

— Eu tenho de ir. Estão me esperando.

Eu me viro para mamãe.

— *Você* não precisa ir. Fique aqui comigo.

— É melhor se formos para Nova York, querida — mamãe afirma. — Acho que um tempo longe seria bom para todos nós. Você sabe que sua avó é muito amiga da diretora da Spence, e o semestre só está começando. Pensei que poderia dar uma volta lá e ver se você gosta.

— *Por quê?*

Os dois só ficam olhando para mim, como se não conseguissem encontrar palavras. Leva um longo tempo para a verdade ser filtrada pelo meu cérebro enevoado. Viro-me para mamãe.

— Vamos nos mudar? — eu sussurro.

— Nada está definido — ela diz —, mas estou pensando nisso. Sei que vai ser uma mudança para você, mas você sempre adorou Nova York, e seus avós e a tia Celeste estão lá. Pense em todas as novas oportunidades que você terá em uma cidade como aquela.

Minha garganta se fecha e tenho de forçar para as palavras passarem.

— Mas eu não quero ir embora.

— Nada está certo ainda, querida — ela comenta. — Só quero que você fique de mente aberta enquanto estivermos lá.

— Eu não vou.

Mamãe suspira.

— Marina. Sei que é um momento difícil, mas só estou tentando fazer o que é melhor para você...

— Mentira!

De repente, a névoa no meu cérebro desaparece e eu estou brava. Tão brava que começo a tremer, como se toda a raiva dentro de mim estivesse tentando explodir, empurrando minha pele.

— Querida...

— Vocês não voltaram por mim. — Minha voz falha. — Vocês não se importam com o quanto as últimas 24 horas foram difíceis para mim. Vocês vieram para me empacotar como parte da bagagem.

O rosto de mamãe fica duro.

— Já chega, Marina. Isso não é fácil para nenhum de nós.

— Querida...

Papai dá um passo em direção a mim.

Tento piscar para conter as lágrimas, mas não consigo. Saio do alcance de papai, recuando da sala.

— Eu odeio vocês — afirmo, com sinceridade.

Finn está me esperando ao pé da escada, uma das minhas bolsas jogada sobre o ombro. Eu o odeio também, por ouvir o que quer que tenha ouvido.

— Vamos — eu falo.

— Mimi! — papai me chama.

— Deixe que ela vá, Daniel — ouço mamãe dizer a ele conforme saio correndo da casa, Finn em algum lugar atrás de mim.

DEZESSETE

Marina

Vamos até a casa ao lado e pegamos o carro de James, uma BMW branca que era de Nate. Ele deve estar fugindo da vigilância agora, e nós vamos pegá-lo. Acabei de tirar minha permissão para dirigir, mas Finn me pede para eu guiar de qualquer jeito.

— Ei, Marina... — ele diz enquanto estou saindo da casa dos Shaw.

— Podemos não falar sobre isso? — peço.

Estou prestes a chorar e me esforçando para evitar as lágrimas. Não consigo falar, conter-me e não bater nas coisas com o carro de James ao mesmo tempo.

— É claro.

— Não conte para o James, combinado? — eu falo.

— Não vou contar.

Finn manda uma mensagem de texto para James quando estamos a um minuto do hospital, e ele emerge da Starbucks do outro lado da rua assim que estacionamos. Senta no banco do motorista, e eu entro no do passageiro.

— Foi tudo bem? — eu pergunto, tentando manter a voz leve e regular.

— Nosso menino é um gênio — Finn diz, dando uma batidinha no ombro dele. — Aqueles policiais nem tiveram chance.

— Para ser justo — James responde —, uma criança de quatro anos poderia ter escapado dali. Eles não estavam muito de olho em mim, já que ainda estávamos no hospital. Eu disse que ia ao banheiro e, então, simplesmente peguei a escada e fui embora.

Eu ouço a conversa, mas não estou prestando atenção de verdade. Fico pensando nos meus pais. Eu costumava brincar com Tamsin e Sophie sobre o inevitável divórcio o tempo todo; é praticamente um rito de passagem para um adolescente. Porém, talvez eu não estivesse mesmo esperando que acontecesse, porque parece um soco no estômago, repentino e chocante.

O que vou fazer? Se eles têm de se separar, prefiro ficar com o meu pai. Não brigo com ele como brigo com mamãe, mesmo que seja na maior parte porque ele nunca está em casa. Ele é um *workaholic* total, como se ainda pensasse que é aquele menino de classe baixa do sul de Boston que precisa brigar com unhas e dentes para chegar ao topo. E é por isso mesmo que mamãe nunca me deixaria morar com ele. Ela tem tentado me moldar como uma miniatura dela desde que nasci; não vai desistir agora. Eu poderia viver com isso se ela simplesmente ficasse em Washington, mas, se ela me levar para longe dos meus amigos e da Luz... do James... Não vou suportar.

Odeio isso. Odeio os dois. E odeio *mesmo* estar sentindo os olhos de Finn na minha nuca.

— Marina? — James diz.

Eu me afasto dos meus pensamentos.

— Sim?

Ele me entrega seu telefone.

— Pode mandar uma mensagem de texto para a Viv por mim? Só diga a ela que estou bem e que me desculpe e volto para casa logo? Depois disso, temos que tirar os chips dos nossos celulares; do contrário, poderiam usá-los para rastrear nossa localização.

— Acha que fariam isso? — Finn pergunta enquanto eu começo a escrever para Vivianne.

— Não faço ideia, mas prefiro não arriscar.

— E se... eles precisarem falar com você?

Todos nós sabemos o que ele quer dizer. *E se Nate morrer?*

James aperta os dentes.

— Vamos voltar de manhã.

James dirige pelo resto da tarde e começo da noite, parando apenas uma vez para abastecer. Passo a maior parte da viagem olhando para fora da janela, tentando não pensar naquilo em que não consigo parar de pensar. Nenhum de nós conversa muito.

— Você está bem? — James pergunta para mim quando cruzamos a fronteira, entrando em Nova York.

Não, eu não estou. Quero chorar todos os meus problemas para ele e deixá-lo me consolar, mas não sou tão egoísta.

— É. Estou bem.

— É só que você está com aquela cara desde que me pegou — ele diz.

— Que cara?

— A cara de Marina-está-sofrendo-em-silêncio, quando você aperta os dentes e faz um bico como se algo pudesse escapar de você a qualquer segundo e você estivesse tentando segurar.

— Não estou com essa cara.

Ele sorri.

— Claro que está. Estava com ela no rosto o tempo todo em que eu tentei ensinar você a velejar no verão passado, e é a cara que você faz basicamente toda vez que sua mãe fala.

— Você com certeza está com essa cara, M — Finn diz do banco de trás.

Eu viro um olhar feio para ele. Ele não está ajudando.

— Eu conheço você, Marina — James diz com suavidade. — Não pode esconder nada de mim.

Ah, eu posso. Se ele soubesse.

— Estou bem — afirmo. — De verdade. Não se preocupem comigo.

James deve ver que não vai chegar a lugar nenhum agora, então deixa o assunto morrer, e passamos o resto da viagem em silêncio.

Está escuro quando entramos em Greenwich, Connecticut, uma daquelas suntuosas cidades antigas para onde CEOs e neurocirurgiões voltam depois de um longo dia de trabalho em Manhattan. Assim como Georgetown, porém mais fria. A casa fica nos limites da cidade, protegida por um portão com um guarda posicionado lá 24 horas por dia. James desacelera até parar ao lado da guarita, baixando o vidro conforme o guarda sai.

— Sr. Shaw — o homem diz. — Eu sinto muitíssimo...

— Obrigado, Mark — James fala. — Não vamos ficar muito tempo aqui, mas, se alguém vier procurar por nós... *qualquer pessoa*... por favor, diga que não nos viu.

— Como quiser, senhor.

— E ligue para a casa se alguém aparecer, sim?

— Sim, senhor.

James agradece ao homem e sobe o vidro. A entrada da guarita até a casa tem 1,6 quilômetro de extensão e leva alguns minutos. Finn solta um palavrão baixinho no banco de trás quando enfim passamos as árvores e a casa fica à vista. James insiste em chamá-la de casa, mas, na verdade, é mais uma *mansão no campo*. Até mamãe ficaria impressionada.

— Meu bisavô construiu — James conta, oferecendo as palavras como uma desculpa.

— É linda — eu falo.

É uma construção de pedras com três andares no estilo gótico, com janelas arqueadas altas e hera subindo pelas paredes externas. É como uma casa de filme, onde os habitantes usam vestidos de seda com corpete e dão festas extravagantes com fontes de champanhe.

— É *legalzinha* — Finn diz, e um rápido sorriso toca os lábios de James conforme ele estaciona o carro no caminho circular da entrada.

Nós descemos e nos aproximamos das enormes portas da frente, que são feitas de carvalho esculpido. James as destranca e desativa o sistema de segurança que soltava um bipe e, depois, apenas fica parado no vestíbulo, no escuro.

— Onde acham que devemos procurar? — ele pergunta.

Dou um passo para dentro e imediatamente tropeço em um pequeno degrau. A mão de Finn aparece do nada e segura meu cotovelo.

— Você está bem?

— Estou — respondo e apalpo a parede, procurando o interruptor. — Obrigada.

Acho o painel e acendo todas as luzes. James aperta os olhos e olha ao redor como se nunca tivesse visto o lugar antes.

— Onde o Nate passa mais tempo trabalhando? — questiono.

— No escritório dele. Lá em cima.

— Certo — eu falo. — Vamos começar lá.

James nos guia pelo vestíbulo até a larga escada de mármore que sobe em curva ao patamar do segundo andar. Ele não acende uma única luz enquanto anda, então, sigo atrás dele, e Finn e eu trocamos olhares.

— Onde estão os empregados? — pergunto enquanto James nos leva por um longo corredor.

— Eles sempre têm a semana de folga depois da nossa estadia aqui — ele fala. — É aqui.

Ele abre a porta do escritório de Nate e fica parado ali no corredor, olhando para dentro, Finn e eu espiando por cima do seu ombro. Não sei o que eu estava esperando, mas o aposento é um alívio. Não há nada característico de Nate nas paredes escuras ou na mobília pesada. O lugar cheira a polidor de madeira, não à colônia de Nate, e não há uma caneca meio bebida de café ou uma caneta sem tampa na escrivaninha esperando por ele.

É apenas um aposento.

Eu passo por James e sigo para os armários de arquivamento no canto. Abro a primeira porta com um rangido alto e começo a mexer nas pastas penduradas. Declaração de imposto, declaração de imposto, declaração de imposto...

— Ei, tudo bem — ouço Finn dizer com delicadeza.

Ele e James ainda estão parados à porta, e Finn está com a mão no braço dele.

— Estamos aqui para ajudar o Nate.

James responde algo baixo demais para eu ouvir. Percebo que pode parecer só um aposento para mim, mas James provavelmente viu o irmão sentado naquela cadeira, folheando estes arquivos, trabalhando naquele computador mil vezes.

Finn sorri.

— Eu sei, mas não temos muita escolha, temos?

James ri baixinho e entra no escritório, abrindo o segundo armário de arquivos. Meus olhos se encontram com os de Finn por um instante. Nunca entendi por que eles dois são amigos, além do fato de Finn não ter ninguém e James sempre gostar de pessoas que não se impressionam com o sobrenome dele. Mas talvez seja mais simples do que isso. Talvez seja porque Finn tem a habilidade mágica de fazer uma pessoa sorrir mesmo quando a situação é triste. Isso faz bem para James.

Finn se acomoda em frente ao computador, de alguma forma atravessando suas medidas de segurança quando James diz que não sabe a senha. Ele sai clicando enquanto James e eu tiramos pilha atrás de pilha de documentos dos armários, colocando-os pelo tapete persa. Tudo o que encontramos são papéis chatos — declarações de imposto antigas, extratos de banco — que não poderiam ter relação com o homem que disparou dois tiros no peito de Nate.

Fecho a porta do armário com um pouco mais de força do que queria e a batida de metal contra metal reverbera por todo o escritório silencioso.

— Não há nada aqui. E quanto ao quarto dele? Ou a sala?

James suspira.

— Talvez.

— Ou talvez não exista nada para encontrarmos? — Finn diz.

— Não. — Eu me levanto e alongo as pernas duras. — Nate não teria gastado energia me dizendo para vir aqui se não fosse importante.

— Mas ele não disse isso de verdade, disse? — Finn pergunta.

Eu abro e fecho a boca antes de poder reunir as palavras.

— Não exatamente. Não teve tempo. Mas é o que ele quis dizer, sei disso.

Finn parece cético, mas, antes que possa dizer alguma coisa, James levanta de repente e sai da sala.

— Aonde você vai? — eu grito para ele.

— Cozinha. Estou morrendo de fome.

Finn e eu seguimos James para o andar de baixo, e ele junta os ingredientes para sanduíches de manteiga de amendoim e geleia. James espalha a manteiga de amendoim com passadas rápidas e fortes que rasgam o pão e, depois de suas fatias desmanteladas, ele pega o pacote todo e o joga pela cozinha com um grito gutural. Eu dou um pulo, e Finn se retrai. James enterra o rosto nas mãos e, por um momento, não há movimento nem som além da sua respiração difícil.

Depois, Finn dá um passo à frente e pega a faca suja de manteiga de amendoim da mão de James. Ele a enfia de volta no pote e pega o pão do chão. Joga as fatias sujas no lixo e, com calma, começa a fazer sanduíches com as limpas.

James se senta no chão no canto da cozinha, esfregando uma das mãos na testa, os lábios movendo-se em silêncio enquanto ele fala consigo mesmo.

Eu fico parada, congelada, perto do balcão, tão indecisa quanto ao que fazer que não consigo fazer nada.

Finn coloca um sanduíche de manteiga de amendoim em uma toalha de papel e o empurra para mim. Coloca um ao lado de James, que nem levanta o olhar para ele e, depois, senta-se ao meu lado no balcão para comer um.

Quando nossos olhos se encontram, ele faz que não com a cabeça em um movimento contido, as sobrancelhas franzidas. Ele está preocupado. Desvio o olhar e dou uma mordida no meu sanduíche.

O som metálico do telefone em uma mesa lateral corta o ar, e nós todos nos assustamos. James fica em pé com um pulo e cruza a cozinha para olhar a identificação da chamada.

— É a Vivianne — ele diz.

O sanduíche vira serragem na minha boca, e eu afasto o resto dele

— Acho que você deveria atender — Finn comenta.

James faz que não com a cabeça.

— Ela só está tentando descobrir onde estamos.

A voz de Finn está suave.

— Você não sabe, cara.

— Nós vamos voltar em algumas horas — James fala e fica ao lado do telefone até ele parar de tocar.

Rasgo minha toalha de papel em pequenos quadrados. Meu Deus, por que eu nos trouxe até aqui? Tudo parecia tão claro antes, mas agora me sinto equivocada e envergonhada por arrastar James para longe da família neste momento. Tudo por causa de uma conversa estranha com Nate na neve e algumas letras que ele sinalizou para mim e que posso não ter interpretado do jeito certo. Talvez eu realmente esteja ficando louca.

E James, ele está...

Finn termina seu sanduíche e começa a arrumar a ilha da cozinha, recolocando os potes e o pacote de pão nos lugares e limpando as migalhas.

— Deveríamos voltar agora, hã? — ele diz.

Na minha mente, ouço o estalo de uma arma de fogo, vejo o sangue e as pessoas se espalhando. James está *seguro* aqui. Posso não ter certeza de mais nada, mas pelo menos sei disso.

— Ainda há lugares onde não olhamos — digo. — Ainda podemos encontrar alguma coisa...

— Droga, Marina! Essa sua caçada inútil já foi longe demais — Finn briga comigo. Ele se vira para James. — Desculpe, cara, mas ela não está ajudando você fingindo que há uma solução perfeita para tudo isso. A verdade é que às vezes o mundo simplesmente é uma merda.

Não tenho certeza de por que me sinto tão ferida pelas palavras. Talvez por elas soarem tão verdadeiras. Mas, antes que eu consiga descobrir, ouço-me jogando palavras de volta para Finn.

— Ninguém forçou você a vir com a gente — eu digo. — Você poderia ter ficado em Washington. *Sozinho*. Como sempre.

Finn trava os dentes conforme a tensão entre nós aumenta igual a gás, que só precisa de uma faísca.

— Ele deveria estar com o irmão agora, e você sabe — ele fala. — Não desconte sua culpa em mim...

— Eu só estou tentando...

— Parem, parem, parem! — James grita. Ele está balançando para a frente e para trás, os dedos agarrando os cabelos. — Não consigo pensar!

Finn e eu trocamos um olhar assustado com a explosão dele, de repente jogando no mesmo time de novo. Um silêncio espesso e sufocante enche o ar. Estendo a mão para James, hesitante.

— Você está bem?

— O cofre. — James de repente fica mole. — Eu sou tão idiota.

Ele sai correndo da cozinha sem esperar por nenhum de nós.

— Isso não é bom, M — Finn sussurra. — Ele está começando a me preocupar de verdade. Isso não é normal.

— O *James* não é normal — eu digo, enterrando minha própria preocupação. — Ele só pensa de um jeito diferente do nosso. Ele está bem.

— Talvez, mas...

— Sem mas! Ele está bem!

Nós alcançamos James no terceiro andar. Ele abre a porta de um quarto escurecido e aperta o interruptor, revelando uma cama enorme com uma dúzia de almofadas perfeitamente arrumadas contra a cabeceira, uma penteadeira cheia de potinhos e pincéis e um colar de pérolas, e móveis antigos e elegantes precisando de um bom espanador.

— É o quarto dos meus pais — James diz, e eu tremo, reconhecendo o quarto pelo que ele é: um mausoléu.

Parece não ter sido tocado a não ser por limpezas eventuais desde o dia em que eles morreram.

— Vi Nate sair daqui em uma manhã da semana passada. Ele nunca entra aqui.

James anda até a estante em frente à cama e puxa um livro. Uma seção toda do que pareciam volumes com capa de couro revela ser um painel cobrindo um pequeno cofre na parede.

— Legal — Finn sussurra.

— Você sabe a combinação? — pergunto.

— Não, mas Nate era terrível com números. Ele teria escolhido algo de que pudesse se lembrar.

James digita várias combinações. O aniversário de Nate; o aniversário dele; o endereço deles em Georgetown, Martha's Vineyard, Chesapeake e aqui. Cada um é seguido por uma luz vermelha piscante e um afundamento das rugas na testa de James.

— Vocês têm alguma outra casa? — Finn pergunta.

— Acho que não.

James tenta mais algumas combinações e, no piscar de olhos entre a digitação dos números e o acendimento da luz vermelha, eu seguro a respiração. Está ali, eu sei. O que quer que Nate tenha me mandado procurar está nesse cofre. Pelo canto do olho, vejo Finn olhando para mim, mas não vou olhar para ele. Ele pode achar que isso é uma perda de tempo, mas vou ficar parada aqui enquanto James digita números a noite toda se precisar.

Mais duas combinações e a luz fica verde. James solta o fôlego.

— O aniversário da mamãe.

A maçaneta faz um barulho alto de metal quando ele a vira e abre a porta. Dentro, há uma caixa de joias, várias pilhas de dinheiro estrangeiro e pastas cheias de documentos. Em cima de tudo, com um canto dobrado como se tivesse sido enfiado com pressa, está um envelope de manilha. James estende a mão para pegá-lo e o segura com leveza, como se estivesse tentando pesar seu conteúdo.

— Abra — eu digo.

Ele dobra as tachinhas que fecham o envelope e tira de dentro dele uma pilha de papéis. Corre os olhos pela primeira página, arregalando-os mais e mais enquanto lê.

— Você estava certa, Marina — ele fala.

Eu me inclino para poder ver por cima do ombro dele. É um e-mail e eu passo os olhos por ele rapidamente. Vejo o nome de Nate e de James, e na parte de baixo há a assinatura de *CR*. Verifico o endereço de e-mail no topo para ver quem escreveu.

Chris Richter.

Nós três ficamos tão pasmos que levamos um momento para reconhecer o som baixo do telefone tocando em outro aposento.

DEZOITO

Em

Finn estaciona o Honda na lateral da estrada a 90 metros da guarita dos Shaw e apaga as luzes.

— O que acha que eles estão fazendo aqui? — pergunto.

— Não sei. Talvez só quisessem sair da cidade?

— Bem, eles provavelmente querem dormir um pouco, então duvido que vão embora antes de amanhecer. O que significa que vai ser uma longa noite para nós.

Eu abaixo meu banco e enrolo uma das camisas extras que Connor nos deu embaixo da cabeça.

— Ugh. Estou tão cansada deste carro.

— Eu também. A gente devia roubar um novo logo. Vão procurar por um.

— Podemos pegar um com bancos de couro? E um rádio melhor?

— Pode apostar. — Finn solta o cinto de segurança. — Vem, vamos sair um pouco daqui.

— O quê?

Ele abre a porta, o que deixa uma rajada de ar gélido entrar no carro.

— Vem logo.

— Está gelado! — eu falo, mas já estou fechando o zíper do meu agasalho até onde ele chega e saindo do automóvel.

Finn sobe no capô e me oferece a mão.

— Está gostoso e quentinho aqui em cima.

— Você é tão esquisito.

Mas eu subo no capô ao lado dele. *Está* quente, após horas de motor funcionando e aquecendo o metal. Ele se deita, dobrando as mãos sob a cabeça, e eu faço isso também.

As estrelas são chocantes. Faz tanto tempo desde que eu as vi, e juro que se multiplicaram na minha ausência. Aqui fora, longe da cidade, elas são como pequeninas explosões de luz. Milhares de diamantes alojados na atmosfera.

— Uau — eu sussurro.

— É. Eu tinha esquecido que elas eram tão *brilhantes*.

Nós ficamos sentados em silêncio, encarando o céu, e, depois de alguns minutos, Finn pega minha mão e a esfrega na sua para esquentá-la.

— No que você está pensando? — eu pergunto.

— Nas panquecas do Connor.

— Hummm. E chocolate quente.

— Ah, meu Deus — ele geme. — Eu poderia matar você por me fazer pensar em chocolate quente agora. Eu faria qualquer coisa para conseguir um pouco.

— Você que começou com essa história de panqueca!

— Você perguntou! E, além disso...

O mundo gira sob mim e o resto do que Finn diz se perde. Agora eu sei o que é, mas não tenho certeza se isso torna a coisa mais fácil de aceitar ou ainda mais aterrorizante. Só tenho tempo de agarrar a mão de Finn antes de a corrente se enrolar na minha cintura e me puxar do presente.

Está escuro, apenas a fraquíssima luz azul de segurança do corredor invadindo a janela na porta da minha cela. Taminez, um dos nossos guardas da noite, apagou as luzes há muito tempo, mas não consegui dormir.

Finn, é claro, está dormindo há horas. Babaca.

Ouço passos do lado de fora e me sento na cama. Um soldado que não reconheço abre a porta de correr da cela e o doutor entra.

— Obrigado, Greggson — ele fala. — Pode nos deixar.

Então, vai ser uma daquelas noites.

O soldado faz uma saudação e fecha a porta depois de sair. O doutor se senta no chão da cela, encarando-me. É estranho vê-lo ali no chão de concreto com seu jaleco branco de laboratório e calças caras, levantando os olhos para mim. Isso o faz parecer pequeno. Eu aperto mais o cobertor em volta de mim e espero.

Os olhos dele baixam para o seu colo.

— Sinto falta de você, Marina.

Odeio essas noites. Acho que as odeio mais do que qualquer outra coisa.

— Estou bem aqui — digo. — Foi você quem foi embora.

— Eu entendo, sabe, por que você me odeia. — Ele examina suas mãos com atenção. — Fiz coisas terríveis.

— Quer meu perdão? Foi por isso que veio aqui?

— Não sei. Talvez. — Ele puxa um fôlego trêmulo. Meu Deus, ele está chorando? — Talvez eu só precise ficar com uma amiga esta noite.

— Não sou sua amiga — respondo. — Você pode me prender aqui para sempre e fazer confidências para mim toda noite, mas nunca serei sua amiga de novo.

— Marina, não é como você pensa — ele diz, e o desespero em sua voz é palpável agora. — Se você soubesse o que eu sei... São necessários alguns sacrifícios terríveis, mas estamos fazendo coisas boas...

— Estou cansada. Posso voltar a dormir agora?

Ele estende a mão para mim.

— Por favor, eu *preciso* que você entenda...

— Boa noite, doutor.

A mão dele fica pairando no ar, tremendo, e cai ao longo do corpo dele. Ele se mexe como um velho ao ficar em pé e bate na porta para que o deixem sair. O soldado que eu não conheço reaparece e abre a porta.

O soldado que eu não conheço.

— Cadê o Taminez? — eu falo. — É o turno dele.

O doutor para e não olha para mim.

Meu estômago aperta. De repente, percebo por que o doutor está aqui.

— Ah, meu Deus. O que você o mandou fazer?

— Eu não tive escolha — o doutor diz, e a porta se fecha atrás dele com um baque.

— Em!

Eu pisco e puxo o ar. O mundo se endireita, e eu vejo estrelas, de verdade.

— Em, acorde! — A voz de Finn está engasgada. — Você está quebrando meus dedos.

Sinto a mão de Finn na minha. Eu a estou apertando com toda a minha força. Solto-a e ele aninha a mão ao peito.

— Caramba, menina — ele diz. — Quando você ganhou essa força absurda?

— E-eu sinto muito.

Eu me forço a ficar em pé e esfrego os olhos. A lembrança pode ter sido breve, mas os efeitos dela estão durando mais do que os das outras. Ainda sinto o medo na boca do estômago e vejo a sombra das paredes da cela em frente aos olhos.

— Você está bem? — ele pergunta. — O que você viu?

Faço que não com a cabeça. Não quero falar a respeito daquilo.

— Quanto tempo eu fiquei apagada desta vez?

— Dez minutos — ele responde. — Talvez 15. Pareceu uma eternidade.

Eu estremeço. O capô do Honda está frio sob nós e o frio da noite invadiu minha corrente sanguínea.

— O que está acontecendo conosco?

— Você... — Finn hesita e faz que não com a cabeça, e eu percebo o quanto ele está pálido. — Enquanto estava apagada, você meio que... *piscou* por um segundo. Como um holograma ou algo assim. Eu tive medo de que você fosse desaparecer. — Ele toca na minha bochecha. — Tipo, muito medo.

— Sinto muito — eu sussurro.

Tento imaginar o quanto eu ficaria assustada se pensasse que Finn estava desaparecendo e me deixando sozinha para encarar tudo isso, mas me impeço porque só a ideia já é horrível demais.

Ele sorri.

— Acho que posso perdoar você.

— James sempre disse que o tempo deve ter um mecanismo para consertar paradoxos — digo. — Talvez ele esteja tentando descobrir a que momento pertencemos de verdade. Talvez esteja tentando nos apagar.

— Cada flash parece estar durando mais e mais — Finn comenta. — Você acha que isso significa...

Faço que sim com a cabeça. Posso não ser um gênio da ciência, mas sinto a verdade disso. O tempo está vindo nos pegar, está vindo depressa.

É quando a viatura de polícia passa por nós, seguindo para a casa dos Shaw.

DEZENOVE

Marina

James corre para o telefone, e Finn e eu o seguimos. Ele dá uma olhada na identificação de chamada e solta um palavrão. Pega o fone.

— Mark?

Ouço a voz fraca do guarda do outro lado, e James solta um palavrão de novo.

— Obrigado. — Ele desliga e corre para a escada, gritando para nós: — A polícia está vindo para cá!

— Tudo bem! — Finn grita para ele. — É só não abrirmos a porta!

— É, mas o carro está na frente!

Finn e eu seguimos James e o alcançamos na porta de entrada. Eu arranco as chaves do carro da mão dele.

— Deixe comigo — digo. — Eles não se importam comigo. Você fica aqui.

— Marina...

— Fique quieto e apague as luzes. Eles vão passar das árvores a qualquer minuto.

Saio correndo pela porta em direção à BMW. Enquanto sento no banco do motorista, dou uma olhada na entrada, mas ainda está livre. Ligo o carro e percebo que não faço ideia de para onde levá-lo. Há uma garagem na lateral da casa, mas a porta está fechada. Eu baixo o visor e abro o porta-luvas, vasculhando o conteúdo um pouco descontrolada, mas não vejo um controle remoto. Eu poderia simplesmente dar a volta na casa, mas e se os guardas virem marcas de pneus na grama?

Olho para a entrada de novo. Nenhum sinal de ninguém ainda, mas não vai demorar. Imagino que consigo ver a luz dos faróis através das árvores.

Dane-se. Está escuro e não tenho nenhuma outra escolha. Aperto o pé no acelerador e saio do caminho de entrada, passando por cima da guia e indo para a grama. Tento visualizar o carro flutuando, os pneus mal tocando a grama enquanto o dirijo contornando a casa e estaciono a BMW nos fundos, fora de vista da entrada. Corro para a porta de trás e bato, e Finn está bem ali para me deixar entrar.

— Dirigiu bem — ele diz.

— Hilário. — Eu me esforço para recuperar o fôlego. — Cadê o James?

Finn me guia pela casa escura até onde James está, em pé atrás da porta da frente. Segundos depois, faróis varrem a frente da casa, e Finn agarra meu pulso, puxando-me para longe de uma janela. Nós nos apertamos bem contra a parede para não sermos vistos.

Do lado de fora, a porta de um carro é fechada. Ouvimos o barulho de sapatos de sola dura esmagando o cascalho, e uma luz de segurança ativada por movimento acende. A batida contra a porta é como uma explosão, ecoando pela casa. Faz o sino da campainha que vem em seguida parecer delicado e doce.

— Sr. Shaw? — uma voz chama. — Aqui é a polícia do Estado. O senhor está aí dentro?

James se aproxima devagar do olho mágico e olha para fora.

— Sr. Shaw, só queremos garantir que o senhor esteja seguro — o policial diz. Toca a campainha de novo.

James continua a observar pelo olho mágico e nós ficamos em pé, congelados. Tento não respirar. Depois de um minuto, James sussurra:

— Estão indo embora.

Ficamos em silêncio e, do outro lado da porta, há o barulho do cascalho, uma porta de carro se fechando e o ronco de um motor. Ouvimos a viatura se afastar e James deixa o olho mágico.

— Eles foram embora — ele diz.

— Bem, isso foi assustador — Finn diz. — Acho que não fui feito para ser fugitivo.

— Vamos dar a eles alguns minutos para se afastarem e, depois, vamos voltar para Washington — James fala. Ele levanta a pasta de arquivos. — Alguém precisa ver isto.

— Eu sabia que Richter estava escondendo alguma coisa — James declara enquanto guia o carro de volta para a I-95 Sul.

Assim que entramos na estrada, ele remontou o celular e ligou para Vivianne para avisar que estávamos a caminho de casa e para dispensar os cães de busca. Não contou a ela sobre a pasta de arquivos que encontramos.

Aperto a luz do painel e leio a troca de e-mails impressa que estava no topo da pasta de novo.

DE: Chris Richter <christopher.richter@dni.gov>

DATA: 16 de novembro de 2013 3:48:02 EDT

PARA: Joshua Schweiger <joshua.schweiger@air-online.org>

Ele terá um futuro brilhante.

> Nossa fonte no escritório dele disse que sim. Ele é protetor, não confia em nós. Para que você quer o menino?

>> Eu quero o garoto. O congressista vai ser um empecilho?

>>> James Shaw. QI 168. Brevemente internado depois da morte dos pais em 2008, ainda sob cuidados psiquiátricos. Pulou a quarta e a oitava séries. Formou-se como primeiro da classe na Sidwell aos 15 anos. Completou bacharelado em Ciências na Universidade de Georgetown em

18 meses. Atualmente trabalha no seu doutorado em Física e Matemática Aplicada na Johns Hopkins, sob orientação do dr. Ari Feinberg. Está fazendo a dissertação sobre algum aspecto da relatividade, muito secreto.

>>>> Só faça.

>>>>> Quer que eu olhe as notas do boletim dele?

>>>>>> Tudo. Em especial a educação.

>>>>>>> O que você quer?

>>>>>>>> Você pode conseguir informações sobre o menino Shaw? O irmão mais novo do congressista, James.

Olho com atenção o endereço de e-mail: joshua.schweiger@air.org. *A-I-R.* Nate não estava tentando me dizer que não conseguia respirar; ele estava tentando me dizer algo sobre uma organização com a qual Chris Richter trabalha.

Por baixo do e-mail há cópias de páginas com a letra de James, linhas incompreensíveis de fórmulas e teoremas que poderiam estar em chinês se dependesse de quanto sentido fazem para mim. Isso me lembra de que tenho as páginas que James estava escrevendo no hospital no meu bolso da frente. Ele parece ter se esquecido por completo delas. Vai perdê-las de novo se eu as der agora, então faço um lembrete mental para entregá-las quando chegarmos em casa.

Junto com o e-mail e as cópias, há mais uma dúzia de documentos. Há algo que parece um relatório oficial do governo, quase metade dele enegrecida por uma caneta marcadora grossa; mais e-mails; algo que se parece suspeitamente com cópias de registros médicos com o nome de James no topo e anotações que Nate estava fazendo para si mesmo sobre as atividades da SIA, outra sigla de agência de que nunca ouvi falar. O que quer que eles estivessem fazendo, Nate não gostou.

— Esta deve ser a investigação da qual Nate me falou — digo. — Ele estava investigando algo chamado SIA, ou talvez a AIR? É difícil dizer qual, mas parece que eles iam oferecer um emprego para você. Você sabe quem são?

James encolhe os ombros.

— Uma divisão da CIA, talvez? Richter poderia estar vigiando-a como parte do seu trabalho com o DNI. Meu tio uma vez me disse que a CIA tem vários braços secretos para fazer todo tipo de coisa que ela não pode ser vista fazendo.

Eu estremeço.

— Assustador.

— Mas aquelas páginas do meu caderno — ele diz. — Isso é o que me preocupa de verdade. Não sei por que Nate foi procurar isso.

— O que elas são? — Finn pergunta.

Ele estende a mão para a pilha de papéis e eu a passo para trás com relutância.

— É parte do trabalho mais recente que eu estava fazendo para o dr. Feinberg.

James faz uma curva fechada demais com o carro na pista seguinte e eu me seguro no apoio de braço.

— Eu tive um grande avanço há pouco tempo, mas não falei para o Nate. Ele não gosta da minha pesquisa, acha que não é saudável para mim ficar tão focado no passado.

— De onde você acha que ele as pegou? — Finn pergunta.

— Não sei. Talvez do dr. Feinberg, ou talvez ele tenha mexido nas minhas coisas.

Tenho um vislumbre da letra fina e reta de James conforme Finn folheia as páginas. Percebo de repente algo que faz meu coração despencar, embora não devesse ser importante depois de tudo o que aconteceu.

— Era desse avanço que você ia me falar? — pergunto. — Na noite em que você voltou para casa?

James faz que sim com a cabeça, mas não tira os olhos da estrada.

— É.

— O que é? — Finn questiona.

— É algo em que eu venho trabalhando há bastante tempo. Eu enfim estou começando a fazer um progresso real, e aquelas páginas são a parte central das minhas formulações.

— Para que servem?

— Viajar na quarta dimensão.

— Hã?

O olhar de James passa rapidamente pelo retrovisor e volta.

— Viagem no tempo.

Eu tinha ouvido James falar sobre isso durante anos, então não me assusta, mas Finn solta seu cinto de segurança e se coloca entre nós.

— Como é que é?

— Sei que parece ridículo, mas acho que é possível, e o dr. Feinberg concorda. Quando eu terminar essas fórmulas, vou provar.

Os dedos de James apertam o volante até os nós ficarem brancos. Sua paixão sempre foi uma das coisas que mais amo nele, mas ela me preocupa também. Aprendi muito sobre James nesses últimos dois dias e agora vejo, mais do que nunca, que ele é como metal forjado, forte, mas quebradiço, incapaz de se dobrar.

— O que acontece quando você provar? — Finn pergunta.

— Nós consertamos o mundo.

Apenas quatro palavrinhas, que eu já ouvi de James mil vezes antes, mas, por algum motivo, elas me deixam profundamente perturbada desta vez.

— O que você quer dizer? — Finn fala.

— Imagine o que poderíamos mudar — James diz — se pudermos usar o tempo. As guerras que poderíamos evitar, os desastres naturais para os quais poderemos ter planejamento. Poderíamos apagar tantas coisas terríveis e sem sentido.

— Isso não seria perigoso? — Finn questiona. — Você não sabe o que poderia mudar por acidente. Poderia, por exemplo, matar seu avô e nunca nascer, certo?

James abre um sorriso seco.

— O tempo não é tão simples. Para começar, não é linear da maneira como o percebemos. E a pesquisa atual sugere que existem algumas variáveis desconhecidas que eliminam ameaças ao tempo, como o paradoxo do qual você está falando. Minha teoria é que o tempo é um elemento sensitivo. Ele conserta eventos para evitar que paradoxos aconteçam. Então, em teoria, se eu voltasse no tempo e matasse meu avô, esse evento se tornaria fixo por causa da minha ação. Como ele está morto, eu não teria nascido, mas um resto meu do meu tempo original, um tipo de sombra, sempre estaria por ali para matar meu avô e garantir que ele permanecesse morto.

Finn pisca.

— Nem cheguei perto de entender isso.

— É — eu falo. — Pode usar palavras mais simples?

— Essas *foram* minhas palavras simples.

— Ainda parece perigoso para mim — Finn diz. — Muita coisa poderia dar errado.

— Há riscos — James admite —, mas o progresso sempre é perigoso, não é? Na maioria das vezes, paredes não são demolidas tijolo a tijolo. Alguém tem de abrir um buraco nelas.

Alguém tem de abrir um buraco nelas. Uma mortalha desce sobre o carro. Parece tanto um presságio.

Finn dá um piparote na parte de trás da cabeça de James.

— Então acho que é bom você ter uma cabeça tão dura.

Eu reviro os olhos. Podemos confiar em Finn para aliviar o clima.

— Ai! — James diz, mas está sorrindo. Ele bate em Finn sem olhar. — Sorte sua que estou dirigindo.

— Eu não estou — eu falo.

É tão bom ver James sorrir que eu quero prolongar o momento. Vou bater na cabeça de Finn, mas ele se esquiva mais para o fundo do banco traseiro.

— Fique longe, mulher!

Incentivada pela risada de James, eu solto meu cinto de segurança e tento de novo. Finn pega meu punho no meio do golpe e eu o puxo de volta, mas ele não solta.

— Ei!

Eu ajoelho no banco para ter um impulso melhor e puxo, mas a mão dele está apertada em volta do meu pulso agora.

— Solte!

— Não, você vai bater em mim!

— Quantos anos vocês têm, afinal? — James fala.

Finn puxa minha mão e eu caio no banco de trás dando um gritinho. Apesar de eu me contorcer, ele consegue me prender em uma chave de braço e bagunçar meu cabelo. Eu dou um golpe com o cotovelo na barriga dele e ouço James rir de novo por cima do gemido de Finn.

— Quer me pegar? — Finn pergunta. — Acha que pode comigo, Marchetti?

Distante, eu ouço o telefone celular de James tocar, mas agora estou muito concentrada em tentar arrancar os dedos de Finn do meu pulso. Viro o dedo mínimo dele para trás até ele gritar e me soltar e, depois, me jogo nele. Parece justo que eu bagunce o cabelo dele também, mas ele é forte demais e continua lutando para me afastar. Por acidente, bato o cotovelo nas costelas dele e fico chocada quando ele solta uma risadinha feminina e aguda.

— Ah, meu Deus — eu falo, sem fôlego —, você sente *cócegas*?

Ele aponta um dedo para mim, de repente muito sério.

— Você, fique longe de mim.

Eu abro um sorriso malicioso para ele e nós dois entramos em uma batalha tão intensa que, no começo, mal percebo o carro desacelerando. Quando noto, dou uma olhada em James no retrovisor e vejo que o rosto dele ficou cinza.

— James? — eu o chamo.

Finn tenta fazer cócegas embaixo dos meus braços, e eu dou um tapa para afastá-lo.

— Pare. James?

O carro continua a desacelerar, e James o vira para o acostamento da autoestrada. Eu me inclino para a frente, e Finn se senta reto.

— O que aconteceu? — pergunto.

James para o carro com uma das mãos e segura o telefone na orelha com a outra.

— Estou aqui.

Posso ouvir a pessoa do outro lado da linha, um sonzinho bem esticado pelas centenas de quilômetros de ar, mas não consigo identificar nenhuma palavra. Em vez disso, observo o rosto de James. Sua expressão é um livro aberto para mim, porque dediquei o tempo necessário para aprender essa linguagem muitos anos atrás. O que vejo faz minha garganta ficar seca. Pulo de volta para o banco da frente, Finn esquecido.

— É... — James diz. — Certo...

Minhas mãos começam a formigar, como fazem sempre que fico muito assustada. James certa vez me disse que isso acontece porque meus vasos sanguíneos estão se estreitando, mandando todo o sangue para o centro do meu corpo para o caso de eu ter de correr ou lutar. Fecho as mãos formando punhos para tentar recuperar o tato.

O celular escorrega da mão de James e cai com um baque no chão do carro. Ele não se mexe, não o pega e nem parece notar que caiu. Sua mão paira, vazia, ao lado da orelha.

— James — eu sussurro.

Ele se vira para olhar para mim, devagar, o rosto imutável. Os olhos estão arregalados, a boca aberta, congelada.

Depois, como uma barragem quebrando, ele cai no choro.

VINTE

Em

Finn e eu seguimos a uma distância, de forma que, quando a BMW de James sai para o acostamento e para, nós temos tempo de parar também. Finn desliga os faróis e, com sorte, estamos distantes deles o suficiente para que não reparem em nós.

— Acha que o pneu deles estourou? — pergunto quando o outro carro não se mexe por vários minutos.

Uma das portas da BMW se abre e o Finn mais jovem sai.

— Caramba, eu sou bonito — Finn diz, e eu bato nele.

A porta do motorista se abre em seguida e James sai. Seus ombros estão curvados para dentro e ele mantém uma mão encostada no carro para ter apoio.

O sorriso some em meus lábios.

— Aconteceu.

— O quê? — Finn aperta os olhos para mim. — Não era para acontecer por mais quatro dias.

— Algo mudou.

Finn tomba a cabeça.

— Pobre James. Pobre *desse* James.

Não tenho certeza do que dizer. O James em frente a nós é só um menino. Ele não merece isso.

Mas também não posso esquecer que esse é o momento exato que coloca o futuro como o conhecemos em ação.

Os dois meninos trocam de lugar, James passando para o banco de trás da BMW, onde logo é acompanhado por Marina, e Finn indo para a frente.

— Merda — meu Finn diz, tirando o carro do ponto morto. — Ele não sabe dirigir.

A BMW dá uma sacudida para a frente e começa a ganhar velocidade pelo acostamento. Ela acha uma brecha no trânsito da autoestrada e vira abruptamente para entrar nela. Finn se retrai e segue o carro. A BMW fica na pista certa, indo 16 quilômetros abaixo do limite de velocidade, o que faz os carros atrás dela voarem para a faixa da esquerda para ultrapassar. A seta direita ainda está ligada, um farol pulsante no escuro. Ela vira na saída seguinte e entra no estacionamento de um Holiday Inn. O Finn mais jovem estaciona a 6 metros do carro mais próximo.

— Boa ideia, garoto — Finn murmura.

A BMW está ocupando duas vagas.

Observamos do outro lado do estacionamento enquanto Marina ajuda James a sair do carro e entrar no hotel. Finn pega algumas bolsas no porta-malas e os segue para dentro. Depois, não sobra nada, apenas escuridão e silêncio.

— Nate era um bom homem — Finn acaba dizendo.

— O melhor.

Eu fecho os olhos e imagino Nate na noite antes da arrecadação de fundos, esperando no frio ao lado do carro para ver se eu entrava em casa em segurança. Sorrindo e levantando a mão quando eu acenava para ele da minha porta aberta.

— Você está bem? — Finn pergunta.

— É claro — respondo. — Digo, nada mudou de verdade. Ele está morto para mim há quatro anos.

— Eu sei, mas...

Finn pega a minha mão e leva à sua boca, beijando os nós dos dedos.

Meu coração fica quente e parece derreter, espalhando calor pelo meu corpo todo. Há quanto tempo eu amo Finn? O amor me invadiu tão gradualmente que não sei se posso ao menos definir o momento. Foi naquele dia nas celas quando, depois de uma interrogação especialmente brutal, ele conseguiu me fazer rir ao contar sobre quando seu pai teve de ligar para os bombeiros porque ficou com a cabeça presa em um bueiro? Ou quando ainda estávamos fugindo e eu acordei na traseira do caminhão de cereal que estava nos levando escondidos para cruzar a fronteira do Estado e encontrei o agasalho dele enrolado em volta de mim enquanto ele estava sentado, tremendo, só de camiseta?

Ou tinha começado ainda antes, quando eu ainda era Marina e achava que não o suportava?

Finn olha de repente na direção da entrada do Holiday Inn e eu me viro para olhar. Por falar deles... Finn e Marina estão saindo juntos.

— Aonde eles vão? — eu pergunto.

Estão seguindo direto até nós. Finn e eu nos abaixamos atrás do painel. Não sei o que vai acontecer exatamente se minha versão mais nova e eu ficarmos cara a cara. James sempre insistiu que o tecido do tempo era delicado demais para sobreviver ao paradoxo que isso criaria.

As sombras deles passam pelas nossas cabeças, e ouvimos Finn falar, mas nenhum deles repara no Honda azul malcuidado. Eles passam por nós e, devagar, nós nos sentamos e os observamos atravessar a rua e entrar em um Denny's.

— Eles vão ficar fora por dez minutos — Finn diz. — Pelo menos.

Eu faço que sim com a cabeça, de repente enjoada.

— É a nossa melhor chance.

— Eu faço. — Finn abre o porta-luvas e pega a arma. — Ele vai estar devastado, e não quero que você tenha de ver isso.

Toco na bochecha dele.

— Você é um cara muito doce, Finn Abbott, sabia?

— Posso ter ouvido isso uma ou duas vezes.

Eu engulo a bola quente que está na minha garganta.

— Mas não posso deixar que você faça isso sozinho. Somos uma equipe.

— Em...

— Sem chance. Além disso... — Eu inspiro e pego a arma dele. — Sinto que devo isso a ele, de um jeito estranho. Deveria ser eu.

Com nossas versões mais novas seguras dentro do Denny's, Finn e eu entramos no hotel. Sinto-me um milhão de anos mais velha do que a dupla que saiu daqui, mas espero não parecer assim para uma recepcionista sobrecarregada no meio da noite.

— Oi — Finn diz, abrindo seu sorriso mais charmoso para a mulher atrás do balcão. — Desculpe, eu sou um idiota. Nós fizemos o *check-in* há alguns minutos.

A mulher faz que sim com a cabeça.

— É claro.

— Nosso amigo está lá no quarto — ele diz. — Ele está com uma gripe forte, então nós saímos para comprar remédio para ele. Espero que ele já tenha pegado no sono, tadinho.

— Oh, coitadinho — ela fala.

Faz anos, mas ainda me maravilho com a habilidade de Finn de conquistar as pessoas tão depressa.

— É. Então, eu estava pensando se você poderia nos fazer outra cópia da chave do quarto — ele diz. — Esquecemos a nossa e não queremos acordá-lo para entrar.

— Sem problemas — a atendente responde, já digitando algo em um computador. Ela coloca um cartão-chave em um envelope e escreve *126* na frente, então nem temos de fingir que esquecemos em que quarto estamos. — Aqui está. Espero que ele melhore.

— Muito obrigado. — Finn pega a chave. — Tenha uma boa noite.

— Vocês também.

— Bem, isso foi fácil — eu sussurro enquanto sigo as plaquinhas com flechas que levam na direção do quarto 126.

— Não, isso foi perigoso e ousado, mas foi apenas por causa do meu charme extremo que conseguimos.

Mesmo neste momento, ele consegue me fazer sorrir.

— Desculpa aí.

Logo, estamos parados em frente à porta do 126. Fica no primeiro andar, nos fundos do hotel, quase no canto, o que é bom. Se algo der errado, temos mais chance de escapar. Porém, com sorte, tudo dará certo e a fuga não será uma preocupação.

Porque nós não existiremos mais.

— Pronto? — eu falo, mais para mim mesma do que para Finn.

Levo o cartão à porta, mas, antes que possa colocá-lo na fechadura, Finn desliza a mão em volta do meu pescoço e me puxa para si, abafando meu gritinho de surpresa com seus lábios. Ele me beija como nunca fui beijada antes. *Beijo* é uma palavra tão pequena para isso. É como se ele estivesse derramando cada grama de amor e desejo e arrependimento, cada momento de expectativa contida por meses em uma cela, dentro de mim. Eu me aperto contra ele e, quando ele se afasta para descansar a testa encostada à minha, estou tonta e sem fôlego.

— Agora — ele sussurra, as palavras pairando sobre meus lábios —, estou pronto.

Coloco a palma da mão na bochecha dele e faço que sim com a cabeça, tentando memorizar a cor dos olhos dele nesses últimos segundos. Eu estava errada antes. Eles não são apenas azuis. No centro, bem em volta da pupila, há um anelzinho de amarelo-esverdeado que só é possível ver assim de perto, como um segredo. Tenho de me lembrar disso.

Ele faz que sim com a cabeça e eu deixo minha mão baixar do rosto dele para a arma no meu cinto.

VINTE E UM

Marina

Finn e eu deslizamos para uma mesa com sofá e esperamos pelos cheeseburgers que pedimos para viagem. Eu disse que deveríamos pedir entrega de pizza no nosso quarto, mas James precisava de um minuto sozinho para ligar para Vivianne. Eu não queria uma repetição do que acontecera no hospital e, assim, nós o deixamos sentado na cama, o travesseiro apertado contra o peito, encarando o telefone.

— A vida toda dele vai ser diferente agora — eu digo. — O que ele vai fazer?

— Não sei.

— Ele está totalmente sozinho.

— Ele tem a Viv e você. Ele *sempre* terá você.

Há um toque de nervosismo na voz dele, e isso obscurece meus pensamentos. *Não se eu estiver em Nova York*. Não liguei meu telefone de novo e, assim que mamãe e papai perceberem que não vou voltar para casa, eles devem partir sem mim, ele para Roma e ela para Nova York. Mas não posso evitar minha mudança para sempre se minha mãe estiver determinada a fazê-la, e só de pensar nisso eu sinto os suportes que me mantêm em pé racharem.

— Ele tem você também — digo.

— É, mas não é a mesma coisa.

— O que você quer dizer?

Ele se mexe no sofá.

— Nada.

Eu pego a tigela de pacotinhos de açúcar e começo a separá-los: azuis, rosa, brancos. Azuis, rosa, brancos.

— Sempre tive inveja do James, sabe? Ele só tinha o Nate, mas o Nate o amava de verdade. Sabia que ele perdeu sua primeira sessão como congressista para ir à feira de ciências do James? Ele sempre esteve ao lado dele.

Finn puxa a tigela de açúcar das minhas mãos e a desliza para longe.

— Seus pais são uns babacas. Você não os merece e eles com certeza não merecem você.

Eu o encaro, abalada.

— E-eu não estou falando de mim. Estou falando do James.

— Eu sei. — Ela baixa os olhos para a mesa de fórmica grudenta. — Só achei que isso precisava ser dito.

Não sei como responder. É como se ele tivesse alcançado bem fundo dentro de mim e puxado meus pensamentos mais sombrios e assustadores da lama, levando-os ao sol para todos verem.

Em um *Denny's*.

Em

Eu puxo a arma do cinto e verifico a trava de segurança. Quando estou pronta, deslizo o cartão-chave para dentro da fechadura. Ela solta um bipe baixinho e Finn empurra a porta. Dou um passo para dentro primeiro, a arma à frente, e ele me segue. Juntos, nós entramos devagar e eu ouço Finn fechar a corrente da porta atrás de nós. Passamos escondidos pelo banheiro, o closet e a geladeira. Com um último fôlego, eu viro o canto que dá para a área principal do quarto.

Está vazia.

Uma porta é aberta atrás de nós. Nós giramos e, por instinto, eu escondo a arma atrás do meu corpo.

— Ei, pessoal — James diz ao sair do banheiro. — Cadê a comida?

Ele não sabe que não somos os outros. A tristeza ou sua desatenção natural com as pessoas o cegou para as mudanças que o tempo marcou em nós. As cicatrizes no rosto de Finn, a magreza das minhas bochechas.

— Eu... Estava fechado — eu digo.

Meu Deus, por que estou mentindo? Por que estou arrastando este momento terrível ainda mais? Dou uma olhada em Finn, esperando ver esse pensamento espelhado na expressão dele, mas seus olhos ficaram mais suaves e tristes ao voltarem-se para James. Entendo o feitiço que o tomou. É difícil se lembrar do doutor e da crueldade da sua ambição quando se está parado tão perto do menino que ele era quando era o nosso melhor amigo. Quando era o nosso James. Eu sinto o mesmo.

— James... — eu falo, a voz engasgada.

— Você está bem?

— Como pode me perguntar isso? — eu sussurro, esquecendo a arma atrás de mim e Finn parado a alguns metros de distância. Esquecendo tudo, exceto o menino doce que eu amei tanto por tanto tempo. — Depois do que acabou de acontecer com você, como pode se preocupar comigo?

— Aconteceu com você também.

James vem na minha direção e me envolve em um abraço. Acontece tão rápido que não sei como impedir, e nem tenho certeza se conseguiria. Mordo o lábio com o máximo de força que tenho e tento me lembrar do que Finn disse, que este James — que é tão real e sólido contra mim — já está morto e perdido. Penso em quantas lágrimas Marina vai derramar e todas as maneiras diferentes como ela vai despedaçá-la. Todas as pessoas que vão morrer.

Porém, eu havia esquecido como é ter os braços dele em volta de mim, quão pequena e protegida isso faz com que eu me sinta. Posso aproveitar este momento para me despedir, não posso? Não fiz por merecer isso? Enfio a arma no elástico da minha cintura e envolvo James com os braços, fechando os olhos e inalando o cheiro familiar de menino-e-sabão dele, de repente com 16 anos e desesperadamente apaixonada por ele de novo.

Abro os olhos e vejo Finn nos encarando, a expressão dura e ilegível.

— Sinto muito — eu sussurro, sem ter certeza total de com qual deles estou falando.

— Meu Deus, Marina, você está tremendo — James diz.

Ele me segura mais apertado, aninhando a parte de trás da minha cabeça na mão. Passa os dedos com delicadeza pelo meu cabelo.

O cabelo que eu piquei até ficar curto, observando os cachos longos e escuros se acumularem aos meus pés como órfãos, logo antes de termos sido descobertos e arrastados para aquelas celas de concreto.

A mão de James para na ponta do meu cabelo — que só vai até meus ombros, não até a metade das costas, como o de Marina — e eu fico rígida. Ele se afasta e olha para mim com uma expressão que de repente é cortante. Ele me encara por um momento e, depois, foge desajeitado, recuando até bater em uma parede.

— Quem são vocês? — O olhar dele pula entre Finn e eu sem parar, reparando nas nossas roupas emprestadas e nas mudanças que os anos causaram em nossos rostos. — Quem diabos são vocês?

Finn estende a mão para a frente como se James fosse um animal assustado que pudesse avançar.

— Somos nós, Jimbo.

— Mentira.

— Somos nós — eu repito, dando um passo mais para perto dele.

Ele se encosta na parede, tentando se afastar de mim o máximo que pode.

— Só não somos o *nós* que você conhece. Ainda não.

— Do que vocês estão falando?

— Você conseguiu — Finn diz. — A quarta dimensão. Você descobriu.

— Cale a boca! Você é um... Isso é um truque. É um truque... ou algo assim.

James parece não recuperar o fôlego. Ele se vira para ir embora, mas sou rápida demais para ele, colocando-me entre ele e a porta.

— Olhe para mim, James — eu digo. — *Olhe* para mim.

Ele levanta os olhos devagar até os meus. Não tenho certeza do que ele vê. A seriedade da minha expressão, as superfícies mais magras e duras do meu rosto ou talvez um vislumbre da minha angústia. Ele fica convencido. A verdade o atinge como um golpe, fazendo-o curvar o corpo ao meio.

— Meu Deus — ele suspira. — É verdade mesmo?

— Sim — Finn diz. — Sinto muito, cara.

— Sente muito? — James ri, seu rosto todo muda. — Isso é incrível! Eu consegui mesmo, vocês são mesmo do futuro! De quando?

A felicidade dele é como uma agulha, afiada e brilhante, atravessando direto meu coração.

— Quatro anos à frente.

Ele joga os braços em volta de nós.

— Não consigo acreditar que vocês estão aqui! Nós vamos mudar a ciência, nós vamos mudar o *mundo*! Ah, meu Deus, o Nate... *Nate*. — Seus olhos se arregalam. — Se vocês puderam voltar para cá, então eu poderia...

— Pare!

Não aguento mais. Sacudo o braço de James para tirá-lo de mim e aperto o punho contra minha boca para impedir que um choro soluçado escape. Tenho de deter isso agora, antes que ele comece a falar em usar a viagem no tempo para salvar a vida de Nate.

— Marina, o que... — James para, e a incerteza invade sua expressão. — Por que vocês dois voltaram?

Eu olho para Finn, que de repente parece velho para mim, tão velho quanto eu me sinto. Depois, olho para James, em quem uma luz se acende por dentro, tão vivo e lindo e *James*.

— Nós viemos para matar você — eu falo.

VINTE E DOIS

Em

James me encara.

— O quê? — ele diz, os restos chocados de um sorriso ainda no rosto.

— James... — eu sussurro.

— Não entendo. Por quê...

Eu puxo a arma do cinto, e ele engole o resto da frase a seco.

— Jesus Cristo, Marina.

— Eu não uso mais esse nome. — Levanto a arma. — Sinto muito, mas tenho de fazer isso.

— Espere! Pare! — James se afasta de mim e vai em direção a Finn, que deve parecer mais amigável, já que não tem uma arma apontada para a cabeça dele. — Eu não entendo. O que está acontecendo?

Eu deveria apertar o maldito gatilho e acabar com isto. Odeio que minha última memória deste mundo vá ser de James olhando para mim desse jeito, mas não posso falhar de novo. Pressiono mais o dedo no gatilho. Aperte-o, eu digo a mim mesma.

Aperte-o!

— Espere! — Finn joga uma das mãos em frente ao peito de James, e eu solto o gatilho. Meu coração está martelando. Talvez eu tivesse conseguido atirar e estou ao mesmo tempo enfurecida e grata pela interrupção. — Ele ainda não fez nada. Pelo menos merece saber o porquê. — Finn se vira para James. — Sinto muito, cara, mas o futuro é um lugar horrível. A máquina muda tudo.

— Ela *estraga* tudo — eu falo. — E você fica muito assustador, James.

— O quê? — ele sussurra. — Não.

— Nós tentamos todas as outras formas de evitar que isso acontecesse — eu conto. — Versões anteriores nossas tentaram convencer você a parar a pesquisa, queimaram suas anotações, se livraram das pessoas que ajudaram você, tudo. Nada funcionou. Mas isto? — Indico a arma com a cabeça. — Isto tem de funcionar.

A expressão dele se fecha.

— Ah, meu Deus. Eram *vocês*. Do lado de fora do hospital. Foram vocês que a Marina viu.

Eu faço que sim com a cabeça.

— E o meu irmão?

A voz dele se eleva até falhar na última palavra, o nome de Nate pairando no ar sem ser dito, como um fantasma.

— Não fomos nós — Finn diz.

James segura a cabeça entre as mãos, como se a pressão dos pensamentos dele fosse dolorosa.

— Não. Não. Não. Eu não entendo.

— Nós sabemos que você nunca teve a intenção de virar um monstro — Finn afirma —, mas virou. Você não pôde evitar.

— Não posso deixar que você a machuque de novo — eu falo, levantando a arma.

— Marina, espere! — Um brilho forte de pânico passa nos olhos de James quando ele percebe que tenho mesmo a intenção de atirar nele. — Nós podemos conversar sobre isso! O que quer que eu seja no futuro, não sou essa pessoa agora, aqui, neste quarto.

Eu travo os dentes.

— Não. Isso já é difícil o bastante para mim.

Finn para ao meu lado, colocando a mão macia e firme no meu ombro.

— Eu não entendo isso. — James ergue as mãos, rendendo-se, e olha ao redor, mas não há para onde correr. — Vocês são meus melhores amigos. Eu nunca machucaria os dois.

Na minha cabeça, vejo o doutor sentado em uma cadeira em frente à minha enquanto a eletricidade quente e aguda passa chiando por mim. Suportei porque a dor era a única alternativa a morrer e, por mais que não consiga entender o porquê às vezes, não queria morrer. Mas o sentimento de impotência, de ser tão fraca dentro do meu próprio corpo, era pior do que todos os ferimentos e cicatrizes. Pergunto-me se James sabe disso agora, com minha arma apontada para a cabeça dele.

Ele deve ver algo em minha expressão, porque sua voz está baixa e pesada quando ele fala.

— Meu Deus. O que eu fiz com vocês?

Ele dá um passo em direção a mim, como se quisesse me pegar em seus braços de novo.

— Não se aproxime mais!

Os olhos dele se enchem de lágrimas.

— Marina, por favor.

Eu engulo a seco.

— Sinto muito, James. Sinto muito mesmo.

Meus dedos começam a pressionar o gatilho. Em uma fração de segundo, haverá som e sangue e, depois, nada. Eu ainda não quero morrer, mas Marina vai viver. Aquela menina corajosa, leal e inocente que só quer alguém para amar vai ter a vida que eu nunca tive, e isso é mais do que o bastante.

Há uma batida na porta. Eu me retraio, e James usa a oportunidade para pular em mim.

— James? — Marina chama do outro lado da porta. — Pode abrir a porta? Estamos com as mãos cheias.

James está lutando comigo para tentar tirar a arma da minha mão. Eu me viro e a parte de trás dos meus joelhos acerta uma cama. Caio para trás, ele em cima de mim. Continuo segurando a arma, mas James me prendeu dolorosamente ao colchão, seu antebraço cruzado sobre o meu pescoço. Seguro a arma acima da minha cabeça para mantê-la fora do seu alcance, mas não consigo apontá-la para ele.

Finn puxa James de cima de mim, e eu ofego em busca de ar e rolo para longe dos meninos. Finn é forte, mas James é maior e tem como combustível o puro terror; a luta não vai durar muito tempo.

— James?

Ouço o barulho de um cartão no leitor.

— Temos de ir embora! — sibilo para Finn.

A porta começa a ser aberta, mas é parada de repente pela corrente.

— Jimbo, abra a porta! — o Finn mais jovem grita pela fenda.

Eu corro para a janela e forço-a para abrir. Poderia tentar dar um tiro em James agora, mas arriscaria acertar Finn. E Marina, meu Deus, ela só está a alguns metros de distância. Não consigo suportar. Chuto a tela e ela cai no estacionamento lá em baixo.

James joga Finn para trás com um soco desajeitado, mas poderoso, no queixo. Ele se levanta com dificuldade.

— Vocês não podem ficar no mesmo lugar que eles, podem?

Ele corre para a porta e Finn corre até mim. Finn pula para os arbustos lá embaixo e levanta as mãos para mim. Dou uma olhada para trás na direção de James, que está tendo problemas com a corrente da porta, mas ergue o olhar para mim ao mesmo tempo.

— Sinto muito — digo —, mas isso não acabou. Nós não vamos parar.

Pulo para os braços de Finn que me esperam e, juntos, nós corremos.

VINTE E TRÊS

Marina

— James?

Transfiro de um braço para outro as sacolas com as coisas que compramos, para poder enfiar os dedos da mão esquerda na fenda da porta. Ouço coisas se arrastando e um baque abafado, sussurros vindos lá de dentro.

— O que está acontecendo?

Silêncio.

— James! — eu grito. — Abra a porta agora mesmo!

— Tire a mão.

Eu suspiro de alívio e recolho os dedos, e a porta é fechada e depois aberta. O rosto de James está vermelho, o que é de se esperar, mas parece estranhamente suado e corado, como se ele estivesse correndo uma maratona em vez de chorando. Ele me encara como se estivesse me vendo pela primeira vez. Finn passa por ele, sem parecer reparar em nada de errado.

— Hambúrgueres para todos — ele diz, jogando o saco do Denny's na coberta floral amassada da cama mais próxima.

Eu coloco minha carga de *junk food* em uma pilha ao lado.

James passa por nós nervoso, pegando minha bolsa do chão e seu casaco das costas de uma cadeira.

— Vamos levar para viagem, tudo bem? Acho que deveríamos voltar para a estrada.

— O quê?

— Devemos continuar em movimento — ele fala. — Não quero ficar aqui.

— Você teve um choque. — Tento pegá-lo e segurá-lo no lugar, parar seu movimento assustador pelo quarto, mas ele fica escapando de mim. — Precisa descansar um pouco.

— Eu preciso é dar o fora dessa *merda* de quarto de hotel!

Ele está tremendo visivelmente, o corpo todo chacoalhando como se estivesse morrendo de frio de dentro para fora. Ele bate a lateral do punho contra a parede, e eu dou um pulo, de repente com medo do estranho em frente a mim. James vê isso e baixa a cabeça.

— Sinto muito, Marina. Meu Deus, eu sinto muito mesmo. Mas, por favor, preciso ir embora.

Finn dá um passo entre nós e coloca a mão no peito de James.

— Certo. Nós vamos. Está tudo bem.

A voz de James está emocionada quando ele diz:

— Obrigado.

Nós voltamos para o carro — os hambúrgueres esfriando, esquecidos, no banco de trás ao lado de Finn — e James dirige como se fugisse do diabo. Eu me sentiria mais segura se *Finn* estivesse ao volante de novo. O velocímetro se aproxima dos números de três dígitos, e ele costura entre os outros carros, os olhos indo e voltando do retrovisor em espaços de segundos. Estou assustada demais para perguntar a ele o que há de errado ou até falar com ele. Esse James silencioso e com raiva reprimida me lembra desconfortavelmente do dia do funeral dos Shaw, quando a ira nos olhos dele no momento em que bateu no abajur parecia capaz de queimar e abrir um buraco em mim.

Finn não compartilha da minha preocupação. Ele está jogado no banco de trás, em um sono profundo, a boca só um pouquinho aberta. Quando percebo, reviro os olhos, mas acabo observando-o por mais tempo do que tinha intenção. Ele parece tão jovem quando está dormindo; quase posso ver o menininho que já deve ter sido.

— Marina? — James sussurra.

É a primeira palavra que ele diz desde que deixamos o hotel.

— Sim?

— Você acha que eu sou uma pessoa ruim?

— *O quê?*

— Existe maldade em mim? — Ele observa a estrada em frente, como se ela pudesse lhe dar respostas. — Posso me tornar uma pessoa terrível um dia?

— James. — Estou chocada demais para encontrar palavras. Coloco a mão sobre a dele, apoiada no console. — Você é a melhor pessoa que eu conheço.

— Eu quero ser bom. — Os lábios dele começam a tremer, e ele leva a mão até a boca para cobri-los. — Eu quero *fazer* o bem. Eu quero ajudar as pessoas.

— Eu sei...

— É disso que se trata tudo o que está lá. — Ele indica com a cabeça o envelope de manilha aos meus pés. — Foi para isso que eu trabalhei todos esses anos.

— James, *eu sei.*

Ele não está me ouvindo. Quem quer que seja a pessoa com quem está falando, não sou eu.

— Eu queria que o Nate estivesse aqui. — A voz dele falha. — Preciso dele.

— Vai ficar tudo bem.

— Não — ele diz, olhando para mim pela primeira vez. Suas pupilas estão tão grandes que são como buracos negros, bem da maneira como ele os explicou para mim, tão profundos que sugam toda a luz ao redor. — Não vai ficar tudo bem, Marina. *Nada* vai ficar bem, nunca.

Eu puxo a mão de volta.

— Você está me assustando.

— Eu sei. Estou assustado também. — Ele aperta o volante com as mãos. — Já tive medo de tanta porcaria na minha vida. Tirar uma nota ruim ou não me encaixar nos grupos. Meu Deus, eu tinha medo de *você*. E foi tudo um desperdício tão grande. Nada disso importa nem um pouco agora que as merdas assustadoras *de verdade* chegaram.

— Por que você tinha medo de mim? — eu sussurro.

Ele não olha para mim. Os postes da estrada passam do lado de fora da janela, contornando a silhueta dele de laranja e, então, jogando-a na escuridão de novo. A pulsação imita o batimento do meu coração.

— Não me faça contar a você agora — ele diz. — Não assim.

A esperança incha dentro de mim até eu poder flutuar, mas eu a estouro e volto para a Terra. Sei como essa conversa vai acontecer. Ele vai olhar para mim e dizer: *eu te amo, Marina. Como a irmã que nunca tive. Eu tinha medo de dizer para você porque as pessoas que eu amo costumam ir embora.* E eu vou tentar sorrir e dizer a ele que o amo também, como um irmão, e, depois, vou chorar até desmontar e nunca, nunca contar a ele a verdade. Já posso sentir a dor, a queimação da tristeza em algum lugar atrás dos meus olhos.

Mas, meu Deus, e se eu estiver errada? E se meu coração louco e disparado estiver certo?

James estende a mão para a minha.

— Só não me deixe, combinado, menina? Por favor, nunca me deixe.

Eu aperto os dedos dele.

— Nunca. Você não vai se livrar de mim, Shaw.

Acho que ele tenta sorrir.

— Vou cobrar essa promessa, Marchetti.

VINTE E QUATRO

Em

Fico encarando o painel por pelo menos uma hora enquanto Finn dirige, seguindo os faróis velozes da BMW. Tenho repassado o dilema na minha cabeça, examinando-o de todos os ângulos e testando-o para encontrar uma fraqueza, mas é impenetrável.

— Acabou — eu digo enfim. — Agora que ele sabe, não vai deixar Marina e Finn saírem do lado dele, e o doutor vai mandar alguém de volta amanhã para nos caçar, se o tempo não nos apagar primeiro. Estamos acabados.

— É provável.

Baixo os olhos para a arma no meu colo. Não sei por que ainda não a guardei. Toco nela com a ponta de um dedo.

— Mesmo se conseguirmos pegá-lo sozinho de novo, não sei se vamos conseguir fazer isso. Eu já tive três chances e fracassei em cada uma dela.

— Três?

Eu levanto o olhar, percebendo o que eu disse. *Idiota*. Dou uma olhada em Finn e no machucado vermelho-vivo aumentando em seu queixo.

— Teve a vez... enquanto você estava dormindo no carro na sua casa. Eu vi a Marina e o James por uma janela.

— Juntos?

— Eles só estavam dormindo — digo baixinho.

Sem uma palavra, Finn vira o volante com violência. Nós desviamos da autoestrada para uma pequena saída.

— O que você está fazendo? — eu grito. — Nós vamos perdê-los!

— Não me importo. Você disse que nós já falhamos mesmo.

Ele dirige até o estacionamento de um posto de gasolina e sai do carro, batendo a porta. O som reverbera pelo meu corpo, como se ele tivesse berrado sem nem abrir a boca. Ele desaparece dentro do posto superiluminado, e eu fico sentada imóvel no carro, a vergonha me apertando contra o banco, fazendo-me sentir pequena.

Ele demora muito tempo. No começo, tento acompanhar, contando os segundos mentalmente e observando pelas janelas à procura da sua cabeça de cabelos claros. Porém, acabo desistindo. Esfrego as mãos pelos braços para evitar o frio que invade pela janela quebrada que remendamos com um saco de lixo.

Quando ele enfim volta para o carro, pelo menos meia hora depois, está segurando dois copos de café e tem uma sacola plástica pendurada no pulso. Ele abre a porta e volta para a frente do volante.

— Desculpe por eu ter perdido a calma — ele diz. — Mas, por favor, não fale comigo ainda.

Eu engulo a seco e faço que sim com a cabeça.

Ele me entrega um copo, que fica deliciosamente quente nas minhas mãos, e despeja o conteúdo da sacola. Dois sanduíches de peru, salgadinhos de batata e um pacote de Oreos. Meu Deus, quantas vezes sonhei com Oreos naquela cela? Quantas vezes eu disse a Finn que o maior arrependimento da minha vida foi não comer mais delas quando pude, porque fui idiota o bastante para me preocupar com açúcar e gordura? Meus olhos de repente ardem. Eu levo o copo à boca e uso o movimento para esconder que estou secando as lágrimas.

— Você ainda é apaixonada por ele — Finn finalmente diz, com calma.

Eu queria que ele gritasse comigo ou me chacoalhasse. Seria mais fácil do que ele parecer tão esgotado, tão *triste*.

— Finn...

— Eu sabia — ele diz. — Eu deveria ter sabido sempre, e talvez soubesse, mas, quando vi você com ele naquele quarto de hotel, a forma como você o abraçou...

Ele passa os dedos pela fina cicatriz na parte de trás da sua mão direita, um hábito nervoso. Ele a ganhou enquanto trocava um pneu em algum lugar da Carolina do Sul. Teria se curado do jeito certo se tivesse ido a um médico para tomar pontos, mas ele não quis nos atrasar.

— Eu sei que o amor por alguém nunca vai embora por completo, mas é difícil para mim. Eu vejo a maneira como a Marina é com ele, e *ainda* me destrói por dentro. Não consigo suportar isso de você também. Não posso ser sempre o prêmio de consolação para você, Em. Eu só... Eu te amo tanto.

Eu sou um peixe em terra seca, com olhar bobo e ofegando.

— Sei que você se importa comigo ou sei lá — ele continua —, mas, se ainda está apaixonada pelo James, preciso saber. Eu mereço ao menos isso.

— Finn... — eu digo, estendendo a mão para ele.

Não consigo terminar a frase. O puxão começa pelo meu umbigo, e sou tomada pelo terror. De novo, não. Não quero reviver outro momento. Mas não tenho escolha; sou varrida pela maré e jogada para trás com tanta força que o mundo vira um borrão em volta de mim.

Eu abro os olhos, sem perceber que os tinha fechado. Estou sentada na varanda dos fundos da casa em West Virginia, olhando para as montanhas a distância, que são silhuetas pretas contra o céu cinza como ardósia. Todos os outros estão lá dentro, discutindo em volta da mesa da sala de jantar. De novo.

A porta de correr atrás de mim é aberta, mas não me dou ao trabalho de me virar. Eu sei, talvez pela forma como o ar ao meu redor muda, quem é. Finn se senta nos degraus ao meu lado.

— Você está bem?

Faço que sim com a cabeça.

— Só precisava de um intervalo de toda aquela gritaria.

— Com certeza.

— Eles já decidiram quando tornar público?

— Talvez daqui a algumas horas.

Olho de novo para o grupo à mesa, Jonas à cabeceira. Nós o conhecemos há alguns meses quando nós três estávamos sendo levados escondidos para cruzar fronteiras de estados pelo mesmo caminhão, e estamos com ele desde então. Ele era um especialista em demolições que o FBI trouxe para dar consultoria quanto às evidências dos bombardeios da Filadélfia, mas decidiu que precisava dar o fora da Pensilvânia quando descobriu explosivos militares bem fundo na cratera da refinaria da Sunoco. Com o que sabíamos mais o que ele sabia, começamos a deduzir o que estivera acontecendo de verdade no país nos últimos três anos. Os bombardeios, as mortes misteriosas, as mudanças repentinas de comportamento dos políticos e líderes militares: tudo levava a Cassandra.

Depois, conhecemos Rina e Sahid e mais um punhado de outros. Rina é a dona desta casa, bem no meio das Montanhas Blue Ridge, a quilômetros do vizinho mais próximo, e estamos aqui há semanas, investigando a SIA e reunindo nossas informações. Há uma facção do governo responsável pelo que está acontecendo, e achamos que podemos provar.

Seria bom se pudéssemos concordar quanto a como fazer isso.

— Você acha que vai fazer alguma diferença? — pergunto. — Tornar público o que sabemos?

— É provável que não — Finn diz —, mas temos de tentar.

— Não entendo por que ele quis isso. — Apoio a cabeça contra um pilar. — Ele queria *melhorar* as coisas. Será que realmente acha que bombas e pontos de fiscalização e prisões em massa são o melhor?

— Não tenho certeza se um dia vamos entender. — Eu o vejo me analisar. — Você parece cansada.

— E estou. — Esfrego meus olhos secos. — Não durmo há dois dias. Para uma mulher tão pequena, Jocelyn ronca de um jeito que você *não acreditaria*.

Ele dá um sorriso maldoso e balança as sobrancelhas para mim.

— Você sempre pode vir dividir a cama comigo.

Eu reviro os olhos e empurro o ombro dele, mas não é como se nunca tivéssemos feito isso. Teve o primeiro caminhão que nos tirou de Washington, escondidos atrás de um *pallet* de caixas de cereal. Era o ápice do inverno e nós ficamos abraçados para nos aquecermos durante a viagem de dez horas para o sul. Depois, teve meia dúzia de hoteizinhos nojentos com apenas uma cama onde tive pena dele e não o fiz dormir no chão, mesmo quando ele ofereceu. E, na última vez, quando estávamos ficando na casa de uma amiga de Rina e acabamos dividindo a bicama, eu acordei no meio da noite com o braço de Finn jogado em torno da minha cintura e seus lábios roçando minha nuca, e não me mexi. Apenas olhei fixo para a escuridão, o coração disparado, esperando que ele não acordasse.

— Você provavelmente ronca mais — eu digo.

— Provavelmente. Quer trocar de cama? A Jocelyn não vai me incomodar.

Faço que não com a cabeça, e as pontas do meu cabelo novo mais curto raspam em minhas bochechas. Faço de novo.

— Parece estranho?

— É. Não acredito que fiz isso.

Eu estava me olhando no espelho na manhã anterior e, de repente, não conseguia aguentar minha imagem, tão sem mudanças do lado de fora quando me sentia tão diferente por dentro. Encontrei uma grande tesoura atrás do espelho do banheiro e comecei a picar, sentindo-me estranhamente satisfeita conforme o cabelo se acumulava na pia e aos meus pés, restos descartados da minha velha vida.

— Devo estar parecendo meio louca.

Finn toca a ponta do meu cabelo, esfregando as mechas entre o polegar e o indicador.

— Eu gosto. Combina com você.

Sinto o calor do hálito dele no meu rosto quando ele diz as palavras. Quando se aproximou tanto? Seus joelhos estão tocando nos meus, e os nós dos seus dedos estão roçando em meu pescoço conforme ele toca meu cabelo.

— Em? — ele diz.

Não consigo muito bem olhar nos olhos dele.

— Sim?

— Estou feliz por você não me odiar mais — ele fala —, porque não consigo imaginar fazer isso sem você.

— Eu nunca *odiei* você.

O rosto dele se ilumina.

— É?

— É.

Ele se inclina na minha direção, eliminando os centímetros entre nós, e minha mente meio que... para. Tudo em que consigo pensar é que Finn Abbott está prestes a me beijar. E eu estou prestes a *deixar*.

Um ruído agudo corta o ar. Finn e eu giramos a cabeça em direção à casa e vemos corpos vestidos de preto jorrando pela porta da frente, que está pendurada de um jeito estranho nas dobradiças, a jamba estilhaçada. Eles levantam armas e gritam.

— FBI!

— Ah, meu Deus — eu digo, sentindo cada grama de força vazar de mim. — Ele nos encontrou.

Finn me puxa, mole e sem resistência, para ficar em pé e me empurra pelos degraus da varanda abaixo.

— Corre! Sai daqui!

— Vem comigo! — eu falo.

Lá dentro, o time da SWAT está forçando nossos amigos a se ajoelharem e vasculhando o resto da casa. Vão chegar até nós em segundos.

— Vai! — Finn sibila.

Ele entra de volta na casa, as mãos erguidas para se render, para me dar segundos preciosos de fuga.

Eu me viro e corro cegamente para a floresta. Percorro menos de 6 metros antes de uma mão sair da escuridão e me agarrar. A casa está cercada; eu nunca tive chance. A pessoa que me pegou puxa minhas mãos para trás das costas e as algema e me arrasta, escorregando e tropeçando, em direção ao pátio da frente. Finn, Jonas e os outros estão ajoelhados na lama, e Finn retrai o corpo ao me ver. Um dos oficiais o puxa e o coloca em pé.

— O que você está fazendo? — pergunto. — Para onde ele vai ser levado?

— Em, está tudo bem! — ele diz.

Finn é arrastado para a escuridão, longe do resto de nós.

— Finn! — eu grito.

Há mãos pesadas nos meus ombros, e eu luto contra elas.

— Em, acorde! — Finn berra enquanto é arrastado para longe.

Eu vejo os lábios dele se mexerem, mas as palavras não fazem sentido. As mãos me sacodem.

— Não — eu falo chorando. — Pare!

Finn é enfiado na parte de trás de uma van e desaparece, mas ainda ouço sua voz.

— Em, está tudo bem! Abra os olhos.

Eu pisco. As mãos em mim são gentis e quentes. Pisco de novo e, desta vez, a lama e a montanha se dissolvem. Percebo que estou dentro do Honda, segura, quatro anos antes. Finn está pairando sobre mim, uma mão no meu rosto, os olhos arregalados.

— Ei — ele fala baixinho. — Você voltou?

— É.

Eu me sento mais ereta, trêmula. Minha língua está seca e grudenta e, assim, estendo a mão para meu copo de café, mas ele ficou totalmente frio.

— Está piorando, não está? — Finn diz. Ele se encosta no banco e passa uma mão trêmula pelo cabelo. — Você ficou fora por muito tempo. Eu pensei que...

— Tudo bem, estou aqui — falo, colocando a mão no joelho dele. Dou uma olhada no relógio do painel. Fiquei fora de mim por mais de meia hora. — Jesus.

— O que você viu?

A memória volta para mim, tão fresca que ainda consigo sentir o aroma de grama molhada e fumaça de escapamento. Envolvo o pescoço de Finn com os braços e tento afastar a imagem dele sendo arrastado para longe de mim, enterro os dedos na pele dele para me certificar de que está aqui mesmo.

— Eu sinto muito mesmo — falo. — Eu amo você, Finn, e me odeio por não ter dito isso até agora.

Ele parece ter percebido que eu estou tremendo e deixa um beijo doce e instável em meus lábios.

— Acho que posso perdoar você.

Eu o abraço de novo, seguro-o até nossas respirações se alinharem, mas a paz que isso me traz dura pouco. Minhas preocupações voltam a me invadir, da maneira como o frio invade o carro quando o aquecedor não está no máximo. Não paro de vê-lo sendo levado embora. E eu sem ter como impedir.

— Mas... — eu falo.

Finn suspira.

— Mas.

— Eu ainda sinto algo pelo James, sim — digo. — É muito fácil me lembrar da menina que eu era quando o amava. Não sei se consigo fazer isso. Sei que *devo*, mas, até agora...

— Eu fui egoísta, deixando que você assumisse a responsabilidade por puxar o gatilho. — Ele prende uma mecha de cabelo solta atrás da minha orelha. — A verdade é que eu meio que amo que você não consiga fazer isso. Essa é quem você é, Em. Se fosse fácil para você, você não seria melhor do que ele.

— Mas a Marina — eu falo. — E o Finn. Eles vão sofrer se nós falharmos.

— Vamos pensar em alguma coisa. — Ele põe um beijo na minha testa e, depois, na sobrancelha e na bochecha, cada um mais quente e demorado do que o anterior. — E não vamos desistir.

— Finn... — eu sussurro, meu corpo ficando pesado conforme os lábios dele continuam a se mover pelo meu rosto.

— Nós já perdemos o rastro deles. — O beijo lânguido que ele deixa no canto da minha boca manda um arrepio pela minha espinha. — Não tem sentido tentar alcançá-los. Nós deveríamos descansar um pouco.

— Descansar — eu murmuro.

Ele me beija, finalmente, nos lábios, tirando o meu fôlego até eu ficar ofegante e tonta. Ele se afasta e engata o carro. Com uma das mãos, ele pega a minha, enlaçando nossos dedos, e, com a outra, ele nos guia para um hotel do outro lado da rua.

VINTE E CINCO

Marina

Chegamos à casa de James conforme o amanhecer começa a deixar a margem do céu rosa e laranja. É difícil acreditar que faz apenas dois dias. O mundo foi tão virado de ponta-cabeça que o dia é noite para mim, minhas pálpebras ficando mais pesadas conforme o sol nasce.

Tenho um vislumbre da minha casa conforme James para na garagem. As luzes estão apagadas e não há carro do lado de fora. Talvez meus pais já tenham ido. Não tenho certeza se o vazio que sinto é alívio ou decepção.

Chacoalho Finn para ele acordar no banco de trás e nós saímos cambaleando do carro enquanto James já está destrancando a porta da sua casa. Ele não parece ter nem um pouco de sono, como se fosse alimentado por algo mais puro e primário.

— Você acha que ele está bem? — Finn pergunta conforme sai do automóvel.

Eu suspiro.

— Não sei. Ele ficou falando umas coisas estranhas enquanto você estava apagado.

— Ah é? — Finn olha para o chão. — Sério?

Eu estreito os olhos para ele. Ele *estava* dormindo, não estava? Ele olha para mim, inegavelmente culpado, e eu bato nele.

— Você é terrível!

Ele esfrega o próprio braço.

— A conversa de vocês me acordou! Acredite em mim, aquela era a última conversa que eu queria ouvir sem vocês saberem.

Ele passa por mim e entra na casa, e eu franzo as sobrancelhas para as costas dele antes de segui-lo. Lá dentro, James está indo de aposento em aposento, fechando todas as cortinas para que nem uma fresta de luz do dia entre. Ele passa por mim quando vai da sala de estar para a sala de jantar e, no caminho, tranca as fechaduras da porta da frente.

— Está tudo bem? — eu pergunto.

— Vai ficar tudo bem. Eu só preciso... fazer algumas ligações. Então, simplesmente fiquem à vontade.

— Agora que você falou nisso — Finn coça o cabelo sujo —, seria bom eu tomar um banho.

Eu tento sorrir.

— Eu que o diga.

— Rá-rá.

— Você pode usar o primeiro banheiro social — James diz. — Tem xampu debaixo da pia e você pode pegar umas roupas no meu armário.

Finn faz que sim com a cabeça e segue para o andar de cima.

— Você se importa se eu deitar no quarto azul? — eu peço. — Não quero ir para casa agora.

— É claro que não.

Eu me viro para me arrastar escada acima, e James vai comigo. Na metade da subida, ele passa um braço na minha cintura, e eu me apoio nele.

— Cansada? — ele diz.

Eu faço que sim com a cabeça e olho para ele pelo canto do olho. Ele está agindo de um jeito surpreendentemente normal, exceto pelo frenesi de fechar as cortinas. Nate *morreu*, mas James não está chorando ou andando de um lado para o outro ou arrancando o cabelo. Ele parece focado. Energizado.

— Você deveria descansar também — eu falo.

Não vai durar. Isso é algum tipo de negação estranha no estilo do James que só vai fazer com que seja muito pior quando ele desmoronar.

— Eu vou.

Nós andamos juntos na direção do quarto azul, que eu sempre tratei como se fosse meu. Tenho certeza de que passei mais noites na cama de mogno com edredom azul do que qualquer outra pessoa. Eu paro apenas para tirar os sapatos com a ponta dos pés antes de cair de cara no colchão.

— Está com lençóis limpos? — James pergunta, como se isso importasse.

— Não ligo. — Abro um pouco um dos olhos e vejo James fechar as cortinas com o mesmo cuidado que teve no andar de baixo. Eu me viro e me remexo para entrar embaixo do edredom. — Estão limpos.

— Ótimo.

Ele se senta ao meu lado e puxa as cobertas até meu pescoço, enfiando-as em volta de mim como se eu fosse uma menininha.

— Obrigada, mamãe — eu falo. — Então, para quem você vai ligar?

— Para o dr. Feinberg. Quero descobrir se ele deu minhas anotações para o Nate. Além disso, há algumas... outras coisas sobre as quais eu tenho de conversar com ele.

— Certo — eu digo, sem saber o que mais responder.

— E vou ligar para o Bob Nolan no FBI. Não quero o Richter trabalhando no caso do Nate. Se o Nolan vir as coisas que encontramos, talvez faça alguma coisa a respeito.

Eu desço a mão pelo braço dele.

— Espero que você esteja certo.

— Eu também espero. De qualquer forma, nada deve acontecer por algumas horas, então, durma um pouco.

Ele se inclina e beija minha testa, e o momento se arrasta. Ele se afasta um pouquinho, como se tivesse percebido o que está fazendo, e nossas respirações se misturam pelo espaço de três fôlegos curtos antes de os lábios dele afundarem nos meus.

Seus lábios se movem contra os meus uma vez, devagar, mas, exceto por isso, nós dois ficamos imóveis, nossas bocas apenas apertadas uma contra a outra. Deve parecer tranquilo do lado de fora, mas meu interior está uma algazarra. Algo estranho acontece no meu peito, como meu coração se abrindo e derramando calor no meu corpo, formigando pelos meus braços e pernas. Quero me mexer, abrir os lábios ou tocar no rosto dele, mas estou congelada.

Depois, James coloca a mão no meu queixo e o inclina na sua direção, aprofundando o beijo, e eu derrubo minha paralisia. Descobri por que não conseguia aceitar todos os conselhos de sedução de Sophie e Tamsin. É porque não queria. Eu não queria *seduzir* James, enganá-lo e enganar seus hormônios para fazê-lo me querer. Queria que ele me quisesse por conta própria. Assim.

Passo as mãos pelas costas largas dele e pelo cabelo, do lado oposto dos pontos, e o bagunço da maneira como imaginei fazer tantas vezes. Nate está morto e eu logo vou embora, e tudo o que quero é me afogar neste momento até ter empurrado todo o resto para longe. James percebe minha urgência, e sua delicadeza some, transforma-se em mãos agitadas e beijos mais intensos. Ele puxa minha malha, os dedos se enrolando na bainha.

— Tudo bem? — ele sussurra.

— Fique quieto.

Eu aperto as palavras contra os lábios dele e puxo sua camisa por cima da cabeça. A minha é tirada logo em seguida e, então, há pele com pele e o mundo se reduz aos lugares onde tocamos. Eu me aperto contra ele e o puxo mais para perto, beijando-o de novo, querendo desaparecer sob o peso e o calor do corpo dele em cima do meu.

James desvia a cabeça de mim.

— Desculpe. Desculpe. Eu não devia ter feito isso.

— O quê? — eu sussurro.

Ele fica em pé e recolhe sua camisa e sapatos descartados. Eu me sento ereta, cruzando os braços em frente ao peito.

— James...

— Desculpe — ele diz, sem olhar para mim.

E, depois, vai embora.

Em

Eu acordo, apertando os olhos para a luz. Não tenho certeza de onde estou, mas a ideia não traz pânico como deveria. Tento sair do sol e percebo que há outra pessoa ao meu lado. Minha bochecha está apoiada no peito nu de Finn, que sobe e desce com a respiração, a batida baixinha do coração no meu ouvido.

Ah, sim. *Descanso*.

O quarto de hotel é minúsculo, com tinta descascando e um carpete que faria minha mãe cair morta ali mesmo, mas o colchão é macio e os lençóis estão limpos e frescos. A pessoa ao meu lado também não é nada ruim. Não tenho desejo de um dia sair desta cama. O mundo pode ir para o inferno do lado de fora da nossa porta trancada; eu não vou embora.

Finn ergue a mão e a passa pelo meu cabelo, o toque leve como uma pluma e delicado. Eu fecho os olhos e aproveito a sensação de formigamento que os dedos dele mandam pelo meu crânio. Quando ele beija o topo da minha cabeça, eu levanto os olhos para ele e sorrio.

Ele aperta os olhos para mim.

— Pensei que você estivesse dormindo.

— Então é por *isso* que você estava sendo tão doce.

— Não sei disso, não...

Ele me beija, e talvez eu devesse me envergonhar do meu cabelo sujo e dos dentes sem escovar, mas não me envergonho. Não agora.

— Isso foi uma boa ideia — ele sussurra —, se me permite dizer.

— É. — Eu suspiro conforme o ar frio começa a invadir de novo. — Mas...

— Não! Ainda não. Sem mas ainda. — Ele me beija em silêncio. — Vamos pelo menos tomar nosso café da manhã de cortesia primeiro.

— Tenho quase certeza de que já é de tarde.

Ele olha para o relógio ao lado da cama.

— Caramba, fomos enganados! Ah, bem, vamos ter de achar outra coisa para fazer, então.

Estou rindo quando ele me beija desta vez e sinto a marca do sorriso dele contra meus lábios. As palavras estão quentes no ar entre nós conforme ele desce meu pescoço com beijos.

— Meu Deus, você não sabe o quanto eu sonhei com isto. Todas aquelas noites com aquela parede entre nós quando tudo o que eu queria era tocar em você.

Meu rosto fica corado, o que é idiota. É idiota ficar tão constrangida e trêmula por causa de algumas palavrinhas. Escondo o rosto contra o ombro dele.

Ele se joga de volta nos travesseiros.

— Mas deve estar na hora de voltar ao trabalho, né?

Eu me afundo um pouco mais perto dele.

— É provável.

— Então, o que nós vamos fazer?

— Vamos montar guarda do lado de fora das casas do James e da Marina — eu digo. — Se não estiverem lá agora, logo estarão.

— Mas encontrá-los é a parte fácil, não é?

— Talvez eu estivesse errada antes. — Eu me apoio nos cotovelos. — Talvez a gente não tenha se esforçado o bastante para convencer o James a desistir de Cassandra. Ele nos viu agora. E se nós pudermos fazer com que ele entenda como a situação fica ruim...

— Nós já tentamos isso — ele diz com delicadeza. Era o número um da lista, a primeiríssima coisa que alguma versão anterior de Finn e de mim tentou e não teve sucesso. — Além disso, quando você já viu o James abrir mão de alguma coisa?

— Nunca. — Eu me deito de novo. — Eu sei. Você está certo.

Finn suspira.

— Talvez a gente desista. Não estávamos aptos para isso desta vez. Talvez nossa próxima versão esteja.

— Acha que já fizemos isso? Acha que outras versões nossas receberam o mesmo recado, voltaram aqui para matar o James e desistiram?

— Talvez. — Ele sobe pelas minhas costas com a ponta dos dedos e sorri. — Nós poderíamos ir para a Flórida. Deitar em uma praia em algum lugar e pedir bebidas com guarda-chuvinhas enquanto esperamos o tempo nos apagar.

— Não parece uma forma ruim de desaparecer — eu falo, imaginando a cena, o balanço das ondas e o sol nos queimando. Não sinto calor desde que voltamos para este tempo. O frio se acomodou nos meus ossos agora, na minha medula. Mas a visão some. É substituída por uma imagem de Marina, que eu enfim — *enfim* — aprendi a amar. Meu estômago se revira. — Quatro anos mais tarde e eu ainda sou egoísta demais. Não posso matar James por causa do quanto isso vai fazer com que *eu* me sinta mal, quando tantas outras vidas, mesmo a da Marina, dependem disso.

— Ei. — Finn coloca a mão no meu rosto e me faz olhar para ele. — Você não é egoísta. Você é uma pessoa amorosa que quer acreditar no lado bom das pessoas, mesmo depois de tudo o que você passou. Se fosse egoísta, teria sido fácil matar o James.

— Talvez.

Finn se senta e olha para mim com seriedade.

— Você fala da Marina como se ela fosse uma pessoa diferente de você, Em. Você é a Marina. É a mesma garota leal, determinada e irritante. Está na hora de você ver o quanto é ótima, assim como queria que a Marina visse. Digo, olhe para mim. Eu acho que sou *fantástico*.

Eu sorrio.

— Você é fantástico.

— Eu sei! — Ele me beija. — E você também é.

— Vou acreditar em você. — Eu suspiro e, com grande esforço, saio da cama macia e segura. — É melhor a gente se mexer.

VINTE E SEIS

Marina

Devo estar muito cansada, pois, mesmo com um coquetel nocivo de raiva, vergonha e desejo que não cede apertando meu estômago, apago em alguns minutos. Uma batida na porta me acorda, e eu me arrasto para fora do sono até despertar. Eu sonhei com aquilo? James me beijando, suas mãos na minha pele nua, a sua saída sem explicação?

Finn está parado na porta.

— O James acabou de receber uma mensagem do Richter. Vai encontrar com ele em um restaurante no centro da cidade em uma hora e quer que a gente vá com ele.

— *O quê?*

Eu me sento com esforço. Minha cabeça está pesada e girando. Quando tudo isso aconteceu? Por quanto tempo eu dormi?

— Ele está agindo de um jeito muito estranho, não é? Até mesmo para o James. É como se ele pensasse que...

— Ainda tem algo que ele possa fazer que vá mudar as coisas? — falo.

— É. — Finn suspira. — Não posso continuar correndo atrás dele, esperando a hora de ele desmoronar. Quase não passei em casa em dois dias. Você pode falar com ele?

Eu saio da cama e aliso minhas roupas.

— Com certeza eu vou tentar.

— Ah, e a propósito — ele acrescenta —, a família chegou, e a Alice está furiosa com a gente.

— Ótimo.

Encontro James no andar de baixo ao lado da ilha da cozinha, bebendo uma xícara de café com grandes goles. Ele tomou banho e se trocou, mas, pelos olhos vermelhos, está claro que não dormiu. Nancy Shaw-Brookline chegou, e seus três filhos estão brigando por causa de giz de cera à mesa de jantar. Alice, que provavelmente nunca lavou uma louça na vida toda, tirou todo o conteúdo da geladeira e está esfregando a parte de dentro com uma loucura mal controlada, enquanto Vivianne, que está de olhos fechados e massageando as têmporas, fala ao telefone com o que parece ser uma empresa de bufê. Ouço confusa até me lembrar.

É claro. O velório.

— Quem é você? — Alice pergunta, virando-se da geladeira quando eu entro na cozinha.

James apoia sua xícara de café vazia e responde sem olhar para mim.

— Essa é a Marina, Alice. Você já a viu mais ou menos uma dúzia de vezes. Ela estava no hospital, lembra?

— Ah, sim, aquela que fugiu de mim como se nós estivéssemos jogando algum jogo.

— O quê? — eu digo.

— Ela também estava com você quando você desapareceu na noite passada? — Alice diz, como se eu não tivesse falado nada. — Pobre Vivianne, teria sido bom ela ter tido o apoio de vocês...

James aperta a cabeça.

— Já pedi desculpas! Tinha coisas que eu precisava fazer!

— Não sei o que poderia ser mais importante do que estar com a sua família num momento assim...

As palavras de Alice ficam abafadas pela geladeira quando ela enfia a cabeça lá dentro e continua a esfregar. James se serve de outra xícara de café e torce o nariz ao engolir o primeiro gole do líquido amargo.

Vivianne desliga o telefone. Ela parece... vazia. Como se o que quer que costumasse animar seus traços tivesse ido embora. Ela poderia ser uma boneca com olhos de vidro.

— Eu queria ir me casar no cartório, sabe? — ela diz, para ninguém em especial. — Foi o Nate quem me convenceu a fazer um grande casamento.

Nenhum de nós consegue olhar para ela.

— Agora, nunca serei a família dele — ela fala e, depois, pega o telefone e continua suas ligações.

Nancy vai colocar um braço em volta dela, e até Alice para sua limpeza para lhe dar uma batidinha no ombro. James apenas encara o chão e toma o café.

Eu agarro o pulso dele e o puxo para o pátio dos fundos, onde a neve de dois dias atrás vira lama sob nossos pés.

— O que deu em você? — pergunto. — Você ligou para o Richter? Sabe que conseguir ser morto não vai trazer o Nate de volta, não é?

James apoia a xícara na cerca.

— Então você já cansou da abordagem suave, né?

— É, não tem funcionado muito bem! — eu digo. — Não sei o que está acontecendo nesse seu cérebro brilhante, James, mas você realmente está começando a me deixar preocupada. E o Finn também. Por que diabos você ia querer se encontrar com o Richter depois do que descobrimos? O que aconteceu com procurar o diretor Nolan?

James cruza os braços e olha para o quintal congelado.

— As coisas mudaram.

— Que coisas?

Preciso me impedir de chacoalhá-lo até ele falar algo que tenha sentido. Quando ele não responde, pergunto:

— O que o dr. Feinberg disse? Ele deu suas anotações para o Nate?

James atira a xícara nas pedras do chão, cheias de gelo, onde ela se estilhaça. Eu dou um berro e pulo para trás.

— O dr. Feinberg não atendeu ao telefone! Ele *sumiu*, Marina. Ninguém o vê há dois dias.

— T-talvez ele tenha ido viajar...

— Não. Foi o Richter. — James fica quieto, sua raiva desaparecendo tão rápido quanto borbulhou. — Não há mais ninguém. Só ele pode me ajudar.

Eu pisco para conter lágrimas de frustração.

— Ajudar com o *quê*?

— Marina, por favor.

James se aproxima de mim, e tenho de cravar os dedos dos meus pés para o chão para evitar me afastar dele. Ele coloca as mãos no meu rosto e, por um momento entorpecido, penso que vai me beijar de novo, mas tudo o que ele faz é me olhar nos olhos.

— Por favor. Eu preciso falar com o Richter, mas não posso fazer isso sozinho. Preciso de você comigo.

— Mas e se ele for perigoso? — eu pergunto. — E se ele quiser machucar você?

— Ele não quer.

— Como você sabe disso? Tudo o que encontramos aponta direto para ele...

— Eu *sei* que Chris Richter não teve nada a ver com as pessoas que atiraram em mim. — Ele passa a lateral do polegar pela maçã do meu rosto. — Você confia em mim?

— Sim — eu sussurro.

O que mais posso dizer? James é a única pessoa do mundo que nunca me decepcionou.

— Então, venha, por favor. — Ele me dá um beijo leve nos lábios. — Você prometeu que não me deixaria.

Minha decisão, como uma casa sem alicerces sólidos, começa a desmoronar.

— Certo.

— Vamos — ele diz. — Se não fizermos barulho, ninguém nem vai notar que nós saímos.

— Nós vamos agora? — pergunto. — Mas e quanto à Vivianne e à sua família? Precisam de você aqui.

James encolhe os ombros e se afasta.

— Posso ajudar melhor desta forma.

Ele me pega pela mão e me leva de volta pela cozinha, onde ninguém nem olha para nós, e até o foyer para pegar nossos casacos. Finn está sentado na escada, esperando-nos.

— Vão a algum lugar? — ele diz.

— Ver o Richter.

Finn me olha com dureza. Como se eu o tivesse desapontado.

— Bem, faça o que você quiser, eu acho — ele fala —, mas eu vou embora.

— O quê? — James diz.

— A Marina acha que está ajudando ao deixar que você ande por aí em negação, mas eu não posso mais fazer isso. — Ele fica em pé. — Você precisa parar por um minuto e ficar de luto pelo seu irmão, cara. E eu preciso ir para casa.

— Você não pode — James diz. — Precisa vir comigo.

— Sinto muito, Jimbo, mas isso não é...

— Você não entende. — James o agarra pelos ombros. — Eu *preciso* de você comigo, Finn. Você não pode me deixar, não até isso acabar. Você não pode!

— Opa! — Finn chacoalha o corpo para afastar James. — O que há de errado com você?

— Eu sei que parece que estou agindo como um louco agora, mas, por favor, acredite em mim quando eu digo que há bons motivos para tudo que estou fazendo — James afirma. — Você não pode me deixar agora, Finn. Nenhum de vocês pode. É importante.

— Eu preciso ir para casa — Finn declara, mas a decisão na sua voz vacila.

— E vai em breve, eu prometo — James diz. — Só preciso que você venha comigo esta última vez.

Finn solta um suspiro.

— Está bem. Mas só mais essa, e só porque estou preocupado com você.

— Obrigado.

— James! — Alice chama. — O que você está fazendo aí?

James nos empurra em direção à porta.

— Vão.

Eu coloco meu casaco.

— Você não deveria contar para eles...

— É melhor assim — ele diz e fecha a porta, enquanto Alice o chama, e corre para o carro.

Finn pega minha manga e sussurra:

— Que diabos está acontecendo?

— Não sei, mas... — Observo as costas de James. — Da última vez que o James pirou, depois de os pais dele morrerem, eu não o vi por três semanas. Não posso deixar isso acontecer de novo.

— Você não está ajudando ao dar corda para a loucura dele.

Eu puxo minha manga da mão de Finn e me viro para seguir James.

— Ele me apoiaria.

Em

A porta da frente da casa dos Shaw se abre, e três adolescentes entram de novo na BMW.

— Viu? — Finn diz, colocando seu banco na posição reta. — Eu disse que nós os encontraríamos de novo.

— Você é tão inteligente.

— Você tem sorte de eu estar ao seu lado.

Finn liga o Chevrolet cinza pelo qual trocamos o Honda no estacionamento do hotel, e nós os seguimos para as ruas lotadas de Washington. Dirigimos para o centro da cidade, até um restaurante decorado com couro e painéis de madeira, do tipo frequentado por lobistas e interessados no poder, e achamos uma vaga em um parquímetro do outro lado da rua para esperar. Cada segundo parece se arrastar mais que o anterior.

— Não gosto disso — falo, depois de 15 minutos terem se passado. — O que eles estão fazendo aqui? Ficaram com desejo de filé mignon?

— É, isso é estranho.

Eu mordo a unha de um polegar que já está carcomida até a carne.

— E se nós tivermos mesmo feito James passar do limite? E se tudo o que ele entendeu de nos ver é que ele tem sucesso em fazer a maldita máquina um dia? Com o Nate morto agora...

— Será tudo em que ele vai conseguir pensar. — Finn olha fixo do outro lado da rua até o restaurante. — Que poderia salvar o Nate.

— Ele não vai se importar com mais nada que dissermos. Meu Deus, e se nós só deixamos a situação *pior*?

Eu me enrolo em mim mesma, descansando a testa nos joelhos.

Finn acaricia meu cabelo.

— Essa coisa de salvar o mundo é bem difícil.

— É, e nós somos péssimos nisso.

O peso do futuro se acomoda sobre mim, ameaçando furar meu peito a cada suspiro. É demais para uma pessoa pequenina. Marina terá de limpar minha bagunça um dia. Ela vai achar um bilhete no cano do ralo da sua cela na prisão e voltar a este momento para tentar de novo salvar uma versão mais nova e inocente dela mesma. Cada segundo deste tempo é um fracasso novo em folha.

A mão de Finn ainda está no meu cabelo.

— Ai, meu Deus.

Eu me sento ereta tão depressa que o sangue sai da minha cabeça e me deixa tonta.

— O que foi?

Os olhos de Finn se viram para trás, o queixo machucado e sem barbear travando e destravando como se ele estivesse batendo os dentes para conter grito depois de grito. Eu toco no rosto dele, mas ele não se vira para mim, não consegue mais me ver. Ele se foi.

Olho para o restaurante. Um manobrista com um colete vermelho-vivo está entrando em um carro prateado, e o dono do automóvel passa pelas portas da frente do restaurante. Só tenho um vislumbre do perfil dele antes de ele desaparecer lá dentro, mas é suficiente.

É ele. É o diretor.

VINTE E SETE

Marina

James nos leva até The Hamilton na esquina da F com a Fourteenth Street e entrega a chave do carro para um manobrista. A *hostess* nos leva para uma mesa com sofá de couro no canto dos fundos, que tem uma placa de RESERVADO. Quinze minutos depois, ela volta com Richter logo atrás.

— Obrigado, Sherry — Richter diz ao sentar-se no sofá. — Vou querer uma água com gás quando você puder me trazer. O que vocês querem, crianças?

— Nada — James diz.

Nós três, eu entre os meninos, nos sentamos apertados do outro lado da mesa em frente a ele.

— Meus mais sinceros pêsames pelo seu irmão, sr. Shaw — Richter diz assim que a *hostess* sai. — Ele era um grande homem.

— Obrigado — James fala, jogando as palavras para passar ao que realmente importa para ele. — Como está indo a investigação?

— Estamos fazendo progresso. Sinto muito por não poder ser mais específico agora.

Eu olho para Richter com tanta raiva que acho que ele deve conseguir sentir, mas ele mantém seu olhar estável em James.

— Há algo em especial sobre o qual você queira falar comigo?

— Na verdade, sim. — James pega a pasta e a deixa cair na mesa de forma barulhenta. — Isto.

— Sinto muito, eu não...

— Eu encontrei nas coisas do meu irmão — James explica. — Ela contém uma troca de e-mails entre você e um colega para o qual você pede informações sobre mim e, depois, questiona se meu irmão vai ser um "problema". Nate estava monitorando seus e-mails como parte da investigação dele da SIA, a organização secreta para a qual *você* trabalha, e, de alguma forma, você foi a pessoa colocada no comando da investigação sobre o tiro nele?

Minha respiração fica presa dolorosamente no peito. O que James está pensando, revelando tudo assim? Se Richter matou Nate, um congressista, em um salão cheio de pessoas e agentes do Serviço Secreto, ele não vai hesitar em nos matar. Este tempo todo, eu estava tentando impedir que James pirasse, mas talvez ele já tenha enlouquecido e eu não reparei.

Richter abre a pasta e olha a primeira página.

— Então, você acha que eu tive algo a ver com o tiro no congressista?

Ele pergunta de forma tão casual, com o mesmo tom de voz que usou para perguntar se queríamos beber alguma coisa, que eu estremeço. Juro que a temperatura do restaurante caiu.

Richter pode ser frio, mas James é feito de gelo.

— *Alguém* teve de ajudar aquele atirador a acessar o salão de baile do Mandarin. O que o Nate tinha feito? Ele estava chegando perto demais de algo que você queria manter escondido?

A mão de Finn encontra a minha sob a toalha da mesa, e ele aperta meus dedos com força. Não preciso olhar para ele para saber que seu rosto contém tanto terror mal disfarçado quanto o meu.

Os olhos de Richter se arregalam e, pela primeira vez, seu rosto não parece uma máscara cuidadosamente cultivada.

— Que merda, James. Olhe, você sabe que seu irmão era agressivo quando se tratava de informações e sabe como nossa comunidade é pequena. Era inevitável que alguém que o congressista tenha investigado em algum momento fosse acabar liderando esta investigação.

— Então, você está me dizendo que é uma coincidência?

Eu preciso parar essa conversa antes de ele fazer com que todos nós sejamos mortos.

— James...

Porém, ele nem olha para mim, e Richter me interrompe como se eu não tivesse falado.

— É exatamente isso que eu estou dizendo. É verdade, seu irmão e eu discordávamos das coisas. Para ser sincero, eu achava que ele era um chato com ares de superioridade que estava mais interessado em marcar pontos políticos do que em manter o país seguro.

James estremece de raiva ao meu lado.

— Mas, por Deus, eu não atiraria nele por causa disso! É assim que as coisas funcionam no nosso mundo, as pessoas discordam e isso não é nada pessoal. Deus sabe que eu tenho uma opinião *pior* da maioria dos políticos.

Ele é um mentiroso. Sinto a certeza disso pulsando pelas minhas veias, mas é um mentiroso esperto. Ceder um pouco em vez de negar tudo direto. Aprendi isso com meus pais há anos. Admitir que faltei no treino de tênis para parecer mais crível quando eu jurava que não tinha ido às compras com o cartão de crédito. Algo está mais do que errado aqui.

— E eu? — James se inclina para a frente. — Qual é o seu interesse em mim?

Um sorriso toca os lábios de Richter, como se ele pensasse que ganhou alguma coisa.

— Eu estava interessado no trabalho que você está fazendo na Johns Hopkins. Ainda estou. Achei que você gostaria de vir trabalhar com a gente.

— Por que eu faria isso?

A voz de James está ressoando com mais intensidade do que antes, mesmo quando perguntou sobre a morte de Nate. Dou uma olhada em Finn e ele está franzindo as sobrancelhas. O que James está procurando? *Quem se importa* com o motivo de Richter querer trabalhar com ele?

— Porque eu tenho recursos que você não vai encontrar nem na sua universidade nem no setor privado — Richter fala. — Nós achamos que a sua pesquisa poderia ter consequências muito reais para o mundo. Poderia ajudar a melhorar as coisas.

Sem saber, Richter disse as palavras mágicas. Eu olho para James. Seu maxilar está relaxado, a linha fina dos lábios suavizada. O desconforto no meu estômago vira medo.

— Você não vai ficar ouvindo isso — eu digo, virando-me tanto para James que nem consigo ver Richter pelo canto do olho. Baixo a voz: — O Nate tinha um arquivo sobre esse cara, e eu tenho certeza de que ele tinha seus motivos para não contar a você que ele estava fazendo perguntas a seu respeito.

— A Marina está certa. Se o Nate achasse que você deveria trabalhar com ele — Finn acrescenta —, ele teria contado.

Richter se recosta no sofá, unindo as mãos sobre a mesa em frente a ele.

— Obrigado, crianças, mas acho que o James entende a situação melhor do que vocês. Eu ainda gostaria de trabalhar com você, James. Acho que você e eu poderíamos formar um grande time.

— Vamos — eu falo, ignorando-o. — Por favor.

— Não, nós ainda temos muito para discutir. Agora que...

Richter coloca a mão no bolso do paletó para pegar o telefone, que está vibrando.

— Desculpe, pode ser importante. Acho que você vai querer ficar para falar sobre isso, James. Alô?

Richter fica em pé e se afasta alguns passos da mesa, falando em voz baixa ao telefone, e eu uso a oportunidade para pegar a mão de James.

— Vamos. Vamos falar com o diretor Nolan como você queria fazer antes. Tem alguma coisa errada aqui.

— A Marina está certa, cara — Finn diz. — Esse cara é esquisito. Eu não confio nele.

James aperta os punhos contra os olhos.

— Vocês não entendem. Há mais coisas em jogo aqui do que...

— Então deixe *a gente* ajudar você! — eu falo. — Ou o diretor Nolan ou o vice-presidente ou *qualquer* outra pessoa. Não ele.

James vacila. Entrelaço meus dedos aos dele, pronto para arrastá-lo para fora do sofá se precisar, quando Richter desliga o telefone e se vira para nós.

— James, estamos com a pessoa que atirou no seu irmão sob custódia.

VINTE E OITO

Em

Chris Richter está dentro daquele restaurante com Marina. Alguma versão anterior minha pôde matá-lo, e eu queria que tivesse sido eu. Se eu estivesse mirando uma arma de fogo nele, nunca teria hesitado.

A náusea fica demais para mim e, no começo, acho que é de medo, mas, então, sou puxada do presente, voando e caindo e sem conseguir gritar.

Estou na minha cela. O diretor está parado acima de mim, sem paletó e com as mãos nos bolsos.

— Onde estão os documentos? — ele pergunta.

Eu toco com a língua meu lábio inchado, que tem gosto de ferro e sal.

— Vai para o inferno.

Ele faz um aceno com a cabeça para um jovem de uniforme ao seu lado, e o soldado me golpeia de novo. Uma agonia fervente explode pela minha cabeça, deixando minha visão enegrecida.

O diretor se agacha em frente a mim, estudando meu rosto. Eu o encaro através de um olho, o outro já fechado pelo inchaço. Ele não pode achar de verdade que isto vai funcionar, não é? Já me fizeram passar por situações muito piores do que um espancamento, e eu não falei.

Não. Ele deve gostar disso.

— Suponho que você ache que os documentos são a sua carta na manga — ele diz, a voz suave e com um pouco de pena. — Que eu não posso deixar nada acontecer com você até descobrir o que você fez com eles.

Eu ergo o queixo.

— Você não gostaria que eles caíssem nas mãos erradas. Que diabos, os chineses poderiam estar construindo um rival para Cassandra agora mesmo.

O soldado bate em mim de novo, na barriga desta vez, e não consigo conter a lamentação tossida que escapa de mim. Na cela ao lado, Finn berra o meu nome, o som dos seus punhos contra a porta de metal ecoando pelo corredor.

— Foi um plano decente para uma menininha boba — o diretor diz —, mas estou começando a achar que você não faz ideia de onde esses documentos estão e não vou deixar que jogue esse jogo comigo por muito mais tempo. O maior erro que cometeu, srta. Marchetti, foi exagerar *imensamente* a sua avaliação da importância que eu dou para você ou para os chineses ou até para nosso bom amigo dr. Shaw. Eu poderia matá-la a qualquer momento e não voltar a pensar nisso. O único motivo de eu tê-la deixado viver tanto era você ser uma ferramenta útil para garantir que o James não se desviasse da nossa missão, mas não preciso mais me preocupar com isso.

Eu me esforço para manter minha máscara dura e inexpressiva. A arma mais poderosa do diretor sempre foi essa marca particular de sinceridade brutal. Machucados somem, mas palavras como essas infeccionam.

— Entregue os documentos para mim — ele sussurra — e eu vou pensar em fazer com que seja rápido. Do contrário...

— Em! — Finn grita da cela ao lado. — Em!

O diretor sorri devagar conforme a voz de Finn enche a minha cela. O significado está claro. Ele faria ser lento e doloroso e faria Finn assistir. Eu morreria com os gritos dele nos meus ouvidos, sabendo que ele seria o próximo...

Se eu tivesse sorte. Se não fosse o contrário.

A cela gira e derrete, e o mundo fica branco em volta de mim. Tento me mexer ou gritar, mas estou congelada. Talvez até esteja morta. Eu acordo me debatendo no banco da frente do carro. Finn ainda está rígido ao meu lado, as pálpebras tremendo loucamente, preso em uma memória sua.

Ah, meu Deus. Nós levamos James direto para ele.

VINTE E NOVE

Marina

A mão de James cai do meu aperto de repente frouxo. O assassino de Nate capturado. A onda de emoção que as palavras mandam por mim é tão intensa que sinto como se tivesse agarrado um fio de eletricidade e não pudesse soltar.

Eu me viro para olhar para James. Ele parece pálido e frio, como alguém tirado de um lago congelado depois de ter caído nele.

— Quem? — pergunto, porque ele não consegue falar.

Richter se senta de novo no sofá e enfia o telefone no bolso.

— O nome dele é George Mischler. Ele é do Serviço Secreto.

— Ah, meu Deus — eu falo, virando-me para James. — Você estava certo.

Richter faz que sim com a cabeça.

— Eu estava de olho nele desde o começo. Por fora, é claro, eu não poderia parecer suspeitar de um dos meus homens até ter provas. Por isso eu tive de descartar sua preocupação quanto ao atirador ter recebido ajuda de alguém de dentro, e peço desculpas por isso. Minha equipe acabou de prender Mischler na casa dele, onde encontraram as credenciais que ele usou para ter acesso ao prédio e uma arma que corresponde ao calibre usado no tiro no seu irmão. Estamos fazendo o exame de balística agora, que mais do que provavelmente vai ser a mesma arma, e tenho confiança de que ele vai confessar tudo logo.

Richter se inclina para a frente, quase colocando a mão sobre a de James, mas decidindo não fazê-lo no último instante.

— Sei que isso não traz seu irmão de volta, mas espero que saber que o assassino dele vai para a prisão pelo resto da vida seja algum conforto para você.

— Posso mesmo confiar em você? — James diz baixinho, a voz parecendo uma súplica.

— Nate ainda tinha uma investigação sobre ele — Finn, mais corajoso do que eu, diz. — Se ele tiver algo a esconder, pode ter incriminado esse tal de Mischler.

Richter levanta as mãos.

— James, olhe. Tenho certeza de que seus amigos estão tentando ajudar, mas isso é fantasia. Mischler tinha acesso, ele tem uma arma. Depois de terminarmos de vasculhar a casa e o computador dele, tenho certeza de que vão encontrar o motivo também. Você precisa confiar em mim quanto a isso. Pegamos o cara, e eu não sou seu inimigo. Não culpo seu irmão por ser superprotetor, mas quero trabalhar com você, só isso.

James esfrega as têmporas.

— Como eu posso ter certeza?

— Vamos — eu digo, envolvendo o braço de James com minha mão. Não sei por que ainda estamos aqui, ainda falando com esse homem. James não pode estar pensando de verdade em trabalhar com ele, pode?

— Temos uma imagem — Richter diz — de uma câmera de vigilância do outro lado da rua em frente ao Mandarin. Ela mostra Mischler saindo do hotel 97 segundos depois de seu irmão levar um tiro.

James levanta o olhar. As rugas de preocupação entalhadas na testa dele somem, a expressão de tortura tornando-se de decisão.

— Eu quero ver. Depois de ver, então podemos conversar sobre... outras coisas. Trabalhar juntos.

Meu queixo cai.

— *O quê?*

— Vou buscar o carro — Richter avisa. — Não vai se arrepender disso, James.

Richter sai do sofá e, antes que ele esteja longe o bastante para não escutar, Finn diz:

— Você está louco?

— Não posso explicar isso para vocês agora — James fala —, mas eu preciso saber, com certeza, se posso confiar nele.

— Então peça para ele enviar a imagem escaneada para você — Finn sugere —, mas não precisa ir com ele. Nate sabia que esse cara não era coisa boa, Jimbo. Você não pode estar seriamente pensando em *trabalhar* para ele.

— Eu só disse que vou conversar sobre o assunto.

— Simplesmente vamos embora! — falo. — Por que falar sobre isso?

— Porque pode ser importante! — James bate o punho na mesa, fazendo os talheres pularem. — Olhem, eu não espero que vocês dois entendam.

— Ah, certo, porque nós somos burros demais para compreender? — Finn pergunta. — A Marina e eu concordamos com muitas merdas doidas nas últimas 24 horas, James, mas entrar para o time desse cara? Você quer mesmo fazer uma linda pesquisa científica com ele?

— Você não pode confiar nele — digo. — Ele é um mentiroso, nós *sabemos* disso. Você está vulnerável agora, e não deveria tomar nenhuma decisão que...

— Eu não sou criança, tudo bem? — James diz. — Eu sei o que estou fazendo. Então, ou vocês confiam em mim ou não.

— Sinto muito, cara — Finn começa —, mas eu não confio. Não agora.

James olha para mim, e Finn também. Sinto os olhares deles como mãos pesadas nos meus ombros, cada um tentando me levar para uma direção diferente. Finn está certo; James perdeu a noção e está agindo cada vez mais como alguém que eu não reconheço. Mas James...

Eu o amo. *Preciso* dele. Posso mesmo abandoná-lo agora? Ninguém nunca se importou comigo como ele se importa.

Não é?

De repente, as palavras que estavam se acumulando dentro de mim por anos estão prontas para sair.

— Por que você me beijou? — pergunto.

Por um momento, a imobilidade e o silêncio caem sobre nós. Eu respiro fundo, enchendo-me de ar, permitindo-o preencher o vazio que as palavras deixaram para trás.

Finn baixa os olhos para a mesa, passando a unha sobre uma ranhura na madeira, fingindo que nenhum de nós existe. A boca de James trabalha sem fazer som por um momento enquanto ele me encara e, depois, seu olhar baixa para o colo.

— Marina, podemos conversar sobre isso depois?

— Não, eu preciso falar sobre isso agora. Preciso saber o motivo.

Ele encolhe um pouco os ombros, ainda sem conseguir me olhar nos olhos.

— Não sei. Nós dois estávamos chateados. Só... aconteceu.

— Você me ama? — eu pergunto.

Não acredito em como as palavras saem com facilidade da minha boca agora.

Finn se levanta e sai andando. Eu apenas o ouço deixar a mesa, porque meus olhos estão fixos em James.

— Ama? — insisto. — Porque eu amo você, James, e acho que você sabe disso.

Ele cora.

— É claro que eu amo você.

— Como uma irmã? Ou como outra coisa?

— Eu não sei! — Ele estende a mão para a minha e a pega pelas pontas dos dedos. Passa o polegar descendo pelo meu dedo indicador. — Às vezes eu acho que talvez... mas não tenho certeza.

Às vezes eu acho que talvez. Meu Deus, o incêndio de esperança que aquelas palavras teriam acendido em mim alguns dias antes, mas agora só estou brava. Tiro meus dedos da mão dele.

— Então, por que você me beijou? Se sabia como eu me sinto e não tinha certeza, por que fez isso comigo?

— Eu não sei!

— A menos que... — Minha pele fica fria. — A menos que você tenha feito isso para me manter com você. Dar só um pouquinho de esperança para mim e, então, eu nunca iria embora, certo? Eu concordaria com qualquer coisa. E me beijar foi apenas o X da sua equação.

Eu recuo, afastando-me dele, e ele estende a mão para mim.

— Marina...

Mas ele não nega. Não acho que *possa*.

— Eu amo você, James — digo —, mas não posso continuar fazendo isso. Não é bom para nenhum de nós. Vá com o Richter se você quiser, mas terá de fazer isso sem mim. Eu não confio nele e não vou fazer parte disso.

Fico em pé e James agarra meu pulso.

— Marina, espere.

Eu paro, porque um pedacinho de mim não pode deixar de ter esperança. Eu me viro para olhar para ele e sei, para minha vergonha, que ele poderia mudar minha decisão com uma palavrinha.

— Por favor — ele diz. — Por favor, não me deixe sozinho.

Menina idiota. Eu mordo a parte de dentro do meu lábio para evitar que ele trema.

— Sinto muito — falo e saio andando.

TRINTA

Em

Richter emerge do restaurante sozinho e vai até a barraca do manobrista. Meu estômago dói ao vê-lo, como se o meu corpo tivesse passado a associar o rosto dele com dor. Olho para Finn, mas ele ainda está em outro lugar. Seguro a mão rígida dele.

Richter entra no carro quando o manobrista o traz, mas não vai embora. Deixa-o parado, soltando fumaça no ar frio. Cada momento que ele se demora, meu corpo fica mais rígido.

— Vá embora — eu sussurro. — Vá embora!

Porém, ele não vai. E, alguns minutos depois, Marina e o Finn mais jovem saem do restaurante. Sem James.

O nariz e as orelhas de Marina estão vermelhos; ela esteve chorando. Os movimentos de Finn são abruptos e bravos conforme ele sai da calçada e faz sinal para um táxi. Ele e Marina entram e vão embora.

— Ah, meu Deus. — Eu chacoalho o ombro de Finn. — Acorde! Eles deixaram o James! Por favor, Finn!

Mas sei que não vai adiantar. Estou sozinha agora. Eu me atrapalho para pegar a arma no porta-luvas.

James sai do restaurante. Seus olhos estão fixos no carro parado e ele faz um aceno com a cabeça para Richter atrás do banco do motorista. Talvez eu tenha dez segundos antes de ele entrar e os dois irem embora.

Meus dedos estão pesados e desajeitados quando coloco a mão dentro do porta-luvas. Não vou conseguir. Seguro a arma nas mãos e abro a porta do carro com violência. James já pisou fora da calçada e está entrando no banco do passageiro de Richter.

Eu fico em pé e levanto a arma por cima do teto do carro, mirando em James, que está com a mão na maçaneta da porta. Ele levanta o olhar para mim. Nossos olhos se encontram.

Eu aperto o gatilho.

Nada acontece.

James se encolhe e entra desajeitado no carro.

Baixo os olhos para a arma. Está emperrada. Maldita merda semiautomática.

— Droga!

Bato o punho no teto conforme o carro de Richter sai acelerado. Jogo a arma no chão do carro e corro pela calçada atrás deles. Preciso pelo menos ver para qual direção eles estão indo. Chego à esquina e vejo que seguiram pela Fourteenth Street, para longe do centro. Está no fim da tarde; o tráfego vai aumentar logo. Talvez isso os atrase o bastante para eu os alcançar. Será que consigo tirar Finn do banco do motorista? Ele deve ter uns 20 quilos a mais do que eu, mas se eu conseguir empurrá-lo...

Uma mão se fecha sobre a minha boca.

Um braço apertado em volta do meu torso faz com que seja impossível resistir. Por um milésimo de segundo, penso que Finn acordou e essa é sua ideia perversa de uma brincadeira. Talvez quatro anos antes, ela fosse, mas não agora. Então, reconheço a sensação do corpo contra as minhas costas, o cheiro de amaciante de roupas e xampu caro no meu nariz. Começo a estremecer e gritar contra a mão sobre a minha boca.

— Calma, menina — o doutor diz no meu ouvido. — Não vou machucar você.

Tento chutar, mas ele é muito alto e forte. Ele me segura praticamente no ar, o braço como uma cinta de aço em volta de mim, mantendo meus braços presos dos lados do corpo.

— Eu poderia matar você agora — ele diz, a voz suave e quente contra minha pele resfriada — e isso não faria com que você parasse, não é? Você simplesmente continuaria tentando. Então, que escolha eu tenho a não ser me livrar *dela*?

Marina. Eu protesto contra a mão dele.

— Dói, não é? — A voz dele está cheia de emoção. — Eu teria entendido se você tivesse tentando me matar. Fiz tudo o que pude para convencer você do bem que eu estou fazendo, mas sei que você está tendo dificuldade para ver. Mas aquele menino? Que é tão inocente? Como você poderia, Marina? Como você poderia fazer isso?

Eu fecho os olhos contra minhas lágrimas, que queimam.

— Agora você vai saber qual é a sensação.

Ele me solta e, enquanto eu puxo o ar para gritar por ajuda, sinto a picada da agulha hipodérmica e o mundo fica escuro.

Acordo na calçada com uma dor no pescoço e Finn desesperado ao meu lado.

— Graças a Deus — ele suspira, tirando o cabelo do meu rosto. — Que diabos aconteceu?

Por um momento, não consigo falar por causa do choro soluçado, louco e sufocante que sobe pela minha garganta.

— O doutor voltou.

— O quê?

— O doutor! Ele foi atrás da Marina e do Finn.

Finn empalidece.

— Por que eles? Por que simplesmente não nos matou?

— Porque ele sabe que apenas voltaríamos e tentaríamos de novo — respondo. — Se ele matar os dois agora, antes de Cassandra ser construída...

— Nunca terá de se preocupar conosco — Finn termina. Ele bate o punho no concreto. — Eu programei Cassandra para dizer que viajamos para o dia sete. Ele não deveria ter voltado antes de amanhã.

Eu me esforço para ficar em pé, e Finn me ajuda.

— Ele deve ter vindo mais cedo, pensando que poderia nos matar no momento em que reaparecêssemos no armazém.

— Então algo deu a ele a dica de que já tínhamos voltado e saído de lá.

A mão de Finn aperta meu cotovelo.

— Você não acha que...

— Connor. — De que outra forma ele teria sabido que nós já estávamos aqui, a menos que conseguisse a informação com o nosso homem infiltrado? — Se o doutor fez alguma coisa com ele...

— Ele nunca estará lá para nos ajudar a escapar de novo — Finn diz. — Esta é nossa última chance.

— Vamos!

Eu começo a correr para o carro, Finn logo atrás. Não desacelero, embora esteja tão dolorida por ter sido derrubada que parece que estou desmontando em cada ligamento.

— Você precisa ir atrás da Marina e do Finn, manter os dois a salvo. Ligue para mim no momento em que encontrá-los. Eu vou pegar o James.

Eu abro com violência a porta do lado do motorista, mas, antes que possa entrar, Finn pega minha mão. A expressão nos olhos dele me faz parar de repente, mas levo um momento para entender o porquê.

Ou eu vou matar James ou o doutor vai matar Marina, o que significa que acabou para nós.

Ele me dá um beijo suave nos lábios.

— Eu amo você.

Eu demoro um último segundo para memorizar o lindo rosto dele.

— Eu amo você também.

Ele me entrega as chaves do carro.

— A gente se vê do outro lado.

TRINTA E UM

Marina

No táxi com Finn, eu ligo meu telefone. Estamos quase na minha casa, mas minha mãe pode sair a qualquer minuto, se é que já não saiu. Preciso sair desta cidade. Todo o resto perde a importância comparado com a necessidade de ficar o mais longe possível de James Shaw agora. Ligo para o número de mamãe sem ouvir as três mensagens de voz que já tenho dos meus pais.

— Marina! — Ela atende depois do segundo toque. — Você está bem?

— Acho que sim — respondo. Não há palavras para como estou de verdade.

— Você está muito encrencada, mocinha.

— Eu sei — falo —, mas estou indo para casa. E quero ir para Nova York.

Algo na minha voz a acalma.

— Vai ser bom para você, querida. Eu acredito mesmo nisso.

Não importa. Neste momento, nada importa.

— Até daqui a pouco.

— Você está bem? — Finn pergunta com delicadeza quando eu desligo.

Eu respondo que não com a cabeça. A fúria que queimou dentro de mim sumiu, deixando-me fria e vazia. Parece a vez que cortei o pé em uma garrafa quebrada. O médico do pronto-socorro me deu um anestésico para poder me dar os pontos, mas eu *sabia* que a dor ainda estava ali, à espreita por trás da dormência, esperando por mim.

— Você fez a coisa certa — Finn diz.

Eu me viro para ele.

— Fiz? Eu abandonei o James quando ele precisava de mim.

— Talvez fosse isso de que ele realmente precisava. Algo para dar um choque nele e fazê-lo recuperar um pouco da noção.

Ou talvez isso vá deixar tudo pior. Talvez ele comece a agir com ainda menos cuidado, e eu não estarei lá para impedi-lo.

— Eu me odeio.

— Ei, não fale isso.

— É verdade.

Cubro o rosto com as mãos. Não quero que ele me veja chorar.

— Eu nunca fiz nada de bom para ninguém. O James é a única pessoa além da Luz que se importa de verdade comigo, e eu o abandonei. Sou má e egoísta e fútil e feia, e nunca faço nada certo, e...

— Pare! — Finn tira minhas mãos do meu rosto, os dedos firmes em volta dos meus pulsos. — M, não diga isso.

— Ninguém me ama, e por que amaria? — Estou quase enlouquecida agora, as lágrimas grossas na minha garganta. Tento tirar os braços das mãos de Finn, mas ele segura com força. — Como poderia?

— Marina. — Ele coloca as mãos no meu rosto, os polegares limpando as lágrimas das minhas bochechas, e guia meu olhar para o seu. — Isso não é verdade.

Pela primeira vez, não há o menor traço de humor nos olhos cor de oceano dele.

O táxi breca de repente, cantando pneu no meio da rua. Isso me joga para a frente e eu bato a cabeça contra a parte de trás do banco do motorista. Pontos negros enchem minha visão, e o mundo gira diante de mim. Tenho uma leve percepção de Finn gritando com o motorista, mas tudo em que consigo pensar é uma música que aprendi no jardim de infância:

Prenda o cinto de segurança,
Sempre que passear.

Não esqueça nunca,
Sua vida ele pode salvar!

Minha cabeça está latejando, mas é uma memória tão absurda que eu rio. As mãos de Finn estão no meu rosto de novo.

— Marina? Você está bem?

Eu toco na minha testa, e os dedos voltam limpos.

— É, acho que sim.

A porta do motorista está aberta e ele está parado fora do táxi, gritando com alguma coisa, balançando os braços no ar. Eu giro o pescoço para ver através do para-brisa. Minha visão ainda está escurecida nos cantos, mas posso ver claramente o carro preto parado no meio da rua, bloqueando todo o caminho.

Finn está verificando se eu tenho ferimentos, então não vê a porta do carro preto ser aberta nem o homem que sai dali. Alto e magro, com cabelos escuros arrumados e pele pálida. Eu fecho os olhos e descanso a cabeça pulsante nos joelhos.

— Ai, meu Deus — eu gemo. — Eu acho que eu estou *mesmo* machucada.

Finn coloca a mão na minha cabeça, acariciando meu cabelo, e normalmente isso seria bizarro, mas nem se compara à estranheza deste momento.

A mão dele congela.

— Que diabos?

Depois, há um estouro, ensurdecedor. Sei exatamente o que é. Levanto-me depressa e vejo o taxista cambaleando até cair no chão, e a janela ao meu lado salpicada de gotinhas vermelhas. Tento gritar, mas o som se aloja com dor na minha garganta. Em meio à névoa de sangue, vejo o homem que eu pensei ser uma alucinação andando em direção a nós, a arma ao lado do corpo. Não entendo como ele pode estar aqui, como pode ter matado um homem a sangue frio.

Porque é James.

Ele é James e não é James. Com certeza não é o James do qual eu fugi menos de 20 minutos antes. Minha visão tomba e gira. Essa pessoa tem o rosto de James, mas está retorcido em uma expressão estranha, o canto da boca se curvando para cima como em aversão e diversão ao mesmo tempo. Os olhos são cortantes demais, o cabelo é curto demais, o corpo é alto e largo demais.

Um tremor sobe pela minha espinha. Estou tendo alucinações. Deve ser isso.

Fico sentada, imóvel, encarando o não James pela janela ensanguentada, mas Finn pula em movimento. Ele me agarra pela nuca e enfia minha cabeça abaixo da janela do táxi, cobrindo-me com seu braço. Enquanto ficamos agachados ali, ele chuta a porta para abri-la e a atravessa abaixado, puxando-me atrás de si.

— Temos de dar o fora daqui — ele sussurra.

Nós nos agachamos no asfalto, mantendo o táxi entre nós e o atirador. Finn olha ao redor à procura de uma rota de fuga.

— Você o viu? — eu pergunto. — Você viu...?

Em algum lugar, há o barulho de pneus cantados e a batida da porta de um carro.

— Marina, corre! — uma voz conhecida grita.

Finn me puxa pelo pulso e corre para uma brecha entre duas casas do outro lado da rua, arrastando-me atrás dele. Dou uma olhada por cima do ombro, esperando o impacto de uma bala a qualquer momento, e o que eu vejo me faz parar no ato.

O James que não é James está correndo em direção a nós. Mas, antes de chegar, é atacado por outro homem.

Por Finn.

O mesmo Finn que está segurando minha mão está lutando com o não James no asfalto.

Meu peso morto puxa Finn para trás enquanto ele tenta correr. Ele se vira e congela ao ver aquilo.

Os dois homens na rua continuam a lutar. O homem de cabelos escuros com o rosto de James é mais alto e forte, mas o homem loiro que se parece com Finn é mais rápido. Ele torce a mão do moreno para tirar a arma dele e a joga deslizando pelo chão. O moreno o acerta no rosto com um punho não muito fechado, e o som pesado do soco ressoa pela rua silenciosa. Depois, ele tira algo do cinto, um retângulo preto que se encaixa com perfeição na mão dele e mostra um pequeno brilho de metal à luz.

— Marina! — o não Finn grita, seus olhos nunca deixando a arma. — *Corre*!

O moreno espeta o que eu acho ser uma máquina de choque na lateral do corpo do loiro, e ele estremece uma vez, o corpo se arqueando acima da rua, como um boneco puxado pelas cordas, antes de cair no chão, os olhos fechados, a boca aberta.

O Finn real sai do seu choque antes de mim e me puxa pelo pulso. Nós dois corremos, a batida de pés parecendo trovões atrás de nós conforme o moreno vem nos seguir.

— Mais rápido, Marina! — Finn grita.

— Não consigo!

Finn dispara para o espaço entre as duas casas, puxando-me tão depressa atrás de si que meus pés mal roçam no chão e cada passo dá um solavanco na articulação do meu ombro. Não vou conseguir. Sei que não vou.

— Vai! — eu ofego.

— Não!

Uma mão se fecha em volta do meu outro braço. Eu grito.

— Marina! — Finn berra.

O grito seca nos meus lábios enquanto eu olho para o rosto do homem que me pegou. Perto assim, mirando esses olhos castanho-claros, não há como negar.

— Desculpe — James diz, e eu sinto o golpe do metal em minha barriga conforme o mundo vira de cabeça para baixo e fica escuro.

TRINTA E DOIS

Em

Finn vai roubar um segundo carro para poder alcançar Marina e a versão mais nova dele, deixando-me com o Chevrolet. O automóvel dá um solavanco embaixo de mim conforme eu aperto o acelerador e, depois, o breque. James e Richter estão com uma vantagem enorme em relação a mim, e a chance de eu encontrá-los é extremamente pequena. Minha única esperança é eles terem virado na Fourteenth Street, a principal via saindo do centro até outras partes da Virgínia, porque estavam saindo de Washington.

Eu dirijo em uma velocidade muito perigosa, acelerando o carro até 80 km/h pelo centro lotado quando há uma brecha no trânsito, desviando de veículos lentos e passando depressa em faróis vermelhos. Minhas mãos tremem contra o volante e estou convencida de que, a qualquer segundo, vou bater em algo ou alguém.

Observo os outros carros enquanto dirijo, procurando o sedan prateado de Richter em meio ao tráfego. Vejo um Lexus prata parado em um semáforo, em frente a mim. Richter estava dirigindo um Lexus, não estava? Eu costuro por quatro faixas de trânsito em direção a ele, mas então tenho um vislumbre de cabelo loiro e óculos escuros grandes demais em um espelho lateral.

Não há chance de encontrá-los.

Fico na Fourteenth Street, já que ela me leva para fora de Washington, em direção ao Pentágono. Há carros prateados por toda a minha volta. Deve haver mais carros prateados no mundo do que de qualquer outra cor. Passo depressa por eles, olhando os ocupantes sem esperança real de encontrar quem estou procurando.

Depois, os carros em volta de mim diminuem a velocidade e param. Pela primeira vez na vida, eu agradeço a Deus pelo trânsito em Washington. Eu desvio para o acostamento e começo a dirigir, devagar, passando os olhos pelos carros que estão presos nas pistas de verdade. Se eles vieram nesta direção, talvez eu possa encontrá-los.

O tráfego está intenso e devagar por quilômetros. Eu dirigi 3 ou 5 quilômetros pelo acostamento quando vejo um Lexus prateado à frente, na pista esquerda mais distante. Diminuo a velocidade até ficar muito lenta conforme me aproximo dele, embora haja três faixas de carros entre nós, caso um dos ocupantes me veja. Aperto os olhos para olhar pela janela conforme me aproximo, e minha respiração fica presa.

Eu reconheceria aquele perfil em qualquer lugar. É James no banco do passageiro.

E agora? Eu não esperava de verdade encontrá-los e, assim, não planejei tanto. Mas acho que na realidade só há um plano. Matá-lo antes de o doutor chegar a Marina. Custe o que custar.

Eu ligo a seta e volto devagar para a pista da direita do trânsito. Queria ter tido notícias de Finn; ele deveria ter alcançado Marina a esta altura e me ligado para dizer que ela está segura. Manobro o Chevrolet até ficar a duas pistas deles e vários carros atrás, e sigo-os devagar pela Fourteenth Street e para a saída em direção a Pentagon City.

Pentagon City é como um minicentro da cidade, cheia de arranha-céus e prédios enormes que abrigam empresas de consultoria do governo e defensores privados. Sigo Richter pelas ruas e observo de um semáforo quando ele vira o carro para o estacionamento subterrâneo de um prédio de escritórios não identificado, entre dois complexos de apartamentos luxuosos. A única coisa que chama minha atenção no lugar é que um homem de terno está em pé ao lado do balcão na entrada da garagem.

Já vi muitos manobristas na vida, e mesmo os valets do restaurante preferido da minha mãe em Los Angeles — os que pegam as chaves dos Bentleys e Aston Martins das estrelas de cinema — nunca usam *ternos*.

Estaciono o Chevrolet em uma área de parada proibida uma rua à frente e saio. Verifico meu celular para ver se há uma ligação de Finn — nada — e enfio a arma dentro do meu cinto, deixando a bolsa com o resto das nossas coisas no banco de trás. Não espero voltar a ver este carro. Custe o que custar, vou encontrar James dentro daquele prédio comercial e acabar com isso.

É claro que não posso simplesmente entrar. De alguma forma, com o jeans e o agasalho de capuz, preciso parecer que me encaixo naquele prédio elegante por tempo suficiente para encontrá-los sem chamar atenção. Finn saberia como fazer isso. Tento pensar como ele e, imediatamente, meus olhos vão para a pizzaria do outro lado da rua.

Eu saio da Little Romeo alguns minutos depois com uma pequena pizza de queijo — que, mesmo no meu estado, não posso deixar de notar que tem um cheiro divino — e uma garrafa de Coca-Cola. Ando na direção do escritório, praticando minha expressão casual enquanto isso, o que é difícil de fazer quando o coração está tão disparado. Mas preciso permanecer calma, lógica. É a única maneira de poder ajudar Marina.

Do lado de fora do prédio, há um quadro de latão listando os escritórios lá dentro: Sheen and Goldberg Dentistry, Republic Gas and Petroleum, algumas empresas de advocacia e algo chamado Associated Institutes of Research. AIR. O nome desperta um alarme distante na minha memória. Rina, uma das pessoas que foram levadas conosco da casa em West Virginia, tinha trabalhado na inteligência antes de o mundo ficar louco. Ela costumava nos contar tudo sobre as organizações que atuavam como grupos de cobertura para diferentes agências de inteligência, e tenho certeza de que mencionou o AIR. Eu apostaria minha vida que os Associated Institutes of Research são, na verdade, a SIA, e que James e Richter estão lá dentro.

O que é bom, já que é isso que estou fazendo, basicamente.

Respiro fundo e abro a porta de vidro para o lobby. Já entrei em lugares onde não deveria estar dezenas de vezes e sei que a chave é projetar confiança. Se você parecer estar no lugar certo, as pessoas presumem que você está. Faço um aceno com a cabeça para o guarda atrás do balcão da recepção, levantando a pizza como se para indicar que estou aqui para fazer uma entrega.

— Aonde você vai? — o guarda pergunta, levantando-se da cadeira.

Olho para o meu recibo.

— Sheen and Goldberg Dentistry? Estou procurando a Marcy.

— Quarto andar — ele diz, empurrando uma prancheta para mim. — Você precisa assinar.

— Sem problemas. — Eu rabisco *Elizabeth Bennet* na página de assinaturas. Esta é toda a segurança aqui? Está óbvio que a SIA decidiu se esconder bem à vista. — Cuide-se.

— Você também.

Enquanto espero pelo elevador, olho para a lista exibida na parede. Os Associated Institutes of Research ocupam todo o último piso neste prédio de 24 andares. Depois de entrar no elevador, aperto o botão para o 24. Nada acontece. As portas continuam abertas e o botão permanece apagado. Eu aperto de novo, com mais força. Para o meu alívio, as portas se fecham, mas o elevador continua parado. Agora, só estou parada aqui como uma idiota. É quando percebo o leitor de cartão enfiado do lado do painel do telefone de emergência. Bem, é claro. Mesmo que eles estejam se escondendo bem à vista, não podem simplesmente deixar que qualquer um posando com uma pizza ganhe acesso ao andar.

Hora de um novo plano.

Fico parada no elevador imóvel por vários minutos, revirando meu cérebro em busca de uma solução. Mesmo que eu chegue ao 24º andar, sem dúvida haverá guardas e todo tipo de medidas de segurança extras. A chance de eu chegar até James talvez nem exista. Preciso de um plano que me leve para perto dele.

Durante todo o tempo, um pequeno relógio faz tique-taque no fundo da minha mente, lembrando-me de que cada momento que me atraso é um em que o doutor pode estar fazendo coisas impronunciáveis com Marina, sua maneira perversa de se vingar de mim. Dou uma olhada no meu telefone e tento calcular quantos minutos se passaram desde que Finn e eu nos separamos. Ele deveria tê-la alcançado a esta altura. Eu deveria ter tido notícias dele.

Por fim, com o melhor plano que consegui bolar, aperto o botão para o 23º andar e cruzo os dedos conforme o elevador começa a se mover.

As portas se abrem para um balcão de recepção com um letreiro de vidro acima que declara ser o escritório de advocacia de Halden, Hewes e Stein. Lembro-me depressa do que Finn me ensinou sobre como conseguir o que você quer das pessoas: preste atenção nelas, descubra o que elas querem e do que têm medo. A recepcionista é tão jovem que provavelmente não tem experiência e é um pouco insegura. Ela está usando uma blusa estampada de flores grandes rosa-vivas, então, não é afeita a regras. Preciso ser alguém que ela não vai achar intimidadora, alguém com quem vai se solidarizar e, depois, esquecer.

Conforme saio do elevador, invoco o que espero que seja um sorriso doce e idiota.

— Espere, por favor — ela diz quando me aproximo, apertando um botão na base do telefone e me virando um sorriso aberto. — Posso ajudar?

— Eu vim trazer o jantar para o meu pai. — Faço um gesto para a pizza. — Ele vai trabalhar até tarde hoje.

— Quem é o seu pai?

— O sr. Hewes.

Santo Deus, que Hewes seja um homem.

— Deixe-me ligar para ele e avisar que você está aqui.

— Ah, por favor, não! — Eu me inclino na direção dela, como se estivéssemos compartilhando segredos. — Ele não sabe que eu voltei para casa da faculdade. Quero fazer uma surpresa.

Ela parece indecisa. Provavelmente tem de ligar para os funcionários quando eles têm visita, mas, com sorte, ainda está intimidada pelos sócios e não quer falar com o sr. Hewes mais do que o necessário. Por fim, ela sorri.

— Certo, então. Tenho certeza de que ele ficará muito feliz em ver você. Sabe onde fica o escritório dele?

Eu aponto para a minha esquerda.

— Para este lado, certo?

— Isso. Tenha uma boa tarde!

Eu ando por um corredor e, assim que estou fora da vista da recepcionista, largo a pizza e a Coca-Cola em um cubículo vazio. Elas só vão me atrapalhar e me fazer chamar mais atenção agora. Ando depressa pelo escritório, tentando projetar um ar de quem está no lugar certo e é muito ocupada e importante para ser incomodada, e, de alguma forma, funciona. Apesar dos jeans batidos e do cabelo que não é lavado há dias, ninguém dessa empresa de alta classe de Washington diz uma palavra sobre minha estranha presença. Eu rondo o perímetro do andar, mantendo-me nos cantos, e, depois de vários minutos, encontro o que estou procurando.

A escada.

Entro abaixada nela, que é feita de concreto com corrimões de metal e os números dos andares pintados de preto em cada patamar. Subo até o 24º andar sem fazer barulho com os pés e paro em frente à porta. Como eu suspeitava, há um painel para cartão de entrada ao lado dela e sabe-se lá o quê esperando lá dentro. Subo as escadas até o patamar acima, a entrada para o telhado. Está trancada, mas não me importo com isso. Espio por cima do corrimão a porta do 24º andar, avaliando o ângulo e a distância. É possível. Presumindo que cem outras coisas das quais eu dependo não deem errado.

Verifico meu telefone de novo enquanto corro de volta para o escritório de advocacia. Ainda nada. Algo deu errado, eu sei. Ainda estou aqui, então Marina está viva, mas não sei por quanto tempo mais isso vai durar. Preciso chegar até James antes de ele chegar até ela.

Encontro o banheiro feminino em um corredorzinho isolado perto da escada. Há uma grossa vela com aroma de biscoito doce ao lado da pia, e eu cruzo os dedos de uma das mãos e a agarro com a outra. Um isqueiro barato de plástico está atrás dela, o que deve ser a primeira situação de boa sorte que tenho. Eu o aperto na mão.

— Vamos, Finn — eu sussurro. — Depressa.

Estive no escritório do meu pai certa vez quando o alarme de incêndio disparou. Alguém o silenciou quase imediatamente e todos à nossa volta continuaram trabalhando sem nem levantar os olhos. Papai explicou que sempre mandavam guardas verificarem a área onde o incêndio supostamente estaria acontecendo, porque havia muitos alarmes falsos. Algo tão pequeno como um pouquinho de poeira que entre em um dos detectores pode disparar o alarme. Apenas se os guardas encontrassem um incêndio, eles ligariam o alarme de novo e evacuariam todos.

Assim, para que isso funcione, tem de ser um incêndio de verdade.

Encontro um armário de materiais em frente ao banheiro feminino. Está cheio de papel higiênico, toalhas de mãos e pilhas de papel para impressora. Eu rasgo o plástico que embala mais de uma dúzia de rolos de papel higiênico sem nem me importar em verificar se alguém está vindo. Não há tempo para isso agora.

O rolo de papel pega fogo no mesmo instante quando aproximo o isqueiro dele. Coloco fogo em mais alguns e os ponho em cima do papel para impressora. Deixo a porta do armário um pouquinho aberta para dar oxigênio ao fogo e garantir que a fumaça ache caminho para um detector logo. Corro de volta para a escada e subo até o patamar do telhado, tirando a arma do meu cinto e verificando se a trava de segurança está solta.

Depois, eu espero, o latejar doentio na cabeça parecendo minha pulsação, contando os momentos até o fim. Com sorte, meu fim e não o de Marina.

Os primeiros resmungos do alarme de incêndio duram menos de 20 segundos antes de silenciarem-se. Assim como no escritório do meu pai. Conto os segundos. Por quase um minuto, há silêncio e, então, o alarme volta, mais alto e perfurante do que antes. Imediatamente ouço o efeito que ele tem. Há passos por toda a minha volta, e as portas para a escada abrem em todos os andares abaixo, vozes se derramando, centenas de pares de sapatos contra o concreto ecoando e aumentando. Espio pelo canto do corrimão o patamar do 24º andar. Um homem de terno preto, como o que eu vi na entrada do estacionamento, está segurando a porta aberta e fazendo as pessoas saírem.

— Não se apressem — ele diz conforme os funcionários passam. — Não deve ser nada. Nosso ponto de encontro é em frente ao banco da esquina.

Eu observo cada rosto que passa embaixo de mim. Sem dúvida há várias escadas de saída, mas, se Richter e James por acaso vierem por esta, posso acabar com isso agora mesmo.

Depois de um ou dois minutos, o fluxo regular de homens e mulheres diminui. Eles devem ter ido por outra saída. Terei de ir até o banco na esquina. Será mais difícil atirar em James em um grande grupo de pessoas, ainda por cima oficiais da inteligência, mas eu consigo.

Então, um homem aparece na escada e, mesmo antes de ver o rosto, eu reconheço Chris Richter.

— Você viu um menino vir por aqui? — ele pergunta ao guarda. — Dezessete anos, alto, cabelos escuros?

Eu agarro o cabo da arma, que de repente está escorregadia na minha mão. Eles não estão juntos?

O guarda faz que não com a cabeça.

— Deve ter descido por uma das outras escadas.

— Preciso ir verificar...

Richter vira-se de volta para o escritório, mas a mão do guarda no seu ombro o faz parar.

— Sinto muito, senhor, mas precisa sair agora. É o procedimento.

— Mas pode ter um garoto sozinho lá dentro — Richter diz, como se ele se importasse com James.

— Hoskins e Grant estão vasculhando o andar. Se alguém estiver lá, eles vão tirar.

Richter solta um palavrão e vejo a batalha interior em seu rosto. Se James ainda estiver no prédio, ele precisa encontrá-lo. Mas, se ele saiu por outra escada, precisa alcançá-lo depressa.

— Você me avisa assim que colocar os olhos nele, entendeu? — ele fala com grosseria.

— Sim, senhor.

Richter desce a escada correndo, enquanto o guarda leva a mão à boca, falando no rádio:

— Tudo limpo, Hoskins?... Entendido. Vou fechar a porta sudeste. Mancini, você já pode fechar a porta nordeste. A gente se vê no banco.

O guarda baixa o rádio e começa a descer os 24 lances de escada, deixando a porta para o seu andar começando a se fechar atrás dele. Eu ajo por instinto, arrancando meu agasalho, inclinando-me sobre o corrimão e jogando-o. Minha sorte continua. O agasalho cai na soleira da porta e interrompe seu progresso, deixando uma brecha de 5 centímetros. Se James se separou de Richter, deve ser porque ele *queria*. Algo me diz que ele ainda está dentro do Associated Institutes of Research.

Assim que meus ouvidos não captam mais os passos do guarda, desço desajeitadamente do patamar do telhado e entro no 24º andar, fechando a porta suavemente atrás de mim. Tudo, menos a luz vermelha de emergência, está apagado, o que faz o escritório parecer hostil e sinistro. Passo pelo detector de metal do lado de dentro da porta, disparando outro alarme que se junta ao caos sonoro, e tenho um momento de dúvida ao rastejar mais para dentro do escritório. Estou deixando James escapar de novo? Talvez eu devesse estar correndo pela escada até o ponto de encontro do escritório para encontrá-lo. Mas tenho uma intuição incômoda de que ele ainda está aqui. O fato de Richter tê-lo perdido, para começo de conversa, e estar frenético para encontrá-lo me faz pensar que algo deve ter acontecido entre eles. Brigaram? Richter disse a James algo que ele não estava pronto para ouvir?

Posso estar fazendo uma tentativa desesperada, mas acho que não. Se James estiver chateado, sei melhor do que qualquer um o quanto ele gosta de se esconder.

Corro pelo escritório, a arma baixa em frente a mim. Espio em cubículos e salas de conferência trancadas através dos painéis de vidro, mas não tenho tempo de fazer uma busca completa. Há uma centena de lugares onde ele pode estar escondido, mas a ansiedade dentro de mim está crescendo a cada segundo que Finn não liga para dizer que Marina está segura. Preciso encontrar James *agora* e, por sorte, acho que sei aonde ele foi. O mesmo lugar onde costumava se esconder na Sidwell quando as coisas ficavam intensas demais para ele.

O alarme fica em silêncio conforme entro no banheiro masculino, o que provavelmente significa que os bombeiros estão em algum lugar abaixo de mim. Abro a porta do banheiro com o pé, mantendo as mãos apertadas em volta da arma. Parece vazio. Abaixo-me para olhar por baixo das cabines, que também parecem vazias. Chuto a primeira para abri-la. A porta de metal atinge a parede divisória com um baque; não há ninguém dentro. Passo para a seguinte, mas, antes de poder chutá-la...

— Aqui — James diz.

A porta da última cabine é aberta, revelando James sentado de pernas cruzadas sobre o vaso sanitário.

— Sabia que você me encontraria — ele diz. — Preciso falar com você.

TRINTA E TRÊS

Em

— Por favor, não atire em mim — ele diz, parecendo pequeno e jovem. — Eu tenho muitas perguntas, e preciso de respostas.

Só faça, eu penso, mas, em vez disso, baixo a arma um pouquinho.

— Você estava esperando por mim? Mesmo sabendo que eu quero matar você?

Ele faz que sim com a cabeça.

— Eu sei que é loucura, mas... o Richter me trouxe aqui para me mostrar uma foto do assassino do Nate deixando o Mandarin. A Marina e o Finn não confiam nele e, assim, eles me deixaram, mas ele me *mostrou* a foto.

— É? Quem foi?

Não sei como Richter poderia ter tido tempo para começar a incriminar Mischler, mas também não pode ter sido o assassino verdadeiro de Nate.

No entanto, no fundo, sei que só estou enrolando.

James franze as sobrancelhas para mim.

— Você não sabe? Um agente do Serviço Secreto chamado George Mischler.

— Ah, certo.

— Algo no rosto dele... Talvez seja apenas porque ele é o homem que matou o meu irmão, mas algo nele parecia errado.

Estou achando que foi o trabalho apressado no Photoshop. Na minha lembrança, Mischler só é preso dali a vários meses; algo deve ter acontecido para adiantar a programação de Richter.

— Eu comecei a sentir como se as paredes estivessem se fechando sobre mim. Perguntei se poderia ver a filmagem das câmeras de segurança das pessoas que atiraram em mim no hospital, e Richter disse que não. Arrumou uma desculpa sobre estar fora da jurisdição dele agora, e foi como se um alarme disparasse na minha cabeça. Por que ele não me deixaria ver? Ele deve ter visto e sabe que mostra você e o Finn, não dois membros de gangue como ele falou. Ele sabe que vocês são meus amigos, então, por que não prendeu a Marina e o Finn ou pelo menos me contou sobre isso a esta altura?

Eu não falo nada. Só há uma explicação para isso.

— A menos que — James diz — ele saiba que na verdade é *você* e não ela. E, se ele sabe disso, o que mais ele sabe?

James fica em pé, e eu levanto a arma de novo, mas ele não se aproxima.

— Fiquei muito chateado e corri para cá, achando que ia vomitar e, depois, não consegui me forçar a voltar — ele conta. — Tudo em que eu conseguia pensar era em você e nas coisas que você me disse. Eu preciso saber *tudo*, Marina.

Eu me retraio.

— Não me chame assim. Sou apenas Em agora.

A compreensão invade o rosto dele.

— Do jeito que o Finn chama você?

Eu paro.

— É.

— Por que você não usa mais o nome Marina? Eu sempre adorei o seu nome.

— É um nome bobo. É o nome de uma princesa de contos de fadas que recupera tudo o que ela já perdeu.

— Meu Deus. — James tomba a cabeça para mim. — *Quem* é você?

Eu aperto a mão em volta do cabo da arma. Deveria atirar agora. Acabar com o sofrimento de nós dois e poupar Marina do monstro que está indo atrás dela. Mas ele parece tão triste e despedaçado. Talvez seja idiota, mas acho que Finn estava certo antes. Ele merece uma explicação do motivo pelo qual vou colocar uma bala em sua cabeça. Talvez então eu realmente consiga apertar o gatilho.

— Ainda assim eu vou matar você, sabe — falo.

— Eu sei. E ainda assim eu vou lutar.

Eu me sento no chão frio de azulejos, a arma apontada para ele, e James se senta em frente a mim.

— O que você quer saber? — pergunto. — Seja rápido.

— Como funciona? Se você me matar, vai criar um paradoxo.

— O tempo é sensitivo — eu digo —, como você sempre suspeitou. Ações como esta ficam fixas no tempo. Uma sombra minha sempre estará aqui para matar você, mesmo que eu suma.

— E você sabe que — ele começa — se você me matar, você vai morrer também?

Faço que sim com a cabeça.

— Esta versão minha vai desaparecer completamente.

— Então você está em uma missão suicida.

— Acho que sim, mas não penso nisso dessa forma. Se eu puder dar para a Marina uma chance de escapar das coisas pelas quais eu passei, pelas quais você me fez passar — ele retrai o corpo com as minhas palavras —, não me importo de abrir mão desta minha existência de baixa qualidade.

O que ela vai se tornar? Ela vai para a faculdade, vai ter filhos? Vai passar um ano morando na Europa e vai saltar de paraquedas se for desafiada e todas as outras coisas com as quais eu costumava sonhar na minha fria cela de concreto?

Ele respira fundo enquanto absorve minha resposta.

— Mas por quê... — As palavras se perdem, e ele para antes de tentar de novo, a voz mais suave desta vez. — Se eu realmente inventei uma máquina do tempo, então, onde estão os meus pais? Por que eu não salvei meus pais?

É uma boa pergunta, uma que eu sempre me fiz. James nunca teria ficado obcecado com a ideia de viagem no tempo para começo de conversa se seus pais não tivessem morrido quando ele era criança.

— Não tenho certeza — respondo. — Conhecendo a sua versão do meu tempo tão bem quanto eu conheço, suspeito que você tivesse medo de que, se salvasse seus pais e crescesse com uma família completa e feliz, nunca teria se importado o bastante com o tempo para descobrir como controlá-lo. E você ama tanto o poder que isso dá que não poderia arriscar. Talvez exista uma linha do tempo em algum lugar em que você tomou uma decisão diferente, mas não é esta, assim, ainda preciso deter você.

James enterra os dedos no cabelo e baixa os olhos para o chão.

— Por que você quer me matar?

— Não quero. — As palavras saem mais grosseiras do que eu queria. — Meu Deus, James, eu nunca *quis* isso. Mas... as coisas estão tão ruins...

— Como? — ele pergunta. — Preciso saber o que isso significa.

Eu suspiro e baixo a arma para o meu colo, embora ainda possa erguê-la e dispará-la antes que ele possa se deslocar 15 centímetros de onde está sentado.

— Começa cerca de um ano depois de agora. Você está trabalhando com o Richter e a SIA. Este lugar não são os Associated Institutes of Research, é a Security and Intelligence Administration, um braço secreto da CIA que trabalha junto com o Pentágono. Na minha memória, as coisas acontecem, na maior parte, do jeito como estão acontecendo até agora. Você conhece o Richter porque ele está encarregado do caso do Nate. Ele está interessado no seu trabalho com a quarta dimensão e tem recursos que você não vai conseguir em nenhum outro lugar. Nossa relação fica tensa. Eu não gosto do Richter e estou com medo das mudanças que vejo em você.

— O que muda?

— Você fica ainda mais obcecado com o seu trabalho.

Imagino James com 18 anos, explicando suas teorias para mim, a paixão em sua voz tão forte que é quase maníaca.

— Seu idealismo é uma das coisas que eu sempre amei em você, mas, diante da perspectiva de realmente conseguir mudar o mundo, você fica rígido. Está tão convencido de que está certo que não leva em consideração nenhuma dúvida. Já começou a acontecer... Você percebe?

Os olhos dele enxergam além de mim.

— A maneira como eu fui embora com o Richter mesmo quando eles disseram que eu estava vulnerável e que ele não era digno de confiança.

— Vai ficar pior — eu conto. — Muito pior. Em algum momento... não tenho certeza quando... você vai desenvolver uma máquina em um laboratório secreto do governo na área rural da Pensilvânia. Vai dar a ela o nome de Cassandra. É aí que as coisas vão começar a mudar.

— Que tipo de coisas?

— Todo tipo. Por exemplo, antes de Cassandra, todos os países da Europa formavam uma grande nação chamada União Europeia — falo. — Eles tinham um governo, uma moeda, tudo. Existiria agora, mas você e Richter usaram Cassandra para voltar no tempo e impedir que isso um dia acontecesse.

— Por quê? — James pergunta, desnorteado.

Eu encolho os ombros.

— Richter convenceu você de que seria uma ameaça para os Estados Unidos.

— Como você sabe disso?

— Você me contou — respondo — durante uma das nossas conversas à meia-noite. Às vezes, você vinha para a minha cela à noite conversar comigo por horas. Na maior parte do tempo, você queria falar sobre quando nós éramos crianças, mas, às vezes, me contava o que você e o Richter estavam fazendo. Os líderes de governos que vocês tinham assassinado, os ataques terroristas que vocês bolaram ou impediram, os desastres naturais sobre os quais vocês puderam alertar as pessoas. Lembra-se de quando os diques se romperam em Nova Orleans e inundaram o lugar todo?

— Claro — ele diz. — Mas a cidade foi evacuada antes.

— Não originalmente. Você garantiu que todos saíssem de Nova Orleans antes de o furacão atingir o lugar, porque se lembrava da tragédia que tinha sido da primeira vez.

— Viu? — ele fala, os olhos se arregalando como os de uma criança. — Eu faço coisas boas. Isso é tudo o que eu quero, deixar tudo melhor.

— Eu sei. — Por um momento, fico tentada a estender a mão para ele, mas espero até a vontade passar. — Acho que é por isso que parte de mim tem tanta dificuldade em apertar este gatilho, porque sei que mesmo a futura versão sua, que fez tantas coisas terríveis, acredita de verdade que está agindo pelo bem maior. Daqui a três anos, uma bomba terrível vai explodir em Manhattan, matando milhares e contaminando o nordeste.

A voz de James mal é um sussurro.

— E eu impeço isso?

— Não é bem isso — falo. — Você, ou mais provavelmente o Richter, acha que impedir uma explosão não é suficiente, porque apenas haverá outras. Em vez de impedir as bombas, você precisa evitar a vulnerabilidade do país a elas. Então, você vai mandar várias pessoas de volta no tempo... para um ano a partir de agora, dois anos, seis meses... e fazer com que elas detonem uma série de bombas menores em meia dúzia de cidades. Centenas morrem em vez de milhares, e o governo aprova dezenas de novas medidas de segurança que fazem com o que temos agora pareça segurança de shopping. Uma identidade nacional biométrica, nada de viagens sem autorização, supervisão eletrônica, escâneres corporais em todos os prédios, câmeras de segurança em todas as ruas. Fica impossível fazer ou dizer ou comprar qualquer coisa sem o governo saber. A bomba nunca é detonada e, de algumas formas, estamos mais seguros do que nunca, mas...

— Eu criei um estado policial — James diz, o horror palpável em sua voz. — Um governo totalitário.

— O Richter é pior — eu afirmo. — Ele vê o tempo como uma arma, algo ainda mais poderoso que bombas para usar contra os chineses ou os norte-coreanos ou quem quer que ele veja como uma ameaça. Tenho certeza de que ele forçou você em muitas das piores coisas para as quais você usou Cassandra, mas você estava tão cego na época que não podia perceber.

— Então, por que não matar o Richter em vez de mim? — James quer saber.

— Nós tentamos isso. — Era o número quatro da lista. Aquela versão minha deve ter sido muito durona. — Não funcionou. Acho que há várias pessoas igualmente ambiciosas e impiedosas que puderam assumir o lugar dele na sua vida. Você *acredita*, James, e ninguém pode tirar isso de você. No final, para você, tudo sempre se resume a números. Você está disposto a machucar algumas pessoas para salvar muitas outras.

— Você é uma das pessoas que eu machuco? — ele pergunta.

Eu faço que sim com a cabeça.

— Daqui a dois anos, a Marina e o Finn saem de Washington. É logo depois da primeira bomba, em São Francisco, e eles estão com medo de que o Richter queira se livrar deles por causa do que eles sabem. A Marina tem a documentação de alguns dos seus cálculos para Cassandra...

James franze as sobrancelhas.

— Não, ela não tem. Só existem os meus originais e as cópias que o Nate fez, que eu destruí.

— Bem, não vou contar a você onde ela consegue — falo. — Estou guardando esse segredo há anos e não vou parar agora. Quando o Richter vai buscar a Marina e o Finn, eles sumiram e levaram os documentos.

De repente, o banheiro oscila. O tempo me agarra pelo meio do corpo. Não, agora não! Mas ele já está me arrastando, sugando-me para a escuridão.

Minha visão fica clara. Estou no meu quarto, andando de um lado para o outro. Finn está sentado na minha cama de pernas cruzadas.

— Você está me deixando enjoado — ele diz.

— Sinto muito pelo meu terror estar incomodando o seu estômago — retruco. — Feche os olhos.

Ele pega meu pulso enquanto passo dando outra volta.

— Ei, vai ficar tudo bem.

— Como?

— Não sei. É só o que se deve dizer.

Eu rio, e o som quebradiço machuca a parte de trás da minha garganta. Pelo menos posso contar com a sinceridade de Finn.

— Sente-se — ele pede. — Por favor.

Afundo com relutância na cama e começo a mexer em uma linha solta da coberta. Quando eu a puxo, o tecido em volta do fio rasga por toda a extensão da coberta, destacando a fraqueza da superfície do pano que, no resto, é uniforme. Isso me faz pensar em trampolins cósmicos e pequeninos portais através do espaço-tempo. Estremeço e aliso os amassados.

— Eu tenho medo dele — falo baixinho. — Nunca pensei que teria medo dele.

— Nem eu. Meu Deus, não estamos mesmo imaginando isso, estamos? — Finn pergunta. — Digo, todos nós sabemos que eu sou egocêntrico e pouco confiável, mas se você também acha isso...

Eu engulo em seco. Odeio Finn por dizer isso em voz alta. Sempre tive um orgulho secreto da minha lealdade, do meu apoio teimoso para as pessoas que amo. Pensei que James e eu seríamos para sempre, que nada poderia me fazer traí-lo.

— Então é isso — Finn diz. — Temos de ir embora. Sair da cidade antes de ser tarde demais e nunca olhar para trás.

Tudo fica escuro e começa a piscar, como um rolo de filme que saiu da sua bobina, conforme sou jogada para a frente no tempo de novo. Ainda estou no meu quarto, mas dias mais tarde. Estou arrumando a pequenina bolsa que é tudo o que as pessoas que vão nos levar escondidos permitem que eu carregue. Não temos os documentos certos para viajar e ninguém sai de Washington sem os documentos certos. Os fuzileiros armados nos postos de verificação cuidam disso. Os pais de Finn não podem ajudar e os meus se recusam, mas já há uma rede clandestina de pessoas que podem nos tirar daqui pelo preço certo.

Para Finn, é fácil. Ele está morando no campus da American University e, assim, pode escrever um bilhete para o seu colega de quarto deixando para ele sua televisão e seu estoque de Cherry Coke e desaparecer.

Eu tenho de esperar que minha mãe e o novo namorado dela, ele com um terno e ela com um vestido de noite, saiam para um evento de caridade antes de poder correr pelo meu quarto, separando os itens necessários de verdade das coisas que simplesmente não suporto deixar para trás. Arrumo minha bolsa com algumas roupas extras, uma escova de dentes, o maço de dinheiro que andei surrupiando da bolsa da minha mãe, uma nota por vez ao longo de semanas, suas melhores joias para penhorar em troca de mais dinheiro e as quatro folhas de papel desbotadas de um bloco amarelo que são minha única apólice de seguro.

À porta, eu me viro e olho para a minha cama, os pôsteres da parede, a coleção bagunçada de joias e maquiagem e papel de chiclete em cima da cômoda. Já parece outro mundo, um lugar onde eu só vivi em sonho. No meu criado-mudo, um porta-retrato está virado para baixo contra a madeira. Eu o pego, estudando os três rostos que sorriem para mim. De repente, quero desesperadamente levá-lo comigo.

Mas não há lugar. Eu o coloco de volta no criado-mudo e fecho a porta depois de sair.

Ando pelo corredor e desço a escada usando meias, meus tênis mais resistentes na mão. Chego à porta da frente quando Luz sai das sombras, seu rosto marcado pela idade e pela tristeza.

Vê-la me faz virar uma criança de novo no mesmo instante, e meu lábio inferior treme.

— Tenho de ir.

— *Mi hija...*

— Não é seguro aqui — digo. — *Você* não está segura comigo aqui.

Luz me envolve nos braços e me embala, e eu choro as lágrimas que estava segurando.

— Eu amo você, Luz — falo, secando as lágrimas com minha manga.

— *Te amo, mi hija.*

Minha visão fica embaçada de novo, e vejo o contorno do rosto de James e a parede de azulejos do banheiro através do fantasma de Luz. As duas imagens piscam uma depois da outra, uma tomando o lugar da outra e se fundindo antes de se separarem.

— Marina!

James estende a mão para mim, mas para pouco antes de me tocar.

— *Em*!

O mundo gira e James volta para a sombra. Estou de volta na minha cela, o diretor parado em frente a mim, dizendo-me com uma curva maliciosa nos lábios que Luz está presa no Departamento de Segurança Interna por suspeita de atividades terroristas.

— Diga onde estão os documentos — ele fala.

Começo a chorar. Isso foi antes de eu aprender a nunca, nunca chorar na frente de Richter. Antes de eu ter gastado todas as lágrimas da minha vida e ter ficado seca e morta por dentro. Sei o que vai acontecer. Uma parte suficiente de mim ainda se lembra de estar sentada em um banheiro de escritório para saber que Richter, com a bênção de James, vai prender Luz no campo de detenção da Agência Federal de Controle de Emergências em Long Island, tudo isso pelo crime de me amar.

A mão no meu rosto me traz de volta para o presente, e eu volto a mim mesma. Estou deitada no chão frio do banheiro, olhando nos olhos dilatados de James.

— Em? — ele chama.

Eu rolo para longe dele e me esforço para recuperar o fôlego.

— Que diabos acabou de acontecer? — ele questiona. — Seus olhos se reviraram para trás e você caiu e começou a tremer e... e *piscar*.

— Está na hora. — Tento engolir para acabar com a secura na minha garganta. — Sou um paradoxo, e o tempo não gosta disso. Está tentando me apagar. E vai, mais cedo ou mais tarde. Estou surpresa por você não ter tentado pegar a arma.

— Eu tentei. Seu corpo todo se tensionou e eu não consegui tirá-la da sua mão.

Eu baixo os olhos para a minha palma, que tem uma marca vermelha do cabo da arma.

— Oh.

James está claramente abalado, mas me pressiona.

— Você disse que o Finn e a Marina saem de Washington.

— Isso. Eles vão fugir por mais de um ano, mas você vai acabar pegando os dois. Vai prendê-los no mesmo prédio onde esconde Cassandra. Vai manter os dois lá por... quatro meses? Talvez mais. E quase todo dia Richter vai interrogá-los e perguntar onde os documentos estão.

— Interrogar?

Eu só o encaro, lembrando-me dos espancamentos, os dias sem fim em que não me deixavam dormir, o som de Finn gritando na cela ao lado. Acho que não preciso dizer com todas as palavras para ele.

— Ah, meu Deus — ele sussurra.

— Às vezes, você vai observar, mas não acho que você goste — conto. — Você vai ficar com uma expressão como se houvesse uma parede entre o que você vê e seu cérebro. Acho que está tentando se provar para o Richter, mostrar para ele que você não é o geniozinho delicado que ele acha que você é.

James baixa os olhos para o chão e, assim, tudo o que consigo ver é o topo da sua cabeça. Os cabelos escuros que costumam estar tão arrumados ficaram emaranhados por causa dos dias na estrada e por ele passar os dedos pelos fios de novo e de novo. Em alguns minutos, quando eu o fizer entender por que não tenho escolha, vou acertar uma bala no meio deles.

— Mas, às vezes, à noite — continuo —, quando o prédio está silencioso, você vem até a minha cela. Você se senta no chão em frente à minha cama, como está fazendo agora, e me diz o quanto odeia o que está acontecendo comigo. E que, se eu simplesmente desse ao Richter o que ele quer, você poderia mudar tudo. Você passa horas tentando me convencer de todo o bem que está fazendo com Cassandra, as vidas sendo salvas, os desastres evitados, as mudanças maravilhosas que o governo pôde fazer. Acho que você *precisa* que eu acredite junto com você. Richter nos quer mortos, tenho certeza disso, mas você faz com que ele nos mantenha vivos porque precisa que acreditemos que o que você está fazendo é certo. Você não consegue suportar a semente de dúvida que coloquei dentro de você por me recusar a participar disso. E eu acho que, do seu jeito, você sente falta de nós. Não vai deixar ninguém se aproximar demais de você por muito tempo, focado demais na sua missão, e acho que sente falta da sua parte que conseguia fazer isso.

— Mas eu *sei* tudo isso agora — James diz. — Não vou deixar que as coisas aconteçam assim.

Eu faço que não com a cabeça.

— Eu tentei. Não adianta. Você pode me prometer que não vai construir Cassandra, agora que sabe que pode?

James hesita.

— Viu? — eu digo. — Você *tem* de fazer isso. E, depois de fazer, o resto da história cai como dominós. Esta é a minha 15ª viagem no tempo. Eu deixei para mim uma lista de tudo o que fiz para evitar que o futuro acontecesse. Falei com você e com o Nate e com o dr. Feinberg. Tentei fazer com que você entrasse em Princeton em vez da Johns Hopkins, e tentei fazer com que você fosse expulso. Eu destruí seu computador e todas as suas anotações. Eu me livrei de um engenheiro que ajudou você a construir Cassandra. Tentei de tudo que podia para evitar isso, mas nada funcionou. Sinto muito, James, mas foi você quem tentou tanto me convencer de que, às vezes, as pessoas têm de morrer pelo bem maior.

Eu levanto a arma e James pula em mim.

TRINTA E QUATRO

Marina

Minha cabeça está pesada, como se estivesse presa em concreto. Não consigo ver nem ouvir, apenas sinto o puxão da gravidade contra mim. Tento levantar a cabeça, os músculos do pescoço se esforçando, mas meu queixo cai de volta no peito. Ouço um gemido baixo vindo de algum lugar.

Espere, fui eu que fiz isso?

Com um empenho que se parece com nadar até a superfície de um lago de melado, eu abro os olhos. Quando minha visão embaçada clareia, vejo que estou dentro de uma casa estranha. Olho em volta com uma leve curiosidade. As paredes estão cobertas com um lambri caiado e os móveis foram descombinados com o maior cuidado. As pinturas são de cenas náuticas, e os lustres são todos de latão. Devemos estar em alguma praia.

Eu gosto da praia, penso entorpecida.

Tento ficar em pé e descubro que não consigo. É intrigante. Eu me impulsiono para a frente e acabo sendo jogada para trás de novo. A névoa na minha mente some um pouquinho a cada tentativa. Eu me esforço, sentada na cadeira, e acabo percebendo que meus pulsos estão presos às ripas de madeira que formam o encosto.

— Socorro — eu falo com a voz rouca.

Minha intenção foi gritar.

Viro-me e descubro Finn ao meu lado, amarrado de um jeito parecido em uma cadeira de madeira simples, inconsciente. Ergo o pé para chutar a perna dele.

— Finn! — minha voz é meio sussurro, meio choro. — Acorde!

Finn faz um som baixinho bem fundo na parte de trás da garganta e os músculos da sua testa se contraem, mas ele não acorda. Ainda deve estar nadando no melado.

— Finn, por favor — eu falo gemendo, puxando minhas amarras.

Não posso lidar com isto — o que quer que seja — sozinha.

— Ele vai acordar logo — uma voz diz.

Minha cabeça vira de repente para a entrada distante. Encostado nela, os braços cruzados casualmente em frente ao peito, está o não James.

— Não, não, não...

Eu fecho os olhos com força. Não estou vendo isso.

— Ele é maior que você — o homem na entrada diz —, então tive de dar um choque mais forte nele. Agora não deve demorar muito.

— Quem é você? — pergunto, os olhos ainda fechados. — O que você quer com a gente?

— Você sabe quem eu sou.

— Não, eu não sei!

Eu puxo as amarras até ter certeza de que os ossos dos meus pulsos vão se partir.

— Marina. — Eu o ouço se aproximar de mim, sinto-o se inclinando para baixo, trazendo o rosto até o meu. — Olhe para mim.

Eu faço que não com a cabeça, os lábios apertados para me impedir de choramingar.

Ele coloca as mãos nas minhas bochechas, e eu estremeço.

— Abra os olhos.

Não quero abri-los, mas não posso evitar. Concentro-me no homem em frente a mim. Ele parece o mesmo. Um pouco mais velho, e os ângulos do maxilar e das maçãs do rosto parecem mais marcados, como se ele tivesse perdido peso. O cabelo está menor, o corte, simples. Começo a tremer. Esta é a sensação de enlouquecer?

— James — eu sussurro.

— Isso mesmo.

— O-o que você vai fazer com a gente?

— Nada ainda. Não é com você que eu estou bravo na verdade. Foi *ela* quem começou tudo isso, mas, infelizmente, não há como detê-la — ele diz. — Sinto muito, Marina, mas vou ter de matar você.

Em

James se move com uma velocidade impressionante, jogando-se em mim conforme levanto a arma. Era este o plano dele o tempo todo? Conseguir algumas respostas e baixar minha guarda ao mesmo tempo? Ele sabia exatamente que truques usar — os da amizade e da lealdade — para me fazer concordar com aquilo.

Quando se trata de James Shaw, aparentemente, eu nunca vou aprender a lição.

Disparo um tiro antes de ele me atacar, mas erro feio. Ele me atinge com tanta força que eu voo para trás e caio no chão de azulejos, minha cabeça batendo com um *tunc* audível. Estrelas pretas explodem em frente aos meus olhos. James está em cima de mim, prendendo-me no chão. Seguro a arma o mais longe dele que consigo, esticando meu braço para cima da cabeça, para mantê-la fora do seu alcance enquanto tento empurrá-lo de cima de mim. Ele se joga para a arma, o que significa tirar a maior parte do seu peso do meu torso. Eu o golpeio na virilha com o joelho e escapo desajeitada quando ele se curva. A arma está virada ao contrário nas minhas mãos agora. Eu me esforço para endireitá-la, mas James é muito rápido. Ele se joga em mim, envolvendo meu corpo com os braços e prendendo os meus dos lados.

— Desculpe — ele diz, as palavras quentes contra a minha orelha —, mas não posso simplesmente deixar que você me mate. Vou fazer coisas boas.

Tento atingi-lo no estômago com o cotovelo, mas ele está me agarrando com muita força. Minha única vantagem é que ele não consegue pegar a arma sem me soltar por tempo o bastante para que eu me contorça e me liberte.

Estamos em um impasse.

Um de nós vai enfraquecer primeiro. Tenho medo de que seja eu, e não posso apenas esperar que aconteça. Respiro fundo e largo a arma. Dou um bom chute nela, mandando-a com um baque pelos azulejos até o outro lado do banheiro. Sinto James hesitar, e depois ele me solta para se jogar atrás dela. Eu agarro a perna dele, enterrando as unhas nos seus jeans enquanto ele tenta me chutar para se soltar. Ele está esparramado pelo chão agora, e eu tenho a vantagem. Posso chegar antes dele até a arma...

Porém, então, um dos pés dele me alcança, chutando-me bem no nariz. Minha visão explode, e acho que escuto o osso quebrar. Minhas mãos voam para o rosto, e eu uso a manga do agasalho de Connor para estancar o fluxo quente de sangue.

Quando forço meus olhos a se abrirem, James está com a pistola. Ele a aponta para mim, seu peito arfando.

— Vá em frente — eu falo. — Eu simplesmente vou voltar.

Os olhos dele estão brilhando.

— Eu nunca poderia fazer isso. Não é disso que se trata.

Eu baixo a cabeça, pensando em Marina e em como fracassei. Toda a vontade de lutar se esvai de mim. O doutor está com ela agora?

— Você vai pensar diferente um dia.

O toque agudo do meu celular racha o silêncio, e eu dou um pulo. Finn. Mantenho os olhos em James enquanto tiro o telefone devagar do bolso. Ele pode atirar em mim se quiser, mas com certeza vou atender.

Abro o telefone descartável e aperto o botão da chamada.

— Finn?

James trava os dentes, mas, de resto, permanece imóvel.

— Ele está com os dois — a voz de Finn está rouca e distorcida do outro lado da linha. — O doutor está com os dois.

As palavras dele sugam todo o ar do lugar. De repente, não há banheiro, nem arma, nem James, apenas a voz de Finn.

— O que aconteceu?

— O doutor armou uma emboscada para eles na rua da casa da Marina. Ele me deixou inconsciente e, quando acordei, tinham desaparecido.

— Para onde ele levou os dois?

— Não sei — Finn diz. — Tem mais uma coisa. Ele deixou um bilhete ao meu lado que diz "*traga James ileso*". Você o encontrou?

— Trazer o James para *onde*? — minha voz se eleva, histérica. — Onde eles estão? Ele vai matar os dois!

Imagens de sangue e ossos e dor flutuam diante dos meus olhos. Minha permanência neste mundo é tão tênue com a vida de Marina nas mãos do doutor que eu espero dissolver a qualquer momento.

— Não, Em, pense. — A voz de Finn é como uma corda ancorando-me à terra. — Se ele quisesse matá-los, teria feito isso bem ali na rua. Fomos *nós* que traímos o doutor, então somos nós que ele quer punir. Ele não vai fazer nada com eles até chegarmos lá. Eles são apenas...

— Ferramentas — eu falo.

O doutor sabe que a melhor maneira de me machucar é por meio de Marina. Ele vai fazer com ela as coisas que fez comigo. Foram necessários quatro anos para todas as minhas ilusões a respeito de James serem tiradas, mas ele poderia fazer isso com ela em meros minutos.

— Você tem de saber onde ele está, Em — Finn diz. — Ele teria nos dito se não achasse que você conseguiria descobrir.

Eu vasculho meu cérebro. James tinha lugares preferidos — como um café na M Street que tinha cadeiras grandes bem macias, uma mesa favorita ao lado da janela na biblioteca —, mas nenhum lugar para onde poderia levar dois reféns. Não faço ideia de para onde ele os levou. Vai ficar impaciente e matá-los, tudo porque não consigo ler a sua mente.

Oh.

Pânico, ou talvez golpes de mais na cabeça, deve ter entupido minhas sinapses, porque eu levo uns bons dez segundos para perceber que tenho outro James sentado bem na minha frente. Ele ainda está com a arma apontada para mim, mas não tem convicção. A pistola revela o tremor nas suas mãos. Ele está corado e desarrumado por causa da nossa luta, mas está respirando rápido demais para que seja só por causa do esforço físico.

— Espere aí, Finn. Vou até você. — Eu fecho o telefone. — Você deve saber aonde ele iria.

— O que está acontecendo? — James pergunta devagar, como se estivesse tomando muito cuidado para manter a voz equilibrada.

— É você, do futuro. Você nos seguiu de volta e pegou o Finn e a Marina.

— Por quê?

— Para me punir. E para evitar que eu faça o que vim fazer aqui.

— Você não quer dizer que ele *machucaria* os dois?

— Sinto muito, mas é exatamente isso que eu quero dizer. — Quase me arrependo de ter de contar isso a ele. Nenhuma pessoa deveria ser confrontada, de uma única vez, pelas profundezas da escuridão de que é capaz. — Ele vai matar ambos, porque é a única maneira de nos fazer parar para sempre.

O rosto de James é uma máscara de horror congelada. No que ele está pensando? Está pensando em Marina, no quanto se importa com ela e em como vai ficar devastado se algo acontecer a ela? O doutor não ficaria, mas esse menino talvez ainda fique.

— Nós temos de ajudá-los — ele diz. — Sei para onde ele os levou.

— *Nós*?

— Você não consegue fazer isso sozinha, nem eu.

— Por que eu deveria confiar em você?

— Você não tem muita escolha, tem? — James fala, bravo. — Não pode encontrar o Finn e a Marina sem mim. Olhe, sei que você acha que eu sou um monstro, mas eles são as únicas pessoas que restam no mundo com quem eu me importo. Não vou deixar ninguém machucá-los. Então, que tal uma trégua até eles estarem seguros?

Eu o encaro. Ele não é o doutor ainda, mas será um dia. Não tenho como confiar nele.

Porém, eu penso em Marina. Eu a imagino chorando, sentindo dor, talvez morrendo e não tenho escolha. Tenho de fazer tudo o que for necessário para ajudá-la.

— Certo — eu digo. — Trégua.

— Ótimo. Mas vou ficar com a arma.

O Chevrolet roubado ainda está onde eu o deixei. Dirijo enquanto James aponta a arma para mim.

Primeiro, vamos a Georgetown pegar Finn. Quando viramos para a minha velha rua, eu o vejo sentado no meio-fio, a cabeça entre os joelhos, como se o peso da culpa o fizesse se dobrar sobre si mesmo. Ele levanta o olhar com o som do carro se aproximando, e vejo um machucado vermelho feio crescendo na sua maçã do rosto, juntando--se ao roxo no maxilar. Saio do carro antes de ele sequer estacionar.

Finn fica em pé para me receber, e eu me atiro nele, jogando os braços em volta do seu pescoço. Ele cambaleia para trás, mas me abraça com força.

— Achei que nunca mais fosse ver você — falo.

— Eu estava bem ali — ele diz —, mas não consegui impedir o doutor...

— Xiu, não é culpa sua.

Finn fica rígido contra mim. Eu me viro e sigo o olhar dele até onde James está parado, do lado de dentro da porta aberta do passageiro. Ele está nos encarando como se entendesse algo pela primeira vez. De repente, envergonhada, eu diminuo o aperto em Finn.

— Você sabe que eu tinha de trazer o James — falo baixinho. — E este é o *James*. Não o doutor. Ele ainda é seu amigo.

— Eu sei, é só que... — Finn aperta os dentes. — Nós deveríamos matá-lo agora e, assim, o doutor não vai ser um problema.

James mostra a arma em sua mão, mas não diz nada.

— Merda — Finn murmura.

— Ele poderia ter me matado quando pegou a arma — eu falo —, mas não matou. Ele insistiu em vir resgatar a Marina e o Finn. E como é o único que sabe onde eles estão e o doutor exigiu vê-lo a salvo, não sei que escolha temos.

— Não gosto disto.

— Eu sei. Também não, mas não vou perder tempo discutindo.

Ele baixa a cabeça.

— Certo. Vamos.

James entrega as chaves para Finn e entra no banco de trás, de onde pode manter a arma apontada para nós dois. Dirigimos para leste em silêncio a não ser pelas orientações ocasionais que James dá.

— Tem uma caneta no porta-luvas? — James pergunta depois de termos avançado por vinte minutos.

Eu franzo as sobrancelhas, mas ele tem uma arma apontada para a minha cabeça, então, verifico.

— Tem.

— Entregue para mim — ele diz. — E o manual do proprietário também.

Faço o que ele pede.

— O que você vai fazer?

— Não se preocupe com isso.

James se acomoda para poder escrever com uma das mãos e manter a pistola apontada para nós com a outra.

— Falta quanto para esse lugar? — eu pergunto.

— Não muito — James responde. — Meus pais tinham um chalé em Chesapeake. Nate nunca gostou de ir para lá... as lembranças, eu acho... mas, às vezes, eu vou quando preciso pensar. É... silencioso.

A palavra me faz estremecer.

— Finn — James diz.

Depois de um tempo, Finn olha nos olhos dele pelo retrovisor.

— Desculpe — ele fala com a voz baixinha. — Por tudo. Sinto muito mesmo.

Finn suspira.

— Sei que sente, Jimbo. Mas não é o bastante.

Nós estacionamos ao lado do chalé — que é um nome muitíssimo errado, já que se trata de uma casa vitoriana de dois andares com uma varanda por toda a volta e provavelmente seis quartos lá dentro — enquanto o sol poente lança seus últimos raios vermelhos acima do horizonte do mar. Os faróis do carro varrem as janelas com cortinas enquanto esmagamos e entrada de conchinhas, e eu imagino o doutor lá dentro com Marina, observando os raios de luz cruzarem as cortinas.

Finn desliga o motor, mas nenhum de nós se mexe.

— Como vamos fazer isso? — James pergunta. — Eles não podem ver vocês, podem?

— Versões passadas de uma pessoa não podem ver suas versões futuras — digo. — Pelo menos, essa era a sua teoria. Poderia romper gravemente o tecido do tempo ou até deixar nossas versões mais novas malucas.

— Vou ficar de olhos fechados — James fala. — Então vocês podem mostrar para ele que estou aqui e seguro.

— Qual é o nosso plano? — Finn diz. — Não vamos simplesmente entrar lá, vamos? O que vai impedir o doutor de matar a Marina e o Finn?

— Ele vai querer nos fazer sofrer antes — comento. — Isso vai nos dar algum tempo para...

— Para quê?

— Não sei. — Aperto meus olhos com os dedos trêmulos. — O que vamos fazer?

Um grito rasga o ar, sacudindo todos nós.

É Marina.

TRINTA E CINCO

Marina

Eu encaro o homem que é e não é James através de olhos embaçados. O solavanco de eletricidade que ele me deu não me deixou inconsciente desta vez, apenas chiou dolorosamente através de mim, como facas em minhas veias.

— Por que você está fazendo isso? — pergunto.

Ele observa a janela com as sobrancelhas franzidas.

— Acho que você deveria gritar de novo. Não tenho certeza se eles ouviram, e estou ficando cansado de esperar por eles.

— Quem? — eu falo chorando.

— Vocês. Vocês lá fora, correndo por aí e tentando me matar. A pessoa que atirou em James do lado de fora do hospital? Foi você. A pessoa que você será um dia, pelo menos.

Uma lágrima escorre pela minha bochecha. Eu não sabia que era possível ficar com *mais* medo do que fiquei apenas momentos antes.

— Você é louco.

— Eu sei que é muita coisa para absorver de uma vez só. — Ele coloca a mão no meu ombro enquanto sua voz tenta ser gentil, o que me dá arrepios. — Mas você sabe que estou dizendo a verdade.

Eu fecho os olhos, querendo que este pesadelo acabe. Vou acordar na minha cama quente ao som de Luz me chamando para descer para o café — *waffles* e morangos — e, depois, o James de verdade e eu vamos ver um filme. Quando os *trailers* começarem, terei esquecido por completo este sonho louco e terrível.

— Não — eu falo através de dentes apertados. — Você não é ele.

— Sim. — Ele tira uma mecha de cabelo solta dos meus olhos. — Sou eu, apenas um pouco mais velho e sábio do que o meu eu que você conhece.

— Não, não, *não*!

Minha voz sai do controle agora. Esse não é o James. Esse não é o James do futuro, um homem que enfim resolveu a charada do tempo e veio me deixar inconsciente e me amarrar. É impossível.

— Não quero machucar você, Marina — ele diz —, mas a Em... Ela é a única pessoa com quem eu sempre pensei que poderia contar, e ela me *traiu*. — Ele fecha a boca com um estalo. — Preciso fazer com que ela entenda o que fez. Ela está determinada a deixar que apenas um de nós sobreviva a isso, e tem de ser eu. No futuro, eu estou mudando o mundo.

Estou ansiosa para ver James, o James de verdade, com uma intensidade repentina e louca. Lembro-me da dor nos olhos dele quando eu o abandonei no restaurante e, mais do que tudo, quero voltar para aquele momento e mudar isso, abraçá-lo e dizer que o amo e nunca mais vou deixá-lo.

— Vai ficar tudo bem, menina — ele diz, e a compaixão na voz é uma paródia zombeteira daquela do meu amigo.

Viro a cabeça depressa em direção a ele, a raiva momentaneamente encobrindo meu medo.

— Nunca me chame assim!

Ele baixa os olhos para mim com uma tristeza genuína neles.

— É uma pena que você nunca vá entender.

Ao meu lado, Finn tosse e ergue a cabeça.

— Ah, meu Deus, Finn — eu digo. Acho que posso chorar de alívio por não estar mais tão sozinha.

— Mas que... — ele fala. Olha para o homem em frente a nós e pisca, como se esperasse que ele desaparecesse. Ele se sacode contra as amarras. — Que merda está acontecendo aqui? — ele grita.

— Nós estamos salvando o mundo — James diz.

Em

Os pássaros nas árvores acima das nossas cabeças pulam no ar em uma agitação de penas quando o grito racha o silêncio. Começo a correr antes mesmo de ter consciência do que é o som, como se meu corpo entendesse antes do meu cérebro. É Marina sofrendo dor, e algo assim é intolerável.

Finn me segura em volta dos ombros, puxando-me para trás quando eu teria invadido o chalé, atravessando qualquer parede ou pessoa parada entre mim e minha versão mais nova. Eu o empurro e me debato em seus braços.

— Finn, me solta! É a Marina!

— Eu sei! — Ele me chacoalha. Seu aperto em volta do meu braço machuca, mas é reconfortante também, mantém meus pés no chão. — Nós vamos ajudar a Marina, Em, mas você não pode entrar correndo lá.

James está branco como um osso.

— Eu fiz a Marina gritar.

— Eu vou entrar — Finn diz. — Se acabar em briga, eu posso dominar o James.

— Eu também — James diz.

— Não...

— Essa foi a única coisa que ele pediu para vocês, certo? Que me levassem junto para mostrar que não estou ferido? — Ele olha para Finn sem hesitação. — Se eu não for, ele vai machucar a Marina de novo.

Eu cubro a boca com a mão.

— Certo — Finn concorda. — Tem outra entrada na casa?

— Claro, tem uma porta nos fundos.

— Em, você pode tentar entrar escondida por trás? — Finn pergunta. — Se pudermos distraí-lo por tempo bastante, talvez você tenha uma chance.

— Jesus — James sussurra.

— Você consegue lidar com isso? — Finn pergunta. — Porque é aquele monstro com o seu rosto ali ou a Marina. Não tem como os dois escaparem dessa.

De repente, fico surpresa com como James parece pequeno. Ele sempre foi como um deus para mim, um gigante com 17 anos, alguém que eu tinha de erguer o pescoço para ver, tanto física quanto metaforicamente. Porém, embora ele ainda seja uns bons 20 centímetros mais alto que eu, não passa de uma criança. Posso ter apenas dois anos a mais que ele, mas também tenho dez vidas extras de experiência. James parece suave, frágil.

— Só me importo com a Marina — ele diz.

A resposta acalma Finn, que faz que sim com a cabeça, de má vontade. James explica para mim como contornar devagar a casa até a varanda dos fundos, onde há uma porta que leva à cozinha. Ele tira uma chave prateada simples do seu chaveiro e a coloca na minha mão.

— Não é só disso que ela vai precisar — Finn diz.

Meus olhos vão para o volume quase invisível sob a bainha da camiseta de James. Ele levanta o olhar para mim, com desconfiança. Sei que estamos imaginando a mesma coisa: ele vai entregar a arma e eu vou apontá-la para a sua cabeça e apertar o gatilho. Claro, ele arriscou tudo ao escolher confiar em mim e me ajudar a salvar Marina, mas, se há algo que aprendi com James, é que ele acredita que os fins justificam os meios. Se esse menino cair morto aos meus pés, todos os meus problemas serão resolvidos. Marina estará segura do louco que a tem como refém, e Cassandra nunca será construída.

É o que eu deveria fazer. O único problema é que eu sei agora, com certeza, que não consigo.

Talvez seja mesmo um sinal de força, como Finn disse, ou talvez eu seja muito covarde, mas não posso matar a parte de mim que ainda ama James. Ainda acredito que exista bondade no mundo. Milhares de pessoas ou mais podem sofrer por causa da minha fraqueza, mas eu me conheço agora. Só tenho de esperar que a menina lá dentro seja mais forte quando sua vez chegar.

— Está tudo bem — digo. — Eu não consigo. Queria conseguir, mas não posso.

Dentro do chalé, Finn grita.

— Vamos — o meu Finn diz —, temos de ir!

James tira a arma do cinto, olhos fixos nos meus. Depois, vira-se e a joga nas árvores que contornam a entrada.

TRINTA E SEIS

Marina

— James! — uma voz chama de fora. — Eu vou entrar.

Levanto a cabeça de repente. Conheço essa voz. Seu dono pálido e de olhos arregalados está preso na cadeira ao meu lado.

Deve ser o homem que tentou nos salvar antes, na rua. O homem que se parece com Finn, porém mais velho. Assim como esse James terrível que fica falando do futuro como se fosse um lugar onde ele esteve.

É o Finn de outro tempo.

Ouvimos a porta da frente se abrir.

— Finn, feche os olhos! — a voz diz.

A voz é tão intensa que o Finn ao meu lado fecha os olhos no mesmo instante, e o outro Finn vira em um canto vindo do foyer para a sala de estar. Eu o encaro como não pude fazer antes. Seu cabelo é mais comprido, enrolado nas pontas e enfiado atrás das orelhas, e ele ficou mais alto e musculoso. Há uma fina cicatriz branca cortando a sobrancelha e machucados no rosto por causa da briga na rua. Ele parece *ameaçador*.

— Não é bem você quem eu quero ver — o James mais velho diz.

— Também não estou exatamente feliz com esta reunião.

— Marina, o que está acontecendo? — o Finn na cadeira ao meu lado sussurra, os olhos ainda apertados. — Quem está aí?

— Xiu, está tudo bem!

— Solte os dois — o outro Finn diz. — Eles não fizeram nada.

— Nem ele, mas isso não impediu vocês de tentar matá-lo. Eu quero vê-lo.

— Você sabe que isso é perigoso.

Os lábios de James se retorcem.

— Acho que sei o que é perigoso melhor do que você.

Finn entra mais na sala, devagar.

— Sem querer ofender, Jimbo, mas você perdeu a noção disso há muito tempo.

— Em! — James grita, dando uma volta. — Sei que você está aí fora!

— Ela não vai entrar, cara — Finn diz. — Ela não quer ver você assim, com ela. Vai partir o que resta do coração dela. Você não entende isso? Não entende o que você fez com ela?

De quem eles estão falando? Sinto que deveria saber, mas minha cabeça fica pesada e lenta quando tento pensar a respeito. Como se eu não pudesse... não pudesse...

Os olhos de James ficam em chamas.

— Eu salvei a vida dela. Eu a protegi, como protegi você, e todo o agradecimento que eu ganhei...

— Protegeu? — Finn pergunta. — Você ficou sentado e *observou* enquanto ela era torturada e gritava por misericórdia...

— Você está tentando me enrolar, velho amigo? — James diz. — James! Venha, ou vou fazer a Marina gritar de novo! É melhor eu ver o James em cinco segundos, Abbott, ou...

Ele vai para trás de mim e espeta os dentes metálicos do aparelho na lateral do meu corpo. Eu choramingo. Não sei sobre o que os dois homens com os rostos dos meus amigos estão discutindo — apenas as palavras mais vívidas e terríveis ficam presas na minha mente, formando uma assustadora pintura impressionista do futuro —, mas o metal apertado nas minhas costelas com força para me machucar é concreto. Eu tremo de expectativa com a descarga de um raio pelo meu corpo, e meus olhos se encontram com os do Finn do futuro. É a primeira vez que ele olha para mim desde que entrou na casa, e não se parece com nada que eu já vivi antes. Ninguém, nem o meu James, já me olhou com tanta ternura e profundidade, como se estivesse enxergando dentro de mim. Nesse momento, sinto como se ele construísse uma ponte entre nós e mandasse um fluxo regular de calor e força para mim. Por um segundo, eu me esqueço da geringonça enterrada na lateral do meu corpo.

Depois, ouço o clique de James apertando um botão e eu pego fogo.

Em

Eu encaro James por um segundo, de olhos arregalados. Depois, corro para as árvores na direção em que ele jogou a arma. A última luz do dia está sumindo depressa, e os arbustos são espessos e cercados de folhas mortas e galhos caídos. Olho por cima do ombro uma vez e vejo Finn entrar na casa com James logo atrás dele.

Atravesso as plantas, primeiro vasculhando os arbustos com uma vareta longa e, depois, procurando apoiada nos joelhos e nas mãos, cada vez mais desesperada. Rezo para que Finn consiga manter o doutor ocupado por tempo o bastante para eu encontrar a arma e entrar pela porta dos fundos. No meu frenesi, rasgo ervas daninhas e arbustos selvagens, procurando um brilho de metal. Minhas mãos estão arranhadas e sangrando, e eu não me importo.

Marina grita de novo. Cubro as orelhas com as mãos, mas os gritos continuam. Cada segundo do som é como um atiçador quentíssimo atravessando meu peito. Tenho de fazê-los parar.

Enquanto procuro entre as folhas mortas do chão, as pontas dos meus dedos roçam em algo duro e frio. Eu me atiro no objeto, minhas mãos se fechando sobre o metal. Fecho os olhos e agradeço em silêncio.

Eu contorno a casa até a porta de trás rapidamente. Marina ainda está gritando. Enfio a chave na fechadura e entro.

A voz de Marina fica rouca e se transforma em um choro soluçado irregular. Mais um segundo disso e eu vou me jogar dentro daquela sala. Não me importo que isso estrague nosso único plano; vou atirar em qualquer coisa que se mexa para interromper aquele som terrível.

— Pare! — A voz de James ressoa por cima dos gritos. — Estou aqui! Vou entrar!

Marina

Eu caio na cadeira e provavelmente escorregaria dela se não fossem as amarras em volta dos meus pulsos. Meu corpo está zumbindo com os efeitos do choque.

— M, você está bem? — Finn diz da sua cadeira, os olhos ainda fechados com força.

— X-xiu...

Não quero que Finn chame atenção deles; é melhor para ele ficar em silêncio.

Meus olhos ficam marejados e se recusam a ter foco e, assim, mal consigo ver o menino que entra na sala. Ele é apenas um borrão, mas a visão faz com que um alívio corra pelas minhas veias.

James. O meu James. Eu o reconheceria de olhos fechados.

— Pare! — o Finn mais velho diz. Ele abre os braços, bloqueando o rosto do James mais novo. — Não olhe para ele!

Porém, os dois James se encaram, o meu James, brilhante e bonito, e o outro James como seu reflexo em um espelho empoeirado e rachado.

O James mais velho sorri.

— Está tudo bem. O universo não vai explodir.

O rosto de Finn fica frouxo.

— O quê?

— Ficar cara a cara com você mesmo não é um paradoxo maior do que qualquer outra coisa que vocês tenham feito — o meu James diz. — Ele mentiu para vocês.

— Pensei que isso me daria um pouco mais de tempo se vocês dois um dia viessem atrás de mim no passado. — O James mais velho sorri. — Afinal, nós três éramos inseparáveis.

O meu James entra mais na sala, andando em direção a si mesmo.

— Por favor, não os machuque. Deixe que eles vão embora.

— Não posso fazer isso. Eles estão tentando nos matar.

— Só os do seu tempo! Faça o que quiser com eles, se for essa a condição, mas a Marina...

— A Marina tentou nos fazer parar a cada passo do caminho, de novo e de novo, usando todos os métodos imagináveis. Esta menina aqui — ele coloca a mão no topo da minha cabeça — não vai parar até nós sumirmos.

— Por favor! — o meu James diz. Minha cabeça gira enquanto eu o observo discutir consigo mesmo. — Não quero que ela se machuque, o que significa que você também não deve querer, bem lá no fundo.

— Você vai aprender que as coisas mudam. Agora, se pudermos parar com essas tentativas patéticas de me distrair — ele levanta a voz —, *enquanto a Em entra escondida pela porta dos fundos*, eu agradeço! Você acha que eu não sei exatamente o que você diria para ela fazer nesta situação?

A expressão do Finn mais velho está inflexível.

— Acho que por isso você é o gênio, não eu.

— Em, eu juro por Deus, se você não vier aqui agora — James chama —, eu vou fazer algo que você vai lamentar!

Silêncio. Eu estremeço. Não quero saber quem é Em. Uma ideia impossível está se formando na minha mente, mas não posso encará-la.

O James mais velho baixa a cabeça. Ele parece sinceramente decepcionado.

— Certo.

— Nãooo... — eu choro, soluçando, esperando o golpe elétrico do aparelho ferver meu sangue de novo.

No entanto, ele não vem. Abro os olhos e o vejo ajoelhado ao meu lado. Seus dedos tocam nos meus e, por um segundo, parece um abraço, o calor reconfortante da sua pele. Depois, com um movimento rápido, ele puxa meu dedo mínimo e meu anelar para trás e eu ouço um *crac* doentio. A dor me atinge um momento depois, e eu solto um urro.

Meu Finn grita palavrões enquanto o mais velho se joga em mim. Através da minha confusão, sinto as pontas de metal apertadas contra o meu pescoço, e o Finn mais velho congela.

— Pare com isso! — alguém grita. — Pare! Eu vou sair!

A sala fica em silêncio, esperando, e apenas meus soluços abafados cortam o ar. Não posso pensar em quem está vindo, não posso pensar em quão familiar aquela voz pareceu. Minha mente, sobrecarregada de dor e medo, começou a se desligar, como uma porta se fechando entre mim e o mundo. Acho que ela está tentando me proteger.

— Marina — alguém diz. — Feche os olhos.

— Ela não precisa, você pode...

— Não quero que ela veja isso. Nem que me veja.

Eu fecho os olhos, e passos lentos fazem barulho atrás de mim.

— Baixe a arma! Chute a pistola para cá ou eu vou...

As pontas de metal se enterram mais na lateral do meu pescoço.

— Pare! Se você tocar nela de novo, eu mato você, seu cretino.

Algo pesado atinge o chão e desliza pela madeira.

— Mais ameaças vazias, menina?

Ao som do meu apelido, meus olhos se abrem de repente. Não *pode* ser. O James mais velho está com uma arma na mão e a está usando para fazer uma menina andar até o canto mais distante da sala e ficar junto dos outros. Eu pisco. Ela está de costas para mim, mas há algo familiar no jeito controlado dos seus passos. Sinto-me lerda e idiota conforme monto o quebra-cabeça. A menina se vira, e eu entendo por que o outro Finn fez o meu Finn fechar os olhos. Ver essa menina, que é magra e séria e está com uma expressão assustada, faz com que eu fique tão tonta e enjoada que quero me desligar do mundo até ela sumir.

Porque ela sou eu.

TRINTA E SETE

Em

Marina me encara, e eu me pergunto se isso é horror nos seus olhos. Quero esconder meu rosto dela, tranquilizá-la dizendo que ela nunca será eu. Ela abandonou James naquele restaurante, algo que eu nunca poderia ter feito. Ela já é mais forte do que eu.

— Feche os olhos, Marina — eu peço. Ela hesita. — Por favor! Não quero que você veja isso.

Os olhos dela se fecham devagar. O doutor aperta a arma contra a cabeça dela e todos os músculos do meu corpo ficam tensos.

— Diga onde estão os documentos — ele fala.

Por um momento, só posso ficar de queixo caído.

— Você orquestrou tudo isso para me fazer uma pergunta tão idiota?

— Quero que você sinta a traição que eu senti, mas bem que posso cuidar de alguns assuntos ao mesmo tempo. Talvez agora você enfim responda. Você nunca teve nada a perder, mas — ele chuta a perna da cadeira de Marina — ela tem bastante.

— Que bem isso faria para você? O tempo vai apagar todos nós antes... — Oh, Em *idiota*. — O Richter. Você está em contato com ele até mesmo agora. Você conta para ele onde os documentos estão, aqui, antes de o tempo engolir você, e ele vai saber no nosso futuro antes mesmo de nós termos ido embora.

A expressão impassível do doutor confirma a ideia.

— Foi assim que ele ficou sabendo do seu trabalho na Johns Hopkins para começo de conversa, não? *Você* o encontrou, não foi o contrário — eu falo. — Nunca entendemos como você conseguiu fazer Cassandra funcionar tão rápido, mas é porque ele já está construindo, não está? E ele deve saber do Nate também. Meu Deus, eu sou tão boba.

James se vira para mim.

— O que tem o Nate?

Eu troco olhares com Finn por cima da cabeça dele. Tudo faz sentido agora. Sempre nos perguntamos como o atirador conseguiu chegar até Nate, passando pela equipe do Serviço Secreto do vice-presidente com tanta facilidade. Todas essas perguntas somem se havia alguém de dentro puxando as cordinhas, tirando agentes das posições e conseguindo que certas portas estivessem destrancadas e certas câmeras de segurança estivessem misteriosamente quebradas. O caso superfechado do governo contra Mischler, que nós descobrimos que não tinha nada a ver com o tiro, tudo deve ter sido trabalho de Richter também.

O doutor tem um toque de pânico nos olhos agora. Seu segredo está tão perto de ser exposto.

— Você me dá nojo — falo.

Ele aperta a arma um pouco mais perto da têmpora de Marina como resposta.

— Onde estão os documentos?

É tão ridículo, mas não posso deixar de sorrir.

— Não estou com eles.

— Então você escondeu em algum lugar, ou deu para alguém.

— Que droga, James! — eu digo. — Eu queimei os documentos anos atrás!

— Não. — Ele faz que não com a cabeça em sacudidas curtas e rápidas. — Não, você sabia que eles eram a sua única apólice de seguro. Não arriscaria...

— Eu me livrei deles, e você *sabe*. — Eu suspiro. — Acho que você sempre soube.

— Eu vou machucar a Marina — o doutor diz, apertando a máquina de choque na mão livre. — Eu juro...

— Estou falando a verdade! Nunca se tratou dos documentos. A questão sempre foi você e eu. — O resto da sala desaparece, até haver apenas o doutor e eu. James e eu. — Enquanto aqueles papéis estivessem por aí, você tinha uma desculpa para me manter por perto. Se ao menos conseguisse me *convencer* de que o que você estava fazendo era certo, talvez pudesse enfim acreditar de verdade, não é? Por isso você me manteve naquela cela por todos aqueles meses, embora *soubesse* que os documentos não existiam mais. É por isso que você está aqui agora!

— Não. *Não*.

— Sempre fomos você e eu, James. — Minha voz falha, e percebo que comecei a chorar. — Por isso eu não consigo matar você, e você não consegue me matar. Porque, mesmo que isso signifique o fim do mundo, eu amo você demais.

— Você sabe que ela está dizendo a verdade — Finn diz com delicadeza. — Eu vi quando ela queimou os documentos em uma parada de caminhões em West Virginia.

Ao som da voz de Finn, meu coração se parte um pouco. Eu estava tão concentrava em James que quase me esqueci de que ele estava ali. Ele entende que meu amor por ele, que arde sincero e puro e que me guiou em meio a tanta escuridão, é muito diferente do meu amor de infância ainda existente por James? Eu me viro para olhar para ele e vejo meu coração partido refletido no seu rosto, mas ele sorri.

— E quanto ao meu irmão? — o James mais jovem pergunta, olhando entre mim e a versão mais velha de si mesmo. — Alguém me diga o que isso tem a ver com o Nate.

Minha garganta dá um nó. Mesmo agora, eu o pouparia se pudesse.

— Está na hora de contar para ele — Finn diz.

— Diabos, cale a boca, Abbott! — o doutor diz. Ele bate a arma de choque contra a garganta de Marina com uma força cruel, que gera um grito de dor e surpresa nela. Ela mantém os olhos fechados, no entanto. Pergunto-me se a olhada que deu em mim a horrorizou tanto que ela não vai arriscar de novo.

— Não faça isso! — eu grito.

— E quanto ao Nate? — James quer saber.

— Em — Finn me chama —, nós temos de...

— Parem! — o doutor diz.

Marina grita conforme a eletricidade a atravessa. Quero correr até ela, jogar meu corpo entre ela e o doutor, mas tenho medo do que ele pode fazer se eu me mexer.

— Pare, não a machuque!

— Marina! — o Finn preso na cadeira grita, puxando suas cordas. Os olhos dele estão abertos agora e passam depressa por todos nós, com pânico cada vez maior. — Seu filho da mãe!

James lança um olhar cortante para sua versão mais velha.

— Como você pode ser tão cruel?

O doutor tira a arma de choque da lateral do corpo de Marina, e ela cai na cadeira, puxando fôlegos curtos. Os olhos dele, enquanto miram James, estão tristes.

— Você vai descobrir.

— Não, não vou. — James joga as palavras como armas. — Nunca vou ser como você. Você machuca pessoas inocentes, você é tudo o que eu odeio.

— Em. — O olhar de Finn está pesado. — Ele tem de saber. Nós temos de contar a ele.

— Contar o quê? — James questiona.

Eu faço que não com a cabeça. Não posso fazer isso com ele.

— Não.

— O mundo não é tão preto no branco quanto você pensa — o doutor diz para sua versão mais jovem. — Você vai ficar surpreso com o que pode fazer quando é necessário.

— Em, ele tem de saber! — Finn afirma. — Ele precisa saber do que é capaz.

— Cale a boca, Abbott! — o doutor diz.

— O que eu tenho de saber? — James fala.

Eu faço que não com a cabeça. Há vozes de mais, amarras e alianças de mais, caminhos de mais que eu poderia tomar.

— Não posso.

— Conte para mim!

Do outro lado da sala, Marina chora de dor conforme o doutor a acerta com a arma de choque de novo.

— Pare! — eu grito, e minha voz está áspera.

— O que eu tenho de saber?

— Todos calem a boca, ou eu vou matar a Marina!

O doutor substitui a arma de choque contra a pele dela pela pistola.

É o limite para Finn. Ele se joga pela sala e se atraca com o James mais novo no chão, enrolando as duas mãos no pescoço do menino.

— Sinto muito — ele diz entre os dentes apertados. — Sinto muito mesmo.

James arranha as costas das mãos de Finn, abrindo cortes profundos nelas, seu rosto ficando vermelho. Eu solto um choro soluçado, mas não posso me mexer, nem para ajudar Finn nem para impedi-lo. Sei que esse é o presente dele para mim. Ele mataria seu melhor amigo para eu não ter de fazer isso, para salvar a vida de Marina.

— Saia de cima dele! — o doutor grita, histérico. — Saia!

Vejo uma oportunidade na sua distração. Eu me jogo nele esperando que tenha baixado a guarda o suficiente para eu conseguir recuperar a arma.

— Pare! — Marina choraminga.

— James! — o Finn mais novo berra, puxando com tanta força as amarras que quase vira a cadeira.

Tento lutar com o doutor para tirar a arma, mas não sou páreo para ele. Dou um bom soco, mas ele me empurra para longe com tanta força que minhas pernas cedem debaixo de mim. Bato a cabeça contra um armário e caio desajeitada no piso, tonta. Olho pelo chão até onde Finn está prendendo James. James está chutando e lutando, mas Finn é mais forte. Todos aqueles meses de flexões na sua cela; não acredito que esteja mesmo chegando a isso. A sala é toda barulho e movimento, grito e luta e fogo dentro da minha cabeça.

E, então, fica em silêncio.

É um silêncio que eu conheço. Do tipo que, na verdade, é um som tão alto que seu cérebro não sabe como interpretar no começo.

O Finn mais jovem, ainda preso na cadeira, cai para a frente, o peito enchendo-se de vermelho.

TRINTA E OITO

Em

— Não! — eu grito, minha própria agonia parecendo o buraco no peito de Finn.

Esforço-me para ficar em pé, como se, se eu simplesmente conseguisse chegar até ele, pudesse impedir que isso acontecesse de alguma forma. O jovem Finn olha fixo sem enxergar. Sua respiração sai em um chiado forçado, uma bolha de sangue surgindo em seus lábios quando ele exala. Vou vomitar. Desvio o olhar daquela visão para ver o meu Finn.

Ele encara com horror e uma dor inimaginável sua versão mais nova e a flor de sangue que está rapidamente ensopando sua camisa. Tira os olhos devagar para encontrar os meus. Aqueles olhos azul-escuros que eu nunca mais vou ver. Seus lábios começam a se mexer, mas, antes que ele consiga falar, o Finn na cadeira deixa sair um último e longo fôlego, e o meu Finn desaparece como a névoa do começo da manhã ao calor do sol.

— Finn...

A palavra escoa de mim da maneira como o sangue escorre do ferimento do menino morto. Eu sempre soube que esta era uma missão suicida para nós dois, mas não deveria ter de vê-lo partir primeiro. A dor é insuportável. Ele sabia o quanto eu o amava? Alguma versão minha um dia vai vê-lo de novo?

— Finn? — Marina diz. — Finn!

Ouvi-la gritar o nome dele acaba comigo. Não percebo meus joelhos derretendo embaixo de mim, mas, no momento seguinte, estou de volta ao chão com os braços do jovem James em volta de mim. Percebo que ele deve ter me pegado e me baixado. Seus braços estão tremendo.

— Como você pôde fazer isso? — A voz dele mal é um sussurro, mas ganha força a cada palavra. — Você o *assassinou*! Você é um monstro!

— Oh, meu Deus — Marina chora.

O doutor está pálido, os músculos do seu maxilar salientes sob a pele, mas ele tenta fazer uma expressão calma.

— Não importa. Ele é apenas uma pessoa.

— Sinto muito — James diz para mim. — Sinto muito mesmo!

Isso tem de terminar. O choro soluçado que derrubou meu corpo vai desaparecendo, e o mundo fica muito parado e silencioso em volta de mim. Finn está morto, e eu tenho de acabar com isso de uma vez por todas.

Levanto os olhos para James, meu querido James. Tudo mais que há na sala — o louco com a arma, a menina chorando, o menino morto e sangrando — some nos cantos da minha visão. Somos apenas James e eu.

Deus me perdoe, eu penso ao erguer a mão para o lindo rosto dele. Eu o amo tanto, mas não é suficiente.

— James — eu falo, enfim calma. — Você matou o seu irmão.

A expressão dele não muda, presa no lugar pela incompreensão.

— O quê?

— Cale a boca, sua vadia! — o doutor berra.

— George Mischler não foi o assassino — digo. — Richter o incriminou. O verdadeiro atirador era um homem chamado Evan Taminez. Ele foi um soldado mandado para trabalhar em Cassandra, e você o mandou de volta no tempo para matar o Nate.

— *Por quê*? — James diz, enlouquecido. — Por que eu faria isso?

— O Nate estava virando um problema muito grande. Você me contou certa noite, quando a culpa foi demais para você. O Nate estava tentando fechar Cassandra porque tinha medo de que ela fosse mal utilizada, e você não podia aceitar isso.

— Mas... — James faz que não com a cabeça como se isso fosse impedi-lo de compreender minhas palavras. — Mas tudo o que eu quero é salvar o Nate...

— Você o salva — eu confirmo. — É uma das primeiras coisas para as quais você usa Cassandra, mas, quando ele vira um problema, você o mata de novo. Você mata e salva o Nate de novo e de novo.

A descrença na expressão de James dá lugar ao horror. Ele sabia que algo estava errado com a fotografia que Richter lhe mostrou. Acabou de ver sua versão futura matar seu melhor amigo a sangue frio. E sabe como arde dentro dele a vontade de usar o tempo para melhorar o mundo. No fundo, ele sabe que estou dizendo a verdade.

O doutor também vê isso e desconta sua raiva em Marina. Ele vira mais dois dedos dela para trás, quebrando os ossos com destreza, os gritos dela a melhor vingança possível contra mim.

— Pare! — James grita.

Ele levanta os olhos para sua versão mais velha.

Pela primeira vez, eu o vejo reconhecer o quanto foi longe, que grande monstro ele vai se tornar.

— Sinto muito — o doutor diz —, mas você vai entender um dia.

Então, vejo a expressão nos olhos de James se alterar. Vejo o momento em que ele decide mudar o futuro, bem aqui, bem agora.

— Você está errado — ele diz.

James se lança no doutor, e os dois caem no chão, corpos idênticos se retorcendo. Eu me arrasto desajeitada pelo chão até Marina e começo a soltá-la com as mãos trêmulas.

— Vai ficar bem — falo para a garota, embora saiba que é uma mentira. — Tudo vai ficar bem. Só feche os olhos, certo? Por favor.

Ela aperta os olhos, lágrimas rolando livremente pelo rosto.

— O que está acontecendo?

— Vai ficar tudo bem.

Dou uma olhada no menino morto na cadeira ao lado dela, seu corpo não passa de uma casca vazia agora.

— Mantenha os olhos fechados.

Um dos James — não sei dizer qual — urra de raiva. O outro grita de dor, a batida seca de carne contra carne ressoando nos meus ouvidos enquanto luto contra as amarras de Marina. De um jeito ou de outro, vai acabar logo.

Há um barulho alto, e um deles fica em pé. O James mais novo se ergue, o doutor está caído e confuso aos seus pés, sangrando no lugar onde sua cabeça foi batida contra o chão de madeira. James o deixa ali e olha para mim, os olhos vermelhos e decididos.

Ele ergue a arma que, na luta, tirou da sua versão mais velha.

— Não! — o doutor e eu gritamos juntos.

— Sinto muito, Em — James diz, um sorrisinho trêmulo nos lábios. — Tudo o que eu sempre quis foi melhorar as coisas.

— James? — Marina berra.

— Eu amo você, Marina — ele diz. — Você é a melhor amiga que eu já tive.

Ele vira a arma e aponta para o próprio rosto, levantando-a na direção da boca. O doutor e eu percebemos ao mesmo tempo o que ele está planejando fazer. Eu grito, e o doutor pula nele, um último grande esforço para salvar sua vida. É tarde demais. O doutor atinge James bem quando ele aperta o gatilho.

James cai desajeitado, e eu me arrasto até o lado dele. Ele ainda está vivo; a presença do doutor, que caiu no chão em um horror silencioso, é prova disso. O doutor não impediu James, mas conseguiu mexer a arma o bastante para que o tiro não acertasse a parte vital do cérebro dele. A bala estilhaçou o osso da maçã do rosto, mas os olhos ainda estão abertos. Tudo o que o doutor fez foi garantir que a morte do James fosse lenta e dolorosa, e o fato de que ele também vai morrer me conforta.

Eu agarro a mão de James e a trago junto do meu rosto, minhas lágrimas caindo.

— Eu amo você também. Você é uma *boa* pessoa.

Seus olhos estão fixos nos meus, e talvez eu só esteja vendo o que quero ver, mas acho que enxergo paz neles. Devagar, eles se fecham. O terror me atinge enquanto espero para desaparecer do mesmo jeito que Finn. Eu nunca quis morrer e tenho medo de que não exista nada além de escuridão e solidão aonde quer que eu vá. Agarro-me à ideia de que Finn talvez esteja lá, esperando por mim.

Mas nada acontece. Ele está inconsciente, mas ainda com uma respiração superficial. Ou o tênue fio que prende James à vida enfraqueceu o doutor, ou ele simplesmente desistiu, porque está sentado imóvel e olhando fixo para a frente sem ver de verdade. Não vai demorar muito agora, mas tenho alguns últimos momentos. Deito a cabeça de James no chão com delicadeza e beijo a testa dele.

Depois, eu me arrasto de volta para Marina, que ainda está amarrada na cadeira, chorando muito e tremendo, os olhos fechados. Uma sensação de tranquilidade profunda toma conta de mim enquanto olho para ela.

— James? — ela diz. — E-em? *Alguém*?

Eu tiro o cabelo do rosto dela e trabalho com calma nos nós que a seguram.

— Xiu — eu respondo. — Está tudo bem agora. Ouça com atenção.

Digo a ela que ela é linda e perfeita e vai ficar bem. Digo que não precisa mudar para se adequar às meninas fúteis ou para ser importante para alguém. Digo a ela tudo que eu já quis saber. Digo a ela que a amo e percebo, enquanto faço isso, que eu me amo também.

No chão, James solta seu último suspiro.

E, então, eu também.

TRINTA E NOVE

Marina

Eu acordo com um solavanco. Não me lembro de ter dormido, mas meus sonhos foram cheios de correria, gritos e medo. Afundo de volta nos meus travesseiros, aliviada, alongando-me contra os lençóis macios.

A campainha toca lá embaixo e eu dou uma olhada no relógio. Nem são nove horas da manhã ainda. James queria sair para tomar café e ele sempre se adianta, mas isso é *ridículo*.

— Eu atendo! — grito para Luz.

Fico em pé e balanço por causa do fluxo repentino de sangue para a minha cabeça. Sinto-me pesada e entorpecida, e os cantos esfarrapados dos sonhos continuam roçando na minha mente. Tento agarrá-los, mas volto de mãos vazias. Na verdade, agora que estou pensando a respeito disso, os últimos dias são um borrão. Lembro-me de James usando smoking, do lindo discurso de Nate naquela arrecadação de fundo e do idiota do Finn Abbott indo conosco para todo lado. Lembro-me de James me convidando para o café da manhã e de jurar que eu contaria a ele como me sinto antes de as panquecas acabarem, mas todo o resto é uma confusão.

— Eu amo você, James — sussurro, praticando as palavras.

Meu Deus, parece uma estupidez.

Desço a escada depressa até a porta da frente e a abro totalmente. Tenho pronta nos lábios uma piada sobre a mania crônica de James se adiantar, mas paro no ato.

— Congressista — eu falo. — Oi.

Nate se parece tanto com James, os mesmos traços elegantes e fortes e a cabeça tombada de um jeito humilde. Ele levanta os olhos para mim devagar, um peso puxando para baixo os cantos da boca, os olhos inchados e vermelhos.

De alguma forma, nem tenho de perguntar.

QUARENTA

Marina

Eu não entendo. Não consigo. O James que eu conhecia tinha planos. Tinha sido feliz. Tinha sorrido para mim e me convidado para tomar café da manhã apenas horas antes de ir para o velho chalé dos pais em Chesapeake e acabado com a sua vida. Não faz nenhum sentido.

Acho que nós nunca sabemos de verdade o que está acontecendo dentro de outra pessoa.

Porém, enquanto eu chorava por muito tempo naquela primeira noite depois de Nate me contar o que acontecera, os pedacinhos de James que nunca pareceram muito certos — as explosões repentinas de temperamento, a intensidade em seus olhos quando ele dizia que o mundo precisava ser mudado, a maneira como às vezes parecia que a menor pressão o faria quebrar em pedaços — começaram a se encaixar como peças de um quebra-cabeça, pintando uma imagem diferente do menino que eu achava que conhecia tão bem. Um menino mais frágil e machucado do que eu percebera. Nate acha que ele nunca superou a morte dos pais. Ele estava em terapia por causa disso havia anos, tendo começado depois da crise que tivera no dia do funeral deles. Eu nunca soube disso; ele nunca me contou.

No funeral, fico entre Nate e Finn Abbott. Passei os últimos dois dias na cama chorando muito e gritando, e não me sobraram lágrimas para hoje. Estou vazia, como se tivesse morrido com James. Eu me apoio em Finn porque não tenho certeza se consigo ficar em pé sozinha e olho feio para o sol por ter ousado brilhar hoje. Deveria ser como nos filmes, tudo escuro, uma chuva fina e guarda-chuvas pretos estendendo-se a distância. Mas o grupo no cemitério é pequeno, apenas as pessoas que realmente conheceram e amaram James. O circo foi deixado para trás na igreja.

Enquanto o pastor fala, minha mente escorrega de onde estamos, do caixão e das flores e do buraco no chão. Penso nas pilhas de cadernos do quarto de James que Nate me deu porque não podia suportar ver o trabalho que o irmão amava tanto ir para uma unidade de armazenamento em algum lugar. Lágrimas que queimam — acho que tenho algumas ainda, no final das contas — cortam o entorpecimento que me cobre como mortalha enquanto me lembro da primeira vez que James me falou do seu trabalho. A memória se ergue em frente a mim, fresca e intocada como se eu a estivesse revivendo.

— Marina!

Meus olhos estão embaçados enquanto tento ouvir educadamente a conversa dos amigos da minha mãe quando ouço alguém sussurrar meu nome.

— Marina! Ei!

Uma mão se fecha em volta do meu pulso, e eu me viro e vejo James — alto, magro e esquisito, ainda não totalmente desenvolvido — atrás de mim. Ele me puxa para longe, e nós deslizamos em meio à multidão de convidados, cada um agarrado a uma taça de vinho e um pequeno prato de aperitivos.

— Eu procurei você em toda parte.

— Desculpe, a mamãe estava me fazendo conversar com aquelas mulheres que são do conselho da sinfonia com ela. Acho que ela só queria me exibir.

Baixo os olhos para o vestido de festa que mamãe me arrastou até a Neiman's para comprar e me forçou a usar na festa de Natal dos Shaw. É prateado e tem contas na parte de cima, e objetivamente deve ser algo lindo, mas faz com que eu me sinta a Barbie Debutante da mamãe.

— Olha o que eu peguei na cozinha quando o pessoal do bufê não estava olhando — James diz, brandindo uma garrafa meio vazia de champanhe. — Vamos dar o fora daqui.

Ele me puxa pela escada acima até a escuridão do segundo andar, e descubro que não consigo resistir. Ele me leva para a biblioteca e fecha a porta atrás de nós, encaixando um peso sob a fenda para que ninguém entre. Ele se deixa cair em um sofá de couro, e eu me sento com mais cuidado ao lado dele, reclinando a cabeça para trás na almofada e examinando-o enquanto ele esfrega os olhos com as duas mãos.

— Não sei por que o Nate insiste em dar essa festa maldita todo ano — ele fala. — Sei com certeza que ele odeia isso tanto quanto eu.

— É meio que uma tradição legal, não é? — eu comento, embora também tenha certeza de que odeio a festa de Natal dos Shaw mais do que qualquer pessoa. — Seu pai ficaria feliz por ele a manter.

— É, acho que sim. — James dá um gole na garrafa e tenta esconder a careta por causa do gosto. — Não seria Natal de verdade sem a festa para a gente temer, certo?

Eu sorrio.

— Ou vestidos idiotas para usar.

— Sei que você não gosta, mas está bonita.

Minha língua de repente parece grande demais para a minha boca. A iluminação da biblioteca parece mudar, e James está diferente para mim. Mais perfeito. Minha respiração fica fraca e eu baixo o olhar às mãos para esconder a sensação estranha que tomou conta de mim.

— Ah, tá — respondo, forçando uma risada. — Eu pareço a esposa de um senador tentando se exibir para os amigos. Eu pareço a minha *mãe*.

— Ei, sua mãe é bonitona.

— Eca, que nojo!

Dou um empurrão no ombro dele e ele ri, e, por um momento, passamos a garrafa de champanhe de um para o outro. Nunca vi James beber antes; acho que ele nunca bebeu. Porém, há uma sombra nos seus olhos, e ele vira a garrafa como se ela pudesse afastar quaisquer que fossem aqueles pensamentos obscuros. Eu acompanho, embora só tome goles pequenos de champanhe e, às vezes, apenas encoste a garrafa nos lábios fechados. Logo, ela está vazia, e James está solto e largado, espalhado no sofá com uma das mãos roçando minha perna, e seu sorriso ficou desajeitado e bem aberto.

— Eu vou consertar tudo, sabe? — ele diz.

Não faço ideia do que ele está falando, então, apenas digo:

— É?

— Ahã. — Ele fecha os olhos. — Tenho conversado com um professor da Johns Hopkins sobre o meu trabalho, e ele vai ser o meu mentor.

As palavras dele estão começando a embaralhar, e sua respiração ficou mais lenta. Eu me inclino para ele e dou uma batidinha na sua bochecha.

— Não durma, James! — eu sussurro. — Senão eu vou ter de voltar para a festa!

Ele abre um pouco um dos olhos.

— Não tô dormindo.

— Sim, está.

— Não, não estou.

Ele se senta mais ereto.

— Eu vou desvendar o tempo e, depois, vou consertar as coisas.

— Que coisas?

— Tudo. Vou mudar o mundo. — A sombra volta a seus olhos. — Vou garantir que a mamãe e o papai nunca entrem naquele carro.

Sinto como se tivesse sido golpeada na barriga. Meus olhos vagam para a parede, na qual, nesta mesma biblioteca, dois anos antes, James jogou um abajur em uma fúria cega que deixou um arranhão profundo no gesso. Ele já sumiu, há muito tempo consertado e pintado, a evidência apagada com tanta facilidade.

— James... — eu sussurro.

— Tudo será diferente então — ele fala, os olhos se fechando conforme descansa a cabeça no meu ombro. — Vou deixar tudo certo. Vou deixar tudo melhor.

O primeiro punhado de terra atinge o caixão e me traz de volta para o presente. James ia deixar tudo melhor, mas agora nunca terá essa chance.

Eu começo a chorar, e Finn, o Idiota, pega minha mão. Deveria ser estranho e desconfortável, mas, por algum motivo, não é. Na verdade, a sensação é... boa. Eu me encosto na solidez quente dele, e ele dá um apertão nos meus dedos.

De repente, fico com muito medo. Não da explosão, que desafia a minha compreensão, mas do que terei de fazer quando ela acabar. Do motivo de tudo isso.

Você tem de matá-lo.

Ou Finn sente meu medo ou ele também está assustado, porque põe as mãos nas minhas bochechas, fazendo-me olhar em seus olhos.

— Vai ficar tudo bem — ele diz, e as palavras mal podem ser ouvidas por cima do barulho.

Porém, tudo fica quieto depois, pelo menos para mim. De alguma forma, encontro silêncio nos olhos azul-escuros de Finn. Meu Deus, como sobrevivi tanto tempo naquela cela sem conseguir ver esses olhos?

Uma compreensão repentina me atinge. Algo tão óbvio, não consigo acreditar que não pensei nisso até agora. Meu coração se parte e espalha uma tristeza quente como o fogo pelo meu corpo.

— Finn — eu falo —, se nós conseguirmos, se mudarmos as coisas, nunca vou me apaixonar por você. E você nunca vai se apaixonar por mim.

— Não tenha tanta certeza — ele responde, apoiando sua testa na minha. — Eu acho que estava apaixonado por você muito antes de tudo isso começar.

Não sei se quero rir ou chorar.

— Sério?

— Sério. — Ele deixa um beijo doce nos meus lábios. — Sempre há esperança para nós.

Eu aperto a mão de Finn também e meus olhos se fecham. Sinto algo como o sussurro de um toque no meu rosto. No fundo da mente, uma voz que se parece muito com a minha fala comigo como se fosse uma memória, dizendo que sou forte e amada e que tudo vai ficar bem.

E, por algum motivo estranho, eu acredito nela.

AGRADECIMENTOS

Devo ter sido muito boa em uma vida passada para acabar cercada por tantas pessoas inteligentes, maravilhosas e que me dão apoio, sem as quais eu não estaria aqui.

Em primeiro lugar, quero agradecer à minha incrível agente, Diana Fox. Não sei o que deu nela para me aceitar como cliente, mas ela fez de mim a escritora que sou hoje, disse-me para escrever este livro quando achei que não deveria e foi fundamental para fazer dele o que ele é. Obrigada, Diana, por ser uma professora, defensora e amiga tão incrível.

E há minha fantástica editora Emily Meehan, que viu e entendeu exatamente o que eu estava tentando fazer com este livro e me ajudou a torná-lo realidade. Ela e toda a equipe da Disney-Hyperion foram grandes defensoras de *Todos os Nossos Ontens*, e não tenho palavras para agradecer o suficiente a estas pessoas incríveis: Laura Schreiber, Lizzy Mason, Dina Sherman, Holly Nagel, Elke Villa, Stephanie Lurie, Marci Senders, Kate Ritchey e todos na Disney-Hyperion.

Também tenho uma grande dívida de gratidão com minha fantástica agente de direitos internacionais, Betty Anne Crawford, cujo apoio e aconselhamento foram muito além da obrigação; o extraordinário agente de direitos cinematográficos Pouya Shahbazian, que faz mágica; Brynn Arenz e Rachael Stein da Fox Literary por suas opiniões valiosas sobre o manuscrito; e minhas incansáveis assessoras de imprensa, Julie Schoerke e Marissa DeCuir Curnutte, e a equipe da JSK Communications, que acreditou tanto neste livro e me ajudou muito a não perder a cabeça.

Uma enorme razão de este livro ao menos existir são o companheirismo, a torcida e os ombros emprestados dos meus incríveis amigos e parceiros de crítica. Sara McClung é um soldado que leu este livro tantas vezes quanto eu, talvez mais, e suas ideias e seu apoio foram valiosíssimos para mim ao escrevê-lo. Tanya Byrne foi a primeira pessoa que me fez pensar que eu realmente poderia ser escritora, e sua convicção nunca vacilou, mesmo quando a minha não existia. Cambria Dillon e Copil Yanez foram olhares novos muito necessários e fontes infinitas de entusiasmo. E tenho confiança de que D.C. MafYA é não apenas o melhor grupo de escritores do mundo, mas também as melhores pessoas com quem dispensar a escrita para ir cantar no karaokê. A amizade e o apoio deles foram importantíssimos para mim.

O maior agradecimento vai para a minha família, que teve mais confiança em mim do que eu já tive e que sempre fez com que me sentisse amada e segura neste mundo: minha irmã Annie, que é uma das minhas primeiras e mais confiáveis leitoras; minha irmã Ava, que levou uma cópia do meu realmente terrível primeiro romance na mochila para a escola por semanas; meu incrível pai, Ezra, e minha madrasta, Amrita; e especialmente para minha mãe, Lynn. Eu nunca teria escrito este livro sem ela e sua incapacidade de me deixar ter simplesmente um hobby quando ela achava que eu poderia estar fazendo mais. Eu amo vocês.

E, por último, mas não menos importante, obrigada a *você*.